हिंदी विशेषणों का अर्थपरक विश्लेषण

हिंदी विशेषणों का अर्थपरक विश्लेषण

उर्मिला भार्गव

सत्साहित्य प्रकाशन, दिल्ली

प्रकाशक : **सत्साहित्य प्रकाशन**
694–ए, (पहली मंजिल) चावड़ी बाजार, दिल्ली–110006
 / संस्करण : 2025 / मूल्य : चार सौ रुपए
मुद्रक : प्रिंट मीडिया, नई दिल्ली ISBN 978-81-7721-304-1

HINDI VISHESHANON KA ARTHPARAK VISHLESHAN
by Smt. Urmila Bhargava ₹ 400.00
Published by **SATSAHITYA PRAKASHAN**
694-A, (First Floor) Chawri Bazar, Delhi-110006

श्रद्धेय माँ-बाबूजी
को
समर्पित

हिंदी विशेषणों का अर्थपरक विश्लेषण ही श्रेष्ठ विश्लेषण

सामान्यत: हम मानते हैं कि किसी शब्द का कोई पर्याय नहीं होता। भाषा व्यर्थ के शब्दों का भार वहन नहीं करती। हिंदी भी इसका अपवाद नहीं है। परंतु यहाँ ऐतिहासिक और सांस्कृतिक कारणों से पर्याय कहे जानेवाले शब्दों की सूची पर्याप्त विस्तृत है, इसलिए उनके अर्थगत अंतर को समझना प्रयोक्ता के लिए आवश्यक हो जाता है।

शब्द-प्रयोग के अनेक आयाम होते हैं। अर्थ समान होते हुए भी एक के स्थान पर दूसरे पर्याय शब्द का प्रयोग सर्वत्र संभव नहीं होता। कोई शब्द संस्कृतनिष्ठ शैली के अनुकूल होता है तो कोई उर्दू शैली के। उदाहरण, अतिथि 'विशिष्ठ' हो सकता है, पर मेहमान के लिए 'खास' का प्रयोग ही उपयुक्त रहेगा। इसी प्रकार, अर्थ-छवि में भी सूक्ष्म अंतर होता है। यह बात संज्ञा, विशेषण, क्रिया आदि शब्दों के संबंधों में समान रूप से सत्य है।

हिंदी विशेषणों का अर्थपरक विश्लेषण (ले. उर्मिला भार्गव) विशेषणों के आर्थी अध्ययन से संबंधित एक महत्त्वपूर्ण कार्य है। प्रस्तुत पुस्तक में विशेषणों की विस्तृत श्रृंखला से चयनित शब्दों को कुछ पर्याय वर्गों में विभाजित कर अध्ययन किया गया है। लेखिका की दृष्टि शोधपरक न होकर, व्यावहारिक उदाहरणों द्वारा पर्यायगत अंतर को स्पष्ट करने की रही है, जिसमें उन्हें पर्याप्त सफलता मिली है। इस अंतर को सकारात्मक-नकारात्मक: शब्दशक्ति: सत, रज, तम, वृत्ति:, प्राणी-अप्राणिवाचक आदि आधारों पर स्पष्ट करने का प्रयास किया गया है। वस्तुत: विशेषण भाषा का एक ऐसा आयाम है, जिसका प्रयोग क्षेत्र अत्यंत व्यापक और विस्तृत है और जो विशेष्य को प्रभावित करता है और स्वयं भी उससे प्रभावित

होता है, ऐसी स्थिति में मात्र एक उदाहरण द्वारा उसकी अर्थ और प्रयोग-क्षमता का आकलन संभव नहीं है, फलतः कहीं-कहीं और अधिक स्पष्टीकरण की अपेक्षा प्रतीत होती है। विषय-विस्तार और लेखक की सीमा को देखते हुए यह स्वाभाविक ही लगता है। एक वर्ग के सभी विशेषणों को सोदाहरण स्पष्ट करने के बाद अंत में उनके अर्थगत सूक्ष्म अंतर को स्पष्ट करने का प्रयास निश्चय ही सराहनीय है।

पुस्तक में लेखिका का श्रम और अध्यवसाय स्पष्ट दृष्टिगत होता है। प्रस्तुत पुस्तक की भाषा तत्सम शब्दावली को महत्त्व देने पर भी प्रवाहपूर्ण है और विषय को स्पष्ट करने में सहायक है। साहित्यिक एवं मानक ग्रंथों से उदाहरण दिए जाने पर इसका महत्त्व और भी बढ़ सकता है। विशेषणों के अर्थपरक अध्ययन को आगे बढ़ाने में यह पुस्तक एक महत्त्वपूर्ण पड़ाव का कार्य करती है। भाषा का प्रयोक्ता इसका अध्ययन कर अपनी भाषिक अभिव्यक्ति की क्षमता में वृद्धि कर सकता है। विद्वज्जन इस पुस्तक से प्रेरित होकर यदि इस अध्ययन को पूर्णता की ओर अग्रसर करने का प्रयास करेंगे तो निश्चय ही लेखिका का प्रयास सफल माना जाएगा। एक उच्चकोटि के अध्ययन एवं लेखन हेतु लेखिका को बधाई।

—डॉ. मुकेश अग्रवाल
एसोशिएट प्रोफेसर
पी.जी.डी.ए.वी. कॉलेज
(दिल्ली विश्वविद्यालय, दिल्ली)

प्राक्कथन

सुश्री उर्मिला भार्गव ने प्रस्तुत पुस्तक 'हिंदी विशेषणों का अर्थपरक विश्लेषण' में भाषा को अध्ययन की परिभाषाओं की परिधि से ऊपर उठकर उसके जीवंत स्वरूप को उजागर करने का प्रयास किया है। भाषा अनवरत विकसित होती रहती है। विकास के अनेक चरणों से गुजरती, एक व्यक्ति से दूसरे व्यक्ति तक, एक समुदाय से दूसरे समुदाय तक, एक समाज से दूसरे समाज तक तथा विकास के नित-नवीन संदर्भों तक गुजरते हुए नाना-विध प्रवृत्तियों को सूक्ष्म रूप में समाहित करती चलती है। भाषा की इस अंतर्निहित सामर्थ्य से स्वयं रचनाकार भी चमत्कृत होता रहता है। इस पुस्तक में लेखिका का उद्देश्य सदियों से संगृहीत ज्ञान से रचित और पोषित भाषा के रहस्यों और सौंदर्य को आदर देते हुए नवीन ऊँचाइयों से परिचित कराना है।

भाषा भावमय है, परंतु भाषा का विज्ञान सम्मत होना भी आश्चर्यजनक है। लेखिका ने सामान्य शब्द 'ना' का उदाहरण देते हुए सांख्यिक विज्ञान के सिद्धांत को उजागर किया है। 'ना' का अर्थ है नहीं, जो नकारात्मक है। यही नकारात्क 'ना' के साथ एक और 'ना' जुड़कर ना + ना = (अनेक प्रकार का अर्थ) और नाना पंछी कहने पर यही ना नकारात्मक से परिवर्तित होकर नाना के अर्थ में सकारात्मक बन गया और पंछी संज्ञा के साथ जुड़कर संदर्भानुसार प्राणिवाचक भी कहलाया। यहाँ यह 'Two negatives make a positive' लेखिका की गहरी सोच का परिचायक है। इस पुस्तक का मुख्य फोकस विशेषण में प्राणिवाचक तथा अप्राणिवाचक विशेषण की नई सोच पर है तथा विद्वानों को इस दिशा में विचार करने के लिए आमंत्रित करना है। लेखिका ने अनेक उदाहरणों द्वारा इस विचारधारा को पुष्ट करने का प्रयास किया है कि संज्ञा शब्द के अनुसार उसकी विशेषता बताने वाला शब्द भी संज्ञा के गुणों को आत्मसात् कर संज्ञा शब्द के अनुसार ही प्राणिवाचक

अथवा अप्राणिवाचक कहलाता है।

लेखिका के अनुसार विशेषण शब्द स्वयं में जड़ अथवा चेतन (प्राणिवाचक-अप्राणिवाचक) नहीं होता। संज्ञा/सर्वनाम शब्दों के साथ जुड़कर विशेषण शब्द एक नया रूप लेता है। यदि संज्ञा शब्द चेतन/प्राणिवाचक है तो उसकी विशेषता बताने वाला विशेषण शब्द भी उसी प्रकार की प्रवृत्ति अपना लेता है। विशेषण शब्द का प्राणिवाचक अथवा अप्राणिवाचक होना संज्ञा शब्द के संदर्भ से ही निर्धारित होता है। संज्ञा शब्द अपनी जीवंतता अथवा जड़ता विशेषण शब्द को हस्तांतरित कर उसे वही रूप प्रदान करता है। वास्तव में विशेषण शब्द अत्यंत लचीला होता है। संज्ञा शब्द की विशेषता बताने के साथ ही उसके प्राण/प्रकृति को अपना कर उसी का एक अंग बन जाता है।

सामान्यत: विशेषण की परिभाषा संज्ञा/सर्वनाम की विशेषता बताने के रूप में की जाती है, परंतु उर्मिला भार्गव ने विशेषण को एक नई दृष्टि, नई पहचान दी है, जिसके अनुसार विशेषण की विशेषता असीमित है। संज्ञा/सर्वनाम के गुणों को आत्मसात् कर वही रूप/प्रवृत्ति ग्रहण करने से विशेषण को एक नई ऊँचाई दी है।

विशेषण के वैशिष्ट्य को अनावृत्त करने का यह प्रयास सराहनीय है। लेखिका ने समानार्थी विशेषण शब्दों के अंतर्निहित अर्थ-वैचित्र्य का संदर्भानुसार अंतर स्पष्ट करने का प्रयत्न किया है। भाषा के विद्यार्थियों तथा अन्य पाठकों के लिए यह समझना भाषा प्रयोग में सहायक होगा। लेखिका की शैली कहीं-कहीं क्लिष्ट हो गई है, किंतु उसे समझने के लिए सतत प्रयास भाषा में निहित अर्थ-रहस्यों को समझने में सहायता देगा।

—डॉ. उषा भटनागर
पूर्व एसोसिएट प्रोफेसर
श्यामाप्रसाद मुकर्जी महाविद्यालय, दिल्ली

दो शब्द

'हिंदी विशेषणों का अर्थपरक विश्लेषण' शीर्षक से इस पुस्तक में एक नवीन विचारधारा की उदाहरण सहित पुष्टि की गई है। अभी तक सभी विद्वानों ने विशेषण को संज्ञा/सर्वनाम की विशेषता बताने के रूप में परिभाषित किया है। अर्थों का गहन अध्ययन तथा विभिन्न कोणों से विश्लेषण करने पर मेरी धारणा को बल मिला कि संज्ञा/सर्वनाम की विशेषता बताते हुए विशेषण शब्द भी संज्ञा/सर्वनाम के निजी गुणों से प्रभावित होता है तथा उन्हीं गुणों के अनुसार प्राणिवाचक तथा अप्राणिवाचक कहलाता है। संज्ञा/सर्वनाम और विशेषण परस्पर गुणों से प्रभावित होकर साम्य भाव स्थापित करते हैं। संक्षेप में, यदि संज्ञा/सर्वनाम सजीव है/ प्राणवंत है तो उसकी विशिष्टिता बताने वाला विशेषण शब्द भी प्राणिवाचक होगा। इस प्रकार संज्ञा/सर्वनाम के निष्प्राण होने पर उसके लिए प्रयुक्त विशेषण शब्द भी निर्जीव/निष्प्राण अप्राणिवाचक कहलाएगा।

अकसर पारिभाषिक शब्दावली याद करने में विद्यार्थी अरुचि तथा सामर्थ्यहीनता दिखाते हैं। भाषा शिक्षण के बंधन में बँधे होने के कारण अध्यापन में वही परंपरागत विधा अपनाई जाती रही है। कुछ समय से विशेषण का भाषा में प्रयोग और उसका महत्त्व वाक्यों के माध्यम से समझाने का प्रयास किया गया, जो काफी लोकप्रिय हुआ। अपने माता-पिता से मैंने एक मंत्र सीखा था, ''नवीन मार्ग की ओर बढ़ने के लिए बंद अर्गला खोल दो। विवादास्पद ही सही, परंतु कहीं तो कुछ सार तत्त्व अवश्य मिलेगा।'' काफी सोच-विचार के उपरांत परंपरागत पारिभाषिक विशेषण को वर्तमान पीढ़ी के समझने योग्य सरलीकरण करने का दुस्साहस किया है। विधा कोई भी अपनाई जाए, पर उसके पीछे उद्‌देश्य एक ही होता है कि भाषा का सौंदर्य/चमत्कार बना रहे। हिंदी हमारी राष्ट्रभाषा है, किंतु वर्तमान पीढ़ी हिंदी को कितना उबाऊ विषय मानती है इस ओर ध्यान देना आवश्यक है। विषय कोई भी

हो, जब तक वह समझ में नहीं आएगा, तब तक रुचिप्रियता बढ़ने का संकेत मिलना असंभव है।

पुस्तक में शब्दों के निजी अर्थ के अतिरिक्त अन्य पर्यायवाची शब्दों में सूक्ष्म अंतर को वाक्यों के माध्यम से स्पष्ट किया गया है।

आज से कुछ वर्ष पहले एन.सी.ई.आर.टी. के पूर्व प्रोफेसर डॉ. कृष्णगोपाल रस्तोगीजी ने 'विशेषणों का अर्थपरक अध्ययन' विषय पर कार्य करने की प्रेरणा दी थी। समय-समय पर स्वयं उन्होंने इस कार्य का अवलोकन किया तथा अपना अमूल्य परामर्श देते रहते थे। यह दुर्भाग्य ही रहा कि समस्त कार्य उनके जीवित रहते पूरा नहीं हो पाया। पूर्णता की ओर प्राप्य यह समस्त कार्य डॉ. कृष्णगोपाल रस्तोगीजी की प्रेरणा की ही देन है।

डॉ. पुनीता पचौरी (आगरा) के प्रति अपना आभार व्यक्त करती हूँ, जिन्होंने इस योजना का प्रारूप बनाने में मेरी सहायता की।

डॉ. उषा भटनागर (एसोसिएट प्रोफेसर) तथा डॉ. कांता द्विवेदी (एसोसिएट प्रोफेसर) श्यामाप्रसाद मुकर्जी महाविद्यालय, दिल्ली की विशेष आभारी हूँ, जिन्होंने मेरे विस्तृत चिंतन को सक्षम बनाने में बहुमूल्य सुझाव दिए।

अनुज देवेंद्र भार्गव तथा भतीजे सौरभ भार्गव धन्यवाद के पात्र हैं, जिन्होंने मेरे कार्य में समस्त सुविधाएँ जुटाईं और मेरा मनोबल बनाए रखा।

लगभग दो-ढाई वर्षों तक कार्य करने के बाद जो तथ्य सामने आए, वे सागर से निकले मोती के समान हैं, ऐसा मेरा विश्वास है। पुस्तक को और अधिक उपयोगी बनाने हेतु विद्वानों के सुझाव आमंत्रित हैं।

—उर्मिला भार्गव

अनुक्रम

1
विषय परिचय

भाषा की सृजनात्मक शक्ति और वैचारिक जगत् की सर्जनात्मकता दोनों ही भिन्न होती हैं। प्रयोक्ता रूपात्मक और आर्थी संरचनाओं के प्रतिबंध में रहते हुए विभिन्न तत्त्वों के विभिन्न मेल-जोल से उसी अर्थ को प्रकट करता हुआ कुछ नए वाक्य प्रयोग करता है। यथा—

गुलाब लाल है, खुशबूदार है।

खुशबूदार गुलाब लाल है।

लाल गुलाब खुशबूदार है।

पहली पंक्ति में फूल के रंग की विशेषता और उसकी सुगंधि उजागर होती है, दूसरी पंक्ति में फूल की सुगंधि विशेष है तथा तीसरी पंक्ति में लाल फूल अर्थात् संज्ञा शब्द गुलाब, विशेषण शब्द लाल है।

कभी-कभी कुछ शब्द अनेकार्थी बन जाते हैं। यथा—

मन मैला

वस्त्र मैला

आँचल मैला

मन मैला अर्थात् दूषित विचार, वस्त्र मैला अर्थात् वस्त्र साफ नहीं है और आँचल मैला अर्थात् चारित्रिक दोष। प्रसंग के अनुसार एक ही शब्द के भिन्न-भिन्न अर्थ। प्रकरणात्मक, संरचनात्मक तथा प्रवृत्ति के अनुसार शब्द के अर्थ का अति सूक्ष्म अंतर श्रोता/पाठक तक पहुँचाने तथा सही मंतव्य स्पष्ट करने में किसी भी शब्द का सटीक प्रयोग अत्यंत आवश्यक है। मन के साथ मैला का अर्थ गंदा या आँचल गंदा नहीं कह सकते। इससे प्रयोक्ता का सही मंतव्य प्रेषित नहीं हो सकता।

यह सही है कि शब्द का अपना अर्थ होता है, किंतु वाक्य के अंतर्गत प्रकरणात्मक संबंध शब्दों द्वारा नहीं, अपितु शब्दों के अर्थों द्वारा निभाया जाता है। अर्थ का क्षेत्र जितना व्यापक होता है, उतना ही विस्तृत भी होता है। कोश में शब्दों के व्यापक अर्थ नहीं दिए जाते। एक ही शब्द के अनेक अर्थ होते हैं, जो प्राय: असंबद्ध होते हैं। वाक्य संरचना की दृष्टि से शब्दों के अर्थ का भावात्मक पक्ष उजागर होता है। प्रयोक्ता उनके अर्थ की समानता/असमानता को ध्यान में रखता हुआ उनका वर्गीकरण करता है।

यथा—आवश्यक-अनिवार्य

दोनों शब्द एक-दूसरे के समानार्थी होते हुए भिन्न अर्थ रखते हैं। आवश्यक शब्द प्रयोग का अभाव किसी सीमा तक सहन किया जा सकता है, किंतु अनिवार्य स्थिति में नकारात्मकता का कोई स्थान नहीं होता। एक वाक्य द्वारा हम अपने कथन को प्रमाणित करते हैं।

- **आवश्यक**—रोगी के लिए फल आवश्यक है।
- **अनिवार्य**—रोगी के लिए औषधि अनिवार्य है।

दोनों शब्द एक-दूसरे के समानार्थी होते हुए भी प्रयोग में भिन्न अर्थ दे रहे हैं। वास्तव में प्रत्येक शब्द की आंतरिक सामर्थ्य अथवा योग्यता होती है। भाषा के रूपात्मक पक्ष का संबंध ध्वनि, शब्द तथा व्याकरणिक पक्ष से होता है, जबकि इसके आर्थी पक्ष का संबंध केवल शब्द और वाक्य से होता है।

भाषा सामाजिक जीवन जीती है। प्रत्येक भाषा-भाषी अनजाने ही भाषा व्यवहार में भाषा के नियमों का पालन करता है। भाषा-भाषी द्वारा रचे गए नए-नए वाक्यों की रचना से सर्जनात्मक शक्ति परिलक्षित होती है। वह ऐसे वाक्यों का सर्जन कर लेता है, जो पहले कभी सुने न गए हों। परंतु श्रोता/पाठक उन वाक्यों और उनमें निहित मंतव्यों को समझता-स्वीकारता है। वास्तव में यह सर्जनात्मक शक्ति विशेषण प्रयोग तथा भाषा-भाषी की योग्यता, स्मरणशक्ति, परिवेश, संस्कार तथा रुचि आदि अनेक तत्त्वों के सम्मिश्रण का परिणाम होती है। संज्ञा अथवा सर्वनाम के बिना कोई भी वाक्य पूरा नहीं होता। अत: इनके स्वरूप की विशेषता दरशाता हुआ कोई वाक्य विशिष्ट अर्थ देता है तथा भाषा का स्वरूप और भी अधिक निखरा हुआ दीख पड़ता है। विद्वानों ने संज्ञा, सर्वनाम की विशेषता प्रकट करनेवाले को विशेषण कहकर परिभाषित किया है। संभवत: भाषा में अर्थ-सौंदर्य, रूप-सौंदर्य, चमत्कार तथा कहीं-कहीं संकेतित अर्थ प्रकट करना भी विशेषण का ही रूप है। शब्द के स्तर पर भाषा का आर्थी विश्लेषण करने के लिए वाक्य में निहित प्रकरण

का विशेष स्थान होता है।

फर्थ के अनुसार, ''वाक्यों में मात्र मीठा, मधुर, ध्वन्यात्मक संगीत ही नहीं होता, अपितु उनमें विचार, भावना और आध्यात्मिकता भी विद्यमान रहती है।'' प्रत्येक शब्द की आंतरिक सामर्थ्य और योग्यता होती है, साथ ही अर्थ का संबंध परंपरागत होता है। कभी-कभी कोई शब्द रूढ अर्थ में प्रयुक्त होकर प्रकरणात्मक अर्थ देने लगता है, तब श्रोता/पाठक उस शब्द विशेष को उसी रूढ अर्थ में समझने/स्वीकारने लगता है। विशेषण का यह प्रयोग या कहें कि इस तरह का प्रयोग सुनने वाले पर सीधा असर या फिर अपमानजनक शब्द प्रयोग से बचा लेता है। यथा-पराई स्त्री का हरण करनेवाले को 'रावण का-सा व्यवहार मत करो' अथवा 'अंधे को अंधा' न कहकर 'सूरदास' विशेषण का प्रयोग किया जाता है।

प्रस्तुत पुस्तक में विशेषण शब्दों का विश्लेषणात्मक अर्थपरक अध्ययन किया गया है। विश्लेषण करने के लिए प्रत्येक विशेषण के निजी अर्थ को वाक्य प्रयोग के माध्यम से स्पष्ट किया गया है। एक ही शब्द के अनेक पर्यायवाची शब्द होने पर भी अर्थ में सूक्ष्म अंतर होता है। यह सूक्ष्म अंतर वाक्य प्रयोग के माध्यम से स्पष्ट किया गया है। यूँ तो विश्लेषण के अनेक आधार हो सकते हैं, किंतु पुस्तक में निम्न आधार बिंदुओं को प्रमुखता दी गई है।

1. **शब्द-शक्ति** अभिधा, लक्षणा, व्यंजना

वाक्य में प्रयुक्त विशेषण शब्द का अर्थ सामर्थ्य के अनुसार शब्द-शक्ति निर्धारित की जाती है।

2. **विशेषण भेद** गुणवाचक, संख्यावाचक, परिमाणवाचक, सार्वनामिक तथा संबंधवाचक

संज्ञा/सर्वनाम के लिए प्रयुक्त विशेषण शब्द गुणों के आधार पर ही नामांकित किया जाता है।

3. **गुण** सात्त्विक (सत्त्व), राजसिक (रज), तामसिक (तम)

संज्ञा/सर्वनाम के विशिष्ट गुणों को प्रकट करनेवाले विशेषण शब्द का वर्गीकरण सत्त्व, रज, तम गुणों के आधार पर किया जाता है।

4. **प्रक्रिया** सकारात्मक, नकारात्मक

संज्ञा/सर्वनाम के लिए प्रयुक्त विशेषण शब्द का परिणाम सकारात्मक अथवा नकारात्मक स्थिति का निर्धारण करता है। उपरोक्त सभी विश्लेषण बिंदुओं में संदर्भ का विशेष स्थान होता है।

5. **प्रवृत्ति** शारीरिक, मानसिक

संज्ञा/सर्वनाम (कर्ता) द्वारा कृत कर्म मानसिक आधार पर किया गया है अथवा केवल शारीरिक क्रिया द्वारा संपन्न हुआ है, यह उस प्रवृत्ति विशेष का द्योतक होता है।

6. काल भूत, भविष्य, वर्तमान

जहाँ तक काल निर्धारण की बात है तो प्रत्येक वाक्य क्रिया के बिना अर्थ का पूर्ण रूप प्रदान नहीं करता। वाक्य में प्रयुक्त क्रिया ही काल निर्धारित करती है। अत: विशेषण के विश्लेषणात्मक आधार बिंदुओं में काल का समावेश अनिवार्य है। यूँ तो काल-विभाजन भूत, भविष्य और वर्तमान के अनुसार ही किया जाता है, किंतु विश्लेषण के आधार पर बिंदुओं में काल का एक रूप सार्वकालिक भी प्रयुक्त हुआ है। ऐसा विशेषण, जो नीतिपरक हो, मनुष्योचित गुणों से परिपूर्ण हो तथा जिसका फलित उद्देश्य सब देश-काल में सर्वमान्य हो, वह सार्वकालिक कहलाता है। अर्थात् ऐसा विशेषण शब्द (सब गुणों से युक्त) सब जगह, सब काल में सर्वमान्य/आदरणीय हो, उसे सार्वकालिक कहते हैं।

7. संदर्भ

संदर्भ विश्लेषण में विशेष भूमिका निभाता है।

इस पुस्तक में सबसे महत्त्वपूर्ण तथा नवीन विधि है, प्राणिवाचक/अप्राणिवाचक विशेषण।

8. प्राणिवाचक अथवा अप्राणिवाचक

संज्ञा/सर्वनाम (कर्ता) अपना प्रभाव, गुण, चेतना आदि विशेषण पर डालते हैं। इसे हम इस तरह स्पष्ट करते हैं कि संज्ञा/सर्वनाम के निजी गुण (प्राणवान अथवा निष्प्राण होना) का प्रभाव प्रयुक्त विशेषण शब्द पर भी पड़ता है। विशेषण शब्द उसके (संज्ञा/सर्वनाम) गुणों को आत्मसात् करता हुआ उस ही रूप में अर्थ देता है। संक्षेप में, संज्ञा/सर्वनाम का प्राणवान अथवा निष्प्राण होना विशेषण को भी प्राणिवाचक अथवा अप्राणिवाचक बना देता है।

विशेषण शब्दों का वर्गीकरण चार भागों में किया गया है—

- तत्सम
- तद्भव
- देशज
- विदेशी

प्रत्येक शब्द का व्याकरणिक दृष्टिकोण तथा विभिन्न आधारों पर विश्लेषण वाक्यों में निहित प्रकरण, संबंधित भावात्मक पक्ष तथा काल के अनुसार किया

गया है। विश्लेषण के अंत में वि. (विशेष) शीर्षक से प्रत्येक पर्यायवाची शब्द में निहित सूक्ष्म अंतर को स्पष्ट किया गया है।

चित्र में दिया गया विशेषण शब्द का मध्य शब्द शब्द-भेद (तत्सम, तद्भव, देशज, विदेशी) के अनुसार चयनित है। शेष समानार्थी विशेषण शब्द किसी सीमा में (शब्द-भेद) आबद्ध नहीं हैं। अधिकतर शब्द ऐसे हैं, जो आम प्रचलन में हैं तथा कुछ शब्द ऐसे भी हैं, जो लुप्त होने के कगार पर हैं। वाक्यों के माध्यम से उनके उपयुक्त प्रयोग को समझने में सहायता मिल सकेगी, ऐसा मेरा विश्वास है।

अध्ययन के अंतर्गत प्रयुक्त विशेषणों के शब्द तथा अर्थ हिंदी के परिनिष्ठित मानक कोशों से लिये गए हैं। कोशों में विषय तथा विविध संदर्भों को दृष्टि में रखते हुए अनेक अर्थ दिए गए हैं, किंतु अर्थपरक व्याख्या के लिए केवल वही अर्थ ग्रहण किए गए हैं, जो अधिक लोकप्रिय हैं तथा प्रयोक्ता का सही मंतव्य श्रोतापाठक तक पहुँचा सकें। इस पुस्तक में विशेषण को एक नए दृष्टिकोण (प्राणिवाचक, अप्राणिवाचक) में प्रस्तुत किया गया है।

मौखिक और लिखित भाषा में बहुत अंतर होता है। बोलचाल की भाषा में सभी (तत्सम, तद्भव, देशज, विदेशी) शब्दों का प्रयोग क्षम्य होता है। साहित्यिक भाषा में शब्दों के शिष्टाचार का विशेष स्थान होता है। तत्सम शब्दों के वाक्यांशों में तत्सम शब्द-प्रयोग से भाषा का सौंदर्य, प्रवाह और माधुर्य द्विगुणित हो जाता है। यथा—'परमात्मा की मेहरबानी है' ऐसा कहना अटपटा लगेगा। परमात्मा के साथ कृपा और अल्लाह के साथ मेहरबानी शब्द अधिक उपयुक्त होगा। साहित्यिक दृष्टि से शब्द-विशेष का प्रयोग भाषा के शिष्टाचार को समृद्ध करता है। पुस्तक में शब्दों के शिष्टाचार को ध्यान में रखकर ही विशेषण प्रयोग तथा विश्लेषण किया गया है। □

2

भाषा में विशेषण का महत्त्व

सभ्यता के विकास से पहले मनुष्य गूँगा था। केवल ध्वनियों के माध्यम से अपनी जिज्ञासाएँ प्रकट करता था। भाषा के क्रमिक विकास में वाक् ध्वनियों का विशेष महत्त्व है। कालांतर में ध्वनियों को अक्षर मिले, जिन्होंने संकेतों को एक निश्चित पहचान दी। जैसे-जैसे अक्षरों का संसार व्यापक होता गया, अक्षरों से अक्षर जुड़ते गए, विभिन्न शब्दों ने आकार लिया और नवीन अर्थों को विशिष्टता प्रदान की। शब्दों के अर्थों में विभिन्नता तथा ऊर्जा से प्रभावित भाषाविदों ने शब्दों को व्याकरणिक व्यवस्था में बाँध दिया और भाषा को समृद्ध रूप प्रदान किया। किंतु भाषा की मूल प्रवृत्ति गतिशीलता तथा परिवर्तनशीलता रही है। यही कारण है कि नित नए रूप लेकर भाषा संसार निखरता चला आ रहा है। इस वास्तविकता से इनकार नहीं किया जा सकता कि विचारों की अभिव्यक्ति के ध्वनि विशेष को विशिष्ट अर्थ के रूप में भाषा रूपी देह दी गई। जिस प्रकार आत्मा के बिना देह का अस्तित्व नहीं होता, उसी प्रकार अर्थ रूपी आत्मा से शब्दों को जीवंत बनाए रखने का प्रयास हुआ। विशिष्ट अर्थ से अभिहित शब्दों को व्याकरणिक व्यवस्था में बाँधकर भाषाविदों ने उसे भाषा नाम दिया, जो दो व्यक्तियों के बीच विचारों के आदान-प्रदान का माध्यम बनी।

भर्तृहरि के अनुसार, ''शब्द व्यापार या भाषण प्रक्रिया दो बुद्धिजीवियों के बीच आदान-प्रदान का माध्यम है। भाषा वाक् ध्वनियों के माध्यम से विचारों की अभिव्यक्ति है।' वास्तव में भाषा सामाजिक जीवन जीती है।''

भाषा सरित प्रवाह की भाँति चलती है। सरिता जिस-जिस स्थान से गुजरती है, वहाँ की जलवायु, वनस्पति, भूमि की विशिष्टता आदि को सहेजती, समाहित करती चलती है।

भाषा भी पग-पग पर नवीन शब्दों, नवीन प्रतीकों, नवीन वाक्य विन्यासों द्वारा स्वयं को रूपायित करती, संवर्धित करती चलती है। भाषा का प्रारंभ सीमित शब्दों

से हुआ था, किंतु सामाजिक परिवेश की विविधता ने शब्द-भंडार को विकसित करना शुरू कर दिया। भाषा का एक स्वरूप व्याकरण द्वारा नियमबद्ध अनुशासित भाषा है। दूसरा रूप समाज द्वारा व्यवहृत भाषा है, जो व्याकरणिक भाषा नहीं होते हुए भी अपनी विशिष्टता के कारण सर्वप्रिय होकर अपना ली जाती है तथा जिसे समाज के ७० प्रतिशत लोग बोलते हैं। यह भाषा शास्त्र-सम्मत गुणों के तिरोहित होने पर भी सर्वहारा बन जाती है। इसे बोलचाल की भाषा कहते हैं। इसमें किसी प्रकार का पांडित्य प्रदर्शन अथवा भारी-भरकम शब्दों का प्रयोग नहीं होता। समाज भाषा को समृद्ध ही नहीं करता, अपितु नए-नए प्रतीकों से सजाता भी है। ये प्रतीक ही वाक्य प्रयोग में विशेषण बन जाते हैं।

कहने का अर्थ है कि प्रत्येक व्यक्ति अपनी बौद्धिक, व्यावहारिक कुशलता, मन:स्थिति, परिस्थिति, समाज, क्षेत्र, काल, पारिवारिक पृष्ठभूमि आदि से प्रभावित होकर एक ही अर्थ को ध्वनित करनेवाले भिन्न-भिन्न शब्दों के अर्थ वाले समानांतर वाक्यों की संरचना कर लेता है। भाषा की यह सृजनात्मक शक्ति वाक्यों की रचना करने और वाक्यों के भाव (प्रयुक्त शब्द विन्यास) समझने में दिखाई देती है। वाक्यों की रचना करनेवाला व्यक्ति पहले कभी न प्रयुक्त/सुने ऐसे वाक्यों की रचना करता है, जिसे पाठक/श्रोता उन नए वाक्यों/विशेषणों को समझता/स्वीकारता तथा प्रशंसा करता है। अत: दोनों रूपों में ही यह प्रयोग सर्जनात्मक है।

हम प्रतिदिन बातों-ही-बातों में नए-नए वाक्यों का प्रयोग करते हैं। सच तो यह है कि इस तरह की भाषा हमारे व्यावहारिक जीवन से प्रभावित होती है और ऐसी भाषा का महत्त्व हमेशा बना रहता है। संरचनात्मक नियम अपने-आप में सीमित होते हैं, परंतु जहाँ तक उनकी प्रकृति की बात करें तो वह सर्जनात्मक होती है। इन्हीं नियमों के आधार पर हम अनगिनत वाक्यों को व्यावहारिक रूप दे पाते हैं। भाषा की यह शक्ति रूपात्मक पक्ष की अपेक्षा आर्थी पक्ष में अधिक है। रूपात्मक पक्ष में व्याकरणिक प्रक्रिया है, जो अपेक्षाकृत कम परिवर्तनशील है। आर्थी पक्ष का संबंध पदबंधों तथा वाक्यों के अर्थ तथा उनके प्रयोग से है, जो व्यक्ति/समुदाय के जीवन के साथ विकसित होते हैं। भाषा की यही सर्जनात्मक शक्ति कालांतर में नवीन रूप ग्रहण करती रहती है। यथा—

'दुअन्नी भर का सौदा है।'

वर्तमान समय में अर्थ (धन) की शक्ति इकन्नी, दुअन्नी जैसे सिक्कों में प्रचलित नहीं है। अत: इसका प्रयोग भी सापेक्षिक नहीं रहा। एक अन्य उदाहरण से हम अपनी बात और अधिक ढंग से सिद्ध करने का प्रयास करते हैं। यथा—रत्ती भर देर से क्या फर्क पड़ता है? आने पैसे की तरह माप-तोल में तोला, माशा, रत्ती अथवा

मन, सेर, छटाक का प्रचलन बंद होने से प्रयोक्ता ने यह कहकर 'मिनट भर की देर से क्या फर्क पड़ता है?' वाक्य का स्वरूप बदल दिया। अर्थ वही ध्वनित हो रहा है, किंतु वाक्य संरचना में विशेषण नया प्रयुक्त हुआ है। अतः हम कह सकते हैं कि भाषा की सर्जनात्मक शक्ति समय की परिवर्तनशीलता और विभिन्न भाषा-भाषी समुदाय से सशक्त होती रहती है। भाषा सामाजिक संप्रेषण का माध्यम है तथा उपरोक्त सभी कारणों से अनुप्राणित होती है।

समय की परिवर्तनशीलता से कुछ प्रतीक अर्थहीन होकर धूमिल पड़ जाते हैं तो कुछ रूढ़ होकर अपनी महत्ता को कम नहीं होने देते। एक ही बात को भिन्न व्यक्ति भिन्न ढंग से कहता है। यह भिन्नता ही शैली बन जाती है। किसी को शिशु फूल सा कोमल लगता है तो किसी को रुई सा, किसी को बीमार की आँखें बुझी-बुझी सी लगती हैं तो किसी को निराश सी। कहने का तात्पर्य है कि भावाभिव्यक्ति में भौगोलिक परिदृश्य, पारिवारिक वातावरण तथा संस्कारजन्य चिंतन भाषा को विशिष्टता प्रदान करते हैं।

किसी भी क्षेत्र-विशेष में जिन शब्दों का आम बोलचाल में बाहुल्य होता है, वही, वहाँ की भाषा की विशेषता बन जाते हैं। यूँ तो शब्द भंडार की समृद्धि का कारण पर्यायवाची शब्द भी हैं, किंतु ध्यान देने योग्य है कि प्रयोग और संदर्भ के अनुसार प्रत्येक शब्द में निहित सूक्ष्म अंतर अर्थ की भिन्नता को स्पष्ट कर देता है। प्रत्येक शब्द का अर्थ संदर्भ के अनुसार भिन्न-भिन्न अर्थ समाए रहता है। इसीलिए भाषा में अनेकार्थक शब्दों का अस्तित्व भी बना हुआ है। संदर्भ के साथ ही परिवेश एवं पात्र की मानसिकता तथा उच्चारण में ध्वन्यात्मक अनेकरूपता भी अर्थ को प्रभावित करती है। हिंदी भाषा उदार रही है, अतः इसमें अन्य भाषाओं के बहुत सारे शब्दों की स्वीकृत उपस्थिति दृष्टिगोचर होती है। सामान्य भाषा वाचक का सामान्य मंतव्य ही स्पष्ट करती है। कभी-कभी ऐसा भी होता है कि वक्ता अपना सामान्य मंतव्य कुछ गहरी भावानुभूति के साथ संप्रेषित करना चाहता है। ऐसी स्थिति में वह समान अर्थ वाले शब्दों का प्रयोग (विशेषण रूप में) कर अपनी उसी बात को विशिष्ट ढंग से कहता है। यह विशिष्ट रूप ही विशेषण बन जाता है। विशेषणों का कार्य मंतव्य विशेष को सटीक रूप देने के साथ ही भाषा को सौंदर्य प्रधान बनाकर अधिक भाव-प्रवण बना देना है। हम ऐसा भी कह सकते हैं कि विशेषण भाषा का अलंकरण है। एक ही मंतव्य, विचार, अनुभूति, मनःस्थिति, परिदृश्य आदि को प्रयोक्ता समाज के विभिन्न वर्गों/परिवेश से संबंधित होने के कारण भिन्न-भिन्न प्रकार से व्यक्त करता है। भाषा में विविधता के और भी अनेक कारण हैं। यथा-परिवेश/समुदाय और प्रतिक्रियात्मक स्वरूप/पारिवारिक संस्कार/दैनिक बोलचाल की भाषा/प्रयोक्ता का

शैक्षिक स्तर तथा बाह्य परिवेश आदि। इन सभी कारणों से प्रभावित भाषायी विशिष्टता/अभिव्यक्ति तथा भाषा संप्रेषण का स्वरूप आकार ग्रहण करता है। भाषा की तरह ही प्रतीकात्मक रूप भी समय के साथ-साथ नवीन स्वरूप लिये नवीन दृष्टिकोण के माध्यम से नया मोड़ ले लेते हैं। विशेषण की यही विशेषता भाषा के श्रृंगार का माध्यम बन जाती है।

बच्चों के लिए परियों की कहानियाँ लिखी जाती हैं। इन कहानियों में हम विशेषण प्रयोग से नित नई कल्पनाओं को जन्म देते हैं। जैसे—क्रीम की नदी, चॉकलेट के पहाड़, टॉफियों के झाड़, परी के हाथ में जादू वाला डंडा, जो बिना पलक झपकाए हर असंभव को संभव कर दे, आदि-आदि। यह सब पढ़कर केवल बच्चे ही अचंभित नहीं होते, हम बड़े भी चमकृत होते हुए आनंद के सागर में डूब जाते हैं। सच तो यह है कि बचपन से ही हम विशेषण सीख-सिखा रहे हैं, पर विशेषण नाम नहीं देना चाहते। भाषा में विशेषण प्रयोग से जिस आनंद का सृजन हो रहा है तथा जिन कल्पनाओं को चमत्कार के सहारे जीवित कर उड़े जा रहे हैं, वह हमारे भविष्य के विस्तृत ज्ञान की नींव सशक्त कर रहा है। विशेषण प्रयोग से जो सौंदर्यवर्धन, अद्‌भुत चमत्कारी शक्ति हमें उत्साहित कर रही है, उसका प्रयोग पाठक/श्रोता भी करने लगता है। भले ही उसके शास्त्रीय स्वरूप से वह परिचित नहीं है। यहाँ हमारा उद्‌देश्य शास्त्रीय पारिभाषिक शब्दावली सिखाना नहीं है, परंतु भाषा की विशिष्ट शैली से आनंदित होना तथा हिंदी भाषा के प्रति प्रेम की भावना जगाना होता है। विशेषण जड़ित वाक्य सीधे हृदय को छूते हैं। भाषा का माधुर्य बार-बार उस लेख-विशेष को पढ़ने का लोभ जगाता है। आपने भी अनुभव किया होगा कि किसी-किसी वक्ता से बात करना अत्यंत प्रिय लगता है। उसकी भाषा अत्यंत कर्णप्रिय लगती है। कितनी ही बार हम कुछ ऐसा पढ़कर भाव-विभोर हो जाते हैं। यथा—

शांत स्निग्ध ज्योत्स्ना उज्ज्वल
अपलक अनंत नीरव भूतल
सैकत शैया पर दुग्ध धवल
तन्वंगी गंगा ग्रीष्म विरल
लेटी है शांत क्लांत निश्चल।

नौका विहार—सुमित्रानंदन पंत

यह आनंद/चमत्कार सकारात्मक तथा नकारात्मक दोनों ही रूपों में परिलक्षित होता है। कृष्ण का विग्रह 'कृष्+ण' अर्थात् 'आकर्षण+आनंद' है। 'ण' अक्षर निवृत्ति का सूचक है, अर्थात् 'ण' का अर्थ है 'आनंद'। ऐसा आनंद जो अविरल, अबाध

आनंदायी है, वह कृष्ण है। ठीक इसी प्रकार 'वि+शेष+ण' अर्थात् ऐसा कुछ अद्‌भुत, असामान्य/असाधारण चमत्कृत कर देनेवाली शक्ति से भरपूर, जो लीक से हटकर अपने स्वरूप विशेष के चरम का बोध करा दे। विशेषण शब्द में मूल शब्द है 'शेष', अर्थात् बचा हुआ/अवशिष्ट। किंतु यही शेष शब्द 'वि' के योग से 'विशेष' बनकर असामान्य/असाधारण बन गया, जो कुछ विशेष है। सामान्य नहीं है। विशेष शब्द ण के योग से विशेषण बना, जो ऐसा असामान्य रूप है, जो आनंदित/चमत्कृत करता है। विशेषण का प्रयोग भाषा को न केवल अलंकृत करता है, अपितु पढ़ने/सुनने में अनिवर्चनीय भावानुभूति से अंतर्मन के तार झंकृत कर देता है।

विशेषण शब्दों का ऐसा जाल है, जहाँ सौंदर्य, कुरूपता, वीभत्सता, घृणा, जुगुप्सा आदि अनेक भाव चरमोत्कर्ष तक पहुँचकर। पाठक/श्रोता को भावानुभूति के ऐसे गह्वर में पहुँचा देते हैं, जो गूँगे के गुड़ खाने जैसी स्थिति होती है। आनंद/व्यंग्य के गूढार्थ में असामान्य कोटि के चमत्कार तथा अपने विशिष्ट अर्थ से आश्चर्य-मिश्रित भाव उत्पन्न करने तथा प्रयोग में आने पर विशिष्ट अर्थ देता है। प्रश्न उठता है कि आनंद तो सकारात्मक है और विशेषण नकारात्मक भी हैं, फिर आनंद कहाँ? इसे हम ऐसे स्पष्ट करते हैं। आनंद व्यंग्यार्थ में चमत्कार आश्चर्य-मिश्रित भावों को भाषायी स्वरूप प्रदान करता है। ऐसा नकारात्मक वर्णन, जो अपने चरम का अनुभव करा दे, उसी रूप विशेष का रसाभास करा दे। यह सामर्थ्य विशेषण में ही है यथा—
'अपने विष बुझे तीर मत चलाओ अथवा थूककर चाटना स्वभाव मत बनाओ।'

विशेषण शब्दों के प्रयोग में कहीं रूप सौंदर्य का विस्मय-विमुग्ध कर देनेवाला मोहक जाल है, तो कहीं आनंद का चरमोत्कर्ष, कहीं मानवमूल्यों का उच्चादर्श, तो कहीं व्यवहार की सच्चरित्रता, कहीं घृणा की पराकाष्ठा, तो कहीं मानव-समाज की अस्वीकार्यता, कहीं स्वस्थ परंपराओं का निषेध और उससे उपजी अरुचि, तो कहीं मानवीय तिरस्कार, कहीं प्रतिकार/प्रतिघात की निकृष्टतम कोटि, तो कहीं आचार-विचार सभ्यता, संस्कृति का हनन। सभी स्थितियों/परिस्थितियों को साकार/सजीव रूप में प्रस्तुत करने का सामर्थ्य विशेषण प्रयोग से ही संभव होता है। कहीं कोमल भावनाओं को सहलाते, तो कहीं करुणा का सागर छलकाते, कहीं अनुशासन की कठोरता दरशाते, तो कहीं हास्य-मिश्रित बातों से गुदगुदाते, कहीं असंभव को संभावनाओं से चमत्कृत करते विशेषण भाषा को नया रूप प्रदान करते हैं। विशेषण का प्रयोग भाषा को अलंकृत ही नहीं करता, अपितु प्रेषक के सही मंतव्य को पहुँचाने का कार्य भी करता है।

विशेषण के प्रयोग से भाषा में कमनीयता आती है। ऐसी कमनीयता, जिसमें कल्पना की सरसता तथा अर्थ-गांभीर्य है। वक्ता और श्रोता अपना मंतव्य स्पष्ट करता

हुआ समझता और समझाता है। विशेषण का संयोग उसी मंतव्य को रस की चाशनी में डुबाकर चित्रित करता सा हृदयग्राही बना देता है। विशेषण के प्रयोग से साहित्यकारों ने अप्राणिवाचक को प्राणिवाचक बना दिया है। कहा भी है, 'जहाँ न पहुँचे रवि, वहाँ पहुँचे कवि'। अपनी बात की पुष्टि हेतु हिंदी साहित्य के मूर्धन्य कवि श्री जयशंकर प्रसाद के काव्य की पंक्तियाँ प्रस्तुत हैं—

"अंबर पनघट में डुबा रही
तारा-घट उषा नागरी"

कवि ने उषा काल में मानवीकरण कर उसे सुंदरी के रूप में प्रस्तुत किया है। पंत, प्रसाद और महादेवी के काव्य में पग-पग पर ऐसे अनेक उद्धरण मिलते हैं। विज्ञान और भाषा (साहित्य) में यही सबसे बड़ा अंतर है कि विज्ञान केवल-और-केवल तथ्यों को स्वीकारता है, जबकि भाषाई व्यक्ति तथ्यों के शुष्क जाल से परे हृदय को सर्वोपरि रखकर प्रकृतिदत्त हर पदार्थ में प्राण (चेतना) तथा आनंद का सर्जन कर लेता है। विशेषण जड़ित वाक्य हृदय के कोमल तारों को झंकृत कर भावों की गहनता और संवेदनशीलता का चरम छू लेता है। यह स्थिति केवल सकारात्मक ही नहीं होती, अपितु नकारात्मक रूप में भी मर्माहत कर देती है।

यहाँ यह कह देना अनिवार्य हो जाता है कि विशेषण की उपादेयता बढ़ानी हो तो क्रिया-विशेषण का अथवा विशेष्य का प्रयोग अनिवार्य होता है। वास्तविकता तो यह है कि क्रिया-विशेषण अथवा विशेष्य सहज ही प्रयुक्त होकर वाक्य को चार चाँद लगा जाते हैं। इससे अर्थ-सापेक्षता बढ़ जाती है।

आनंद की स्थिति प्रत्येक जीवित प्राणी के लिए प्रायः भिन्न होती है। एक स्थिति विशेष, जो किसी प्राणी के हृदय में घृणा, दुःख, अवसाद उत्पन्न करती है, किसी अन्य प्राणी विशेष के लिए आनंद का विषय हो सकती है। इसे हम इस उदाहरण द्वारा स्पष्ट करते हैं। किसी आदिनिवासी मनुष्य-भक्षी को लगातार भूखे रहने पर प्राप्त शिकार को पाकर आनंद के अतिरेक से किलकारी मारते देखना आश्चर्यजनक नहीं होगा। ठीक इसके विपरीत शाकाहारी मनुष्य (सभ्य जगत्) के लिए वही दृश्य कष्टकारी, उबकाई लाने जैसा घृणित होगा। एक अन्य उदाहरण से इसी स्थिति को और अधिक स्पष्ट किया जा सकता है। एक भूखे सिंह को शिकार पाकर गर्जन करते देखा है आपने? यदि साक्षात् नहीं तो चलचित्रों आदि में अवश्य देखा होगा। सिंह की इस गरज में उसके आनंद और वर्चस्व की घोषणा तथा तुष्टि का भास होता है। साहित्य में विशेषण की उपस्थिति आनंद/चमत्कार तथा इसी प्रकार के रसाभास की स्थितिजन्य वैविध्यता की परिचायक है। यहाँ तक कि प्राणी विशेष के परिवेश के अनुसार भी आनंद का स्वरूप बदलने लगता है। आपने वह कथा तो पढ़ी होगी,

जब मछली पकड़नेवाली युवती को रात्रि विश्राम के लिए अपनी सखी फूल बेचनेवाली के यहाँ रुकना पड़ा। निरंतर मछली की गंध से आनंदित होनेवाली उस युवती को फूलों की गंध कष्टकारी लगी और फिर वह मछलीवाली खाली टोकरी अपने सिर के नीचे लगाकर आनंद से सो जाती है। आनंद की स्थिति भी प्राणी विशेष की सोच, परिवेश और उसके जीवनयापन से जुड़ी होती है। साहित्य में विशेषण की उपस्थिति प्रत्येक रसाभास के चरम तक पहुँचाकर अपनी धन्यता सिद्ध करती है। सुख-दुःख, आनंद-उदासी अन्योन्याश्रित हैं। एक के अभाव में दूसरे की पूर्णता प्राप्त करना नितांत असंभव है। साहित्य में विशेषण का प्रयोग इस प्रकार के असंभव को संभावनाओं में परिवर्तित कर पाठक को चमत्कृत करता है, यह चमत्कार पाठक विशेष की मनोवृत्ति, परिवेशजन्य स्थिति पर निर्भर करता है। सौंदर्य-कुरूपता, सुख-दुःख दृष्टि विशेष का विषय होता है। वर्षा की बरसती बूँदें सुखी मन को नृत्य करती सी लगती हैं। बूँदों का धरती पर गिरना छमछम की ध्वनि सा लगता है, वहीं दुखी मन को लगता है, जैसे आसमान भी रो रहा है। आँसुओं के परनाले बहते से लगते हैं। विशेषण का प्रयोग इन सभी विविध भावनाओं को उत्कृष्ट रूप में प्रस्तुत कर पाठक/श्रोता को भाव-विभोर कर देता है। रुचि वैविध्यता में विशेषण प्रयोग देखिए—

जाने किन जन्मों का प्रतिफल
यह जीवन अभिशप्त मिला?
और
जीवन के इन वरदानों को
कैसे मैं अभिशाप बता दूँ?

'बंजारे स्वप्न'—'अपूर्वा'

मनःस्थिति वही है, किंतु दृष्टिसोच का प्रकटीकरण विशेषण प्रयोग से भिन्न दृश्य प्रस्तुत करता है। विशेषण की यही विशेषता भाषा को नित नया रूप प्रदान करती है, जो सरस हृदयों को अभावों में भी आनंदित करती रहती है। जिस प्रकार स्वर्ण पात्र में खिलने वाले सुमन भी माटी के स्पर्श के बिना व्यर्थ हैं, ठीक वैसे ही भाषा चाहे कितनी भी कठिन क्यों न प्रयुक्त की जाए, परंतु भाषा में चमत्कार आनंद-रूपी प्राण विशेषण के अभाव में फीका रह जाता है। भारी-भरकम शब्दों के प्रयोग के बिना भी भाषा में सरसता का संचार विशेषण वाक्य से ही होता है। एक उदाहरण देखिए—

है समय यही मर मिटने का,
स्वातंत्र्य-दीप मत बुझने दो।

नभ से हो उल्का पात भले ही
साहस को मत चुकने दो॥

'रणभेरी'—'अपूर्वा'

शब्द कभी मृत नहीं होते। हाँ, शब्द के अर्थ समय और देशकाल के अनुसार बदलते रहते हैं, तो कुछ शब्दों के नवीन अर्थ भी गढ़ लिये जाते हैं। भाषा में विशेषण का प्रयोग न केवल भाषाई सौंदर्य बढ़ाता है, अपितु श्रोता/पाठक उस शब्द-विशेष के प्रयोग से अन्य अर्थ (गूढ़ार्थ) ग्रहण करने में भी समर्थ हो जाते हैं। जिसे प्रयोक्ता अप्रत्यक्ष रूप से श्रोता/पाठक तक पहुँचाना तो चाहता है, किंतु अभिधा शक्ति (प्रत्यक्ष रूप) के माध्यम से नहीं। भाषाई सौंदर्य/चमत्कार केवल सकारात्मक ही नहीं होता। घृणा, जुगुप्सा, वीभत्सता, कठोरता, हिंस्र भयानकता आदि भावों को भाषाई स्वरूप देने में विशेषण शब्दों का चयन किया जाता है, उनका प्रयुक्त चमत्कृत स्वरूप श्रोता/पाठक को वही रसाभास करा सके, उसी चरमोत्कर्ष मन:स्थिति में पहुँचा सके, यह उन विशेषण शब्दों की सार्थक विशेषता होती है।

विशेषण-शब्द प्रयोग से अर्थ-सामर्थ्य की आश्चर्यजनक चमत्कृत शक्ति बढ़ जाती है। भाषा में भाव-प्रवणता और अधिक गहरी हो जाती है, यथा—'दिमाग घास चरने गया है?', 'खाली दिमाग शैतान का कारखाना है।' जिस व्यक्ति के लिए यह कहा गया है, वह क्रोधित अथवा रुष्ट न होकर एक फीकी सी ही सही, पर मुसकराहट अवश्य देगा। टक्कर मारने वाले को 'अंधे हो क्या?' न कहकर 'फ्यूज बल्ब लगता है' जैसा शब्द मर्माहत नहीं कर पाएगा। एक-दूसरे को थपकती लहरें दृष्टि को सम्मोहित करती हैं, अथवा 'झर-झर की ध्वनि मन को आह्लादित करने लगी' आदि प्रयोक्ता की सुकोमल वृत्ति तथा सौंदर्य-बोध को दरशाती है।

विशेषण की चाशनी में डूबे शब्द-बाण भी चुभते नहीं, अपितु कहीं-न-कहीं नए संकल्प जोड़ जाते हैं। अर्थ-सामर्थ्य को और अधिक गहराई में ले जाते हैं।

भाषा में विशेषण का प्रयोग भाषा को हृदयग्राही बनाता है; संप्रेषण में कर्णप्रियता, सरसता तथा माधुर्य का संवर्धन करता है। गुणी वक्ता किसी भी बात को कहते समय पात्र-परिवेश तथा पात्रता का विचार कर ऐसी भाषा का प्रयोग करता है, जो श्रोता के स्वाभिमान को आहत न कर पाए, साथ ही वक्ता अपने सही और उचित मंतव्य को श्रोता तक पहुँचा सके। उदाहरण के लिए, जब दो गुणी वक्ताओं का वार्त्तालाप चल रहा हो, तब उनका पारस्परिक संवाद गरिमामय तथा विद्वत्तापूर्ण शब्दों के आदान-प्रदान से होता है; जबकि किसी आम आदमी की भाषा में आम बोलचाल की भाषा प्रधान होती है। सीधी-सपाट बात कहने का ढंग श्रोता को आहत भी कर

देता है। कहा भी गया है कि कड़वा सत्य अप्रिय तथा अशोभनीय होता है, किंतु वही सत्य विशेषण सज्जित वाक्य द्वारा श्रोता के कर्ण-रंध्र तक पहुँचे तो किंचित् मुसकान भी खिला सकता है। ऐसी स्थिति में श्रोता विशेषण की गंभीरता को समझकर अपने दोषों को सुधारने के लिए कटिबद्ध होने लगता है। विशेषण का सटीक प्रयोग वक्तव्य में छिपे अन्य अर्थों को भी स्पष्ट कर देता है। इसका प्रयोग ऐसा ध्वनि चमत्कार उत्पन्न करता है कि शब्दों के लक्ष्यार्थ तथा भावाभिव्यक्ति में एकात्मता हो जाती है और यही भाषा की विशिष्टता विशेषण की सार्थकता सिद्ध करने लगती है; यथा—

रे प्रशांत एकांत,
प्रहर उन्मादित नयन निमीलित सा
क्रीडारत चपल-समीर
लजाई नव दुल्हिन-सी चंद्रिका

बंजारे स्वप्न—'अपूर्वा'

उपर्युक्त उदाहरण में एकांत विशेषण की विशिष्टता प्रशांत भी है। एकांत तो कहीं भी मिल सकता, किंतु वहाँ शांति का गांभीर्य होना आवश्यक नहीं होता और प्रहर, जो उन्माद से भरा चंचल था, अब गहन शांति से प्रभावित अलस भाव में निमग्न है। नयन मूँदना अलस/अचंचल भाव को उजागर कर रहा है। उदात्त प्रकृति से मनोभावों की एकात्मकता निश्चित ही दर्शनीय है। विशेषण प्रयोग से भाषा में जो अनूठापन आता है, वह सर्वथा बेजोड़ है।

हम पहले भी कह चुके हैं कि नकारात्मक विशेषण संदर्भ-विशेष में आनंददायी होता है तथा अपने चरम का अनुभव कराकर धन्यता सिद्ध करता है। यथा—

काक कंक लै भुजा उड़ाहीं।
एक ते छीनि एक लै खाहीं॥
एक कहहिं ऐसिउ सौंघाई।
सबहु तुम्हार दरिद्र न जाई॥

रामचरितमानस—तुलसीदास

उपर्युक्त उदाहरण में गोस्वामी तुलसीदासजी ने रणभूमि की भयंकरता में भी कौओं के आनंद का वर्णन किया है। उनकी प्रतिस्पर्धात्मक विनोदप्रियता दृष्टव्य है। संदर्भ-विशेष के अनुसार नकारात्मक विशेषण का प्रयोग आनंद के सर्जन में सहायक सिद्ध हुआ है।

□

3

विशेषण–प्राणिवाचक और अप्राणिवाचक

शब्दों का गंभीरतापूर्वक अध्ययन करने से नए–नए अर्थों का प्रकटीकरण तथा संदर्भ के अनुसार अर्थ की विभिन्नता ने मुझे चमत्कृत ही नहीं किया, बल्कि बहुत कुछ सोचने–समझने की दिशा प्रदान की। अर्थ–रहस्य की इस खोज में एक आनुषंगिक परिणाम सामने आया कि संज्ञा/सर्वनाम का प्राणवान अथवा निष्प्राण होना विशेषण को भी प्रभावित करता है। अत: विशिष्टता बतानेवाला विशेषण भी संज्ञा/सर्वनाम के गुणों के अनुसार ही प्राणवान होगा। यदि संज्ञा/सर्वनाम निष्प्राण है तो उसके जड़त्व में वृद्धि करनेवाला विशेषण भी प्राणहीन/निर्जीव होगा।

ऊपर दिए गए तथ्यों की पुष्टि हेतु विशेषण शब्द को प्राणिवाचक तथा अप्राणिवाचक नाम दिया गया है। विशेषण को प्राणिवाचक तथा अप्राणिवाचक नाम देना एक नई विचारधारा को जन्म देता है। अभी तक विद्वानों ने विशेषण को संज्ञा/सर्वनाम की विशेषता बताने में ही परिभाषित किया है। परिभाषाएँ किसी भी विषय को जानने में मोटे निर्देश का काम करती हैं, जबकि भाषा संदर्भानुसार अपना विकास करती चलती है। जब हम विशेषण का वर्गीकरण करते हैं, तब उसमें लचीलापन नहीं होता, बल्कि वर्गीकरण को एक सीमा में बाँध देते हैं। यह बात समझने योग्य है कि भाषा के विकास में संदर्भानुसार परिवर्तित विधा का अनुसरण स्वाभाविक होता है। इसीलिए संज्ञा/सर्वनाम के गुणों से प्रभावित विशेषण भी संज्ञा/सर्वनाम के गुणों से साम्य–भाव स्थापित कर लेता है।

यथा— चादर मैली
मन मैला

प्रथम उदाहरण में संज्ञा शब्द 'चादर' निर्जीव है तथा उसकी विशेषता बतानेवाला

विशेषण शब्द 'मैली' भी निर्जीव ही कहलाएगा। चादर मैली अर्थात् गंदी, धब्बा लगा हुआ/मैल लगा हुआ। विपरीत गुणवाचक विशेषण शब्द वास्तविक स्थिति को सही परिप्रेक्ष्य में नहीं दिखा सकता। अतः यह अप्राणिवाचक कहलाएगा।

दूसरा उदाहरण है 'मन मैला'। मन में मैल अर्थात् मन में दूषित विचार/छल-कपट/आचरण/वृत्ति सभी कुछ दोषपूर्ण होने का अर्थ दे रहे हैं। 'मन' संज्ञा शब्द चेतन है। प्राणवान है। मन की चेतना के साथ जुड़कर 'मैला' विशेषण निर्जीव नहीं रह गया है। इस उदाहरण में मैला शब्द चिंतन और कर्म का अर्थ दे रहा है। अतः मैला शब्द संदर्भ के अनुसार बदल कर प्राणवान विशिष्टता की ओर संकेत कर रहा है। इसीलिए मन मैला प्राणिवाचक कहलाएगा।

उपरोक्त उदाहरण से हमारे इस मत की पुष्टि होती है कि संज्ञा/सर्वनाम के गुणों का प्रभाव विशेषण पर भी पड़ता है और संज्ञा/सर्वनाम के गुणों के अनुरूप ही विशेषण प्राणिवाचक अथवा अप्राणिवाचक कहलाता है। मेरी धारणा है कि जिस प्रकार विशेषण शब्द संज्ञा सर्वनाम (व्यक्ति, पदार्थ कर्ता) द्वारा संपन्न कार्यों के घनत्व में संदर्भानुसार प्रभावित कर वृद्धि करता है और संज्ञा/सर्वनाम की विशिष्टता प्रदान करता है, उसी प्रकार संज्ञा/सर्वनाम भी अपनी चेतना/प्राण ऊर्जा से विशेषण को प्रभावित कर प्राणमय/प्राणिवाचक बना देता है।

किसी शब्द का शाब्दिक अर्थ (अभिधेयार्थ) केवल एक ही अर्थ नहीं देता। यूँ सरसरी दृष्टि में उसके अर्थ में कुछ अनोखापन भी दृष्टिगोचर नहीं होता, किंतु प्रकरण विशेष में प्रयुक्त होने पर संदर्भ के अनुसार (शब्द की) उसका अर्थ सामर्थ्य दृष्टिगोचर होता है। और तब वही विशेषण शब्द प्राणिवाचक अथवा अप्राणिवाचक के रूप में जाना जाने लगता है।

यथा— आशु + तोष

आशुतोष

आशु का अर्थ है 'शीघ्र/तेज/त्वरित'। यह गति सूचक है। तोष का अर्थ है 'तृप्ति/संतोष'।

आशुतोष को हम संकेत में कहते चलते हैं कि व्यंजना शब्द-शक्ति में यह शब्द शिव के लिए प्रयुक्त होता है। उनकी वृत्ति भी शीघ्र प्रसन्न होनेवाली कही जाती है। प्रस्तुत उदाहरण में 'तोष' संज्ञा शब्द तुष्ट होना/प्रसन्न होना का अर्थ दे रहा है। संतुष्टि और प्रसन्नता किसी भी जीवधारी के मन की स्थिति है। संतुष्टि अथवा प्रसन्नता वस्तुनिष्ठ नहीं हैं, अपितु भावजगत् का परिणाम है। अतः 'तोष' संज्ञा प्राणिवाचक है। आशु शब्द (विशेषण) गति सूचक है और गति चेतना में

होती है। अतः यह भी प्राणिवाचक है। यहाँ 'आशु' संज्ञा शब्द 'तोष' विशेषण शब्द के साथ जुड़कर अन्य अर्थ भी दे रहा है। अतः दोनों रूपों में (अभिधेयार्थ तथा व्यंजनार्थ) यह प्राणिवाचक ही कहलाएगा।

प्रत्येक अक्षर नादमय/प्राणमय है। यह सर्वजनीन सत्य है। नाद की तरंग दूर-दूर तक जाती है। वैज्ञानिकों ने इन तरंगों के माध्यम से ही विज्ञान के क्षेत्र का व्यापक विस्तार किया है। भाषा में संज्ञा/सर्वनाम की ध्वनि तरंग विशेषण की ध्वनि तरंग से टकराकर पारस्परिक प्रभाव अनुभूत करती है। एक-दूसरे के गुणों को आत्मसात् करना अथवा एक-दूसरे के गुणों से प्रभावित होने के लिए ध्वनियों के अनुकूलन की प्रक्रिया अनिवार्य रूप से जुड़ी है। जिस प्रकार ध्वनियों की तरंग होती है, उसी प्रकार सजीव शब्दों की गुणवृद्धि करनेवाली तरंग (शब्द विशेष) भी सजीव ही कहलाएगी। इसी प्रकार निर्जीव के जड़त्व में विशेष गुण बतानेवाला शब्द भी उसी गुण विशेष से संबंधित होगा।

यथा—कृत्रिम फूल सुंदर है।

प्रस्तुत संज्ञा शब्द 'फूल' सजीव/प्राणवंत के अंतर्गत आता है। फूल में पानी देने पर फूल प्रतिक्रिया करता/खिलता है, पुष्ट होता है। अतः फूल प्राणिवाचक है। 'कृत्रिम' विशेषण शब्द निर्जीव है, जड़ है। अतः अप्राणिवाचक है। सजीव/प्राणवंत संज्ञा शब्द फूल की विशेषता बतानेवाला कृत्रिम शब्द संदर्भ के अनुसार प्राणवंत/सजीवता से प्रभावित होकर प्राणिवाचक ही कहलाएगा। क्योंकि सजीव गुणों की विशिष्टता में वृद्धि करनेवाले शब्द में भावानुकूलता अत्यंत आवश्यक है।

प्रत्येक शब्द की स्वयं की आभा होती है, जो उसके गुणों को निर्धारित कर प्राणिवाचक अथवा अप्राणिवाचक की पुष्टि करती है। कुछ शब्दों की आभा शाश्वत होती है तो कुछ संदर्भानुसार प्रयुक्त होने पर आभावृद्धि विशेष का अनुभव कराते हैं।

यथा—सुगंधित फूल खिल रहा है।

फूल (संज्ञा शब्द) की नैसर्गिक आभा सत्त्वगुणी है। सभी को प्रिय लगता है। संज्ञा शब्द फूल की विशेषता बतानेवाला विशेषण शब्द सुगंधित सबके लिए सुखकारी है, अतः सत्त्वगुणी वृत्तिपरक है। सुख चेतनामय शब्द है। अपनी सुगंध से चेतन प्राणी को सुख प्रदान करना यह एक विशिष्ट आभा है, जो सत्त्वगुणी वृत्तिपरक होते हुए प्राणिवाचक ही कहलाएगी। इसीलिए 'सुगंधित' विशेषण 'फूल' संज्ञा की आभा से ऊर्जस्वित विशेषण शब्द सुगंधित आभामय होते हुए प्राणिवाचक के वर्ग में ही रहेगा।

एक अन्य उदाहरण द्वारा विशेषण शब्दों में स्वयं की आभा होने की पुष्टि होती है। भले ही यह आभा नकारात्मक तथा तमोगुणी वृत्तिपरक होती है, फिर चाहे वह प्राणिवाचक हो अथवा अप्राणिवाचक।

यथा—भयानक स्थल

उपरोक्त उदाहरण में स्थल संज्ञावाचक शब्द निर्जीव होने के कारण अप्राणिवाचक है। स्थल संज्ञा शब्द की विशेषता बतानेवाला विशेषण शब्द भयानक अर्थ में अरुचिकर होने के कारण तमोगुणी वृत्तिपरक है, साथ ही संज्ञा शब्द स्थल से जुड़ा होने के कारण अप्राणिवाचक कहलाएगा।

किसी भी निर्जीव संज्ञा शब्द की विशेषता बतानेवाला विशेषण शब्द उसके जड़त्व/प्राणहीनता में ही वृद्धि करता है और अप्राणिवाचक कहलाता है।

'न' अक्षर नकारात्मक तथा जड़ है। 'आ' मात्रा के योग से 'ना' बना। 'ना' शब्द के साथ एक और 'ना' जुड़ा और शब्द बन गया नाना, जो विभिन्नता/अनेक प्रकार का अर्थ देने लगा तथा वाक्य में प्रयुक्त होकर प्राणिवाचक संज्ञा से प्रभावित होकर विशेषण भी प्राणिवाचक हो गया। यथा—नाना फूल खिले हैं।

फूल संज्ञा शब्द चेतन है और उसकी विशेषता नाना शब्द बता रहा है। अत: फूल की चेतना से ऊर्जा प्राप्त कर भाव अनुकूल होने के कारण नाना शब्द भी प्राणिवाचक कहलाएगा। यहाँ सांख्यिक विज्ञान का एक सूत्र दृष्टिगोचर हो रहा है। सांख्यिक विज्ञान का सूत्र है। - + - = + यहाँ नकारात्मक + नकारात्मक = सकारात्मक शब्द बना और प्राणिवाचक संज्ञा की विशेषता बताने के कारण प्राणिवाचक कहलाएगा।

भाषा को विज्ञान की कसौटी पर कसकर यथा—शब्दों का निर्धारण, उनके अनेक अर्थ, संदर्भानुसार उनका वाक्य प्रयोग, शब्द-शक्ति, विशेषण प्रयोग, प्रवृत्ति, काल या फिर सार्वकालिक, संदर्भ स्थिति, प्रवृत्ति, गुण और सबसे महत्त्वपूर्ण संज्ञा/सर्वनाम से प्रभावित विशेषण प्राणिवाचक अथवा अप्राणिवाचक सिद्ध किया है।

नीचे कुछ संकल्पनाएँ दी जा रही हैं, जिनके आधार पर विशेषण प्राणिवाचक अथवा अप्राणिवाचक होता है।

1. संज्ञा/सर्वनाम के लिए प्रयुक्त विशेषण परस्पर एक-दूसरे की ऊर्जा विशिष्टता, निर्जीवता-सजीवता आदि से प्रभावित होते हैं।
2. जिस विशेषण शब्द के प्रयोग से संज्ञा/सर्वनाम की भावाभिव्यक्ति में वृद्धि हो, उसका भावानुकूल होना अनिवार्य है।

3. शब्द में निहित ऊर्जा (सकारात्मक/नकारात्मक) उस शब्द में प्राण होना संकेतित करती है।
4. यह ऊर्जा तरंगित होकर शब्द को प्रभावित करती है, तब अर्थ अनावृत्त होकर चमत्कृत तो करता ही है, अभिव्यक्ति को समृद्ध भी करता है।
5. संज्ञा का प्राणिवाचक/अप्राणिवाचक होना विशेषण पर सीधा प्रभाव डालता है और विशेषण भी संज्ञा के अनुसार प्राणिवाचक/अप्राणिवाचक कहलाता है। विशेषण को प्राणिवाचक अथवा अप्राणिवाचक कहना पारंपरिक विचारधारा से भिन्न है। किंतु यह एक उपक्रम है। अभी मेरी वैचारिक स्वतंत्रता के रूप में विरोध के स्वर भी उठ सकते हैं। संभवत: आरंभ में असहमतियों के स्वर मुखर हों, किंतु कालांतर में सहमति का व्यापक पक्ष भी जुड़ सकता है। साहित्य जगत् को यह मेरी विनम्र भेंट है।

□

4

हिंदी विशेषण शब्दों का अर्थपरक विश्लेषण

अनागत—अनागत अनजान है। व्यर्थ चिंता मत करो।

प्रस्तुत उदाहरण काल विषयक नकारात्मक स्थितिपरक है। जो जहाँ है रहता रहे, क्योंकि सभी कुछ भविष्य के गर्भ में है। व्यंजना शब्द-शक्ति तथा रजोगुणी वृत्तिपरक है। गुणवाचक विशेषण तथा संशयात्मक/अस्थिर भविष्यजन्य सामाजिक संदर्भ का परिचायक है। प्राणिवाचक है तथा सार्वकालिक है।

अनदेखा—अनदेखे शत्रु से भय मत करो।

प्रस्तुत उदाहरण संदेहास्पद नकारात्मक स्थिति का है। व्यंजना शब्द-शक्ति तथा रजोगुणी वृत्तिपरक है। गुणवाचक विशेषण तथा साहसी परामर्श संबंधी राजनीतिक संदर्भ का परिचायक है। प्राणिवाचक है तथा वर्तमानकालिक है।

अज्ञात—अज्ञात मार्ग पर बढ़ने से पहले सौ बार सोचना चाहिए।

प्रस्तुत उदाहरण विवेकशील सकारात्मक मानसिक स्थिति का है। व्यंजना शब्द-शक्ति तथा रजोगुणी वृत्तिपरक है। गुणवाचक विशेषण तथा बुद्धि चातुर्य एवं सतर्कता तथा नीति संबंधी संदर्भ का परिचायक है। अप्राणिवाचक है तथा सार्वकालिक है।

विशेष

अनागत से तात्पर्य, जो अभी आया नहीं है तथा अनदेखा शब्द से तात्पर्य है, उपस्थिति हो सकती है, किंतु दृष्टिगोचर नहीं हुआ। अज्ञात कोई भी वस्तु, प्राणी के विषय में कुछ भी मालूम नहीं होता है। अतः तीनों शब्दों के प्रयोग में सूक्ष्म अंतर स्पष्ट है।

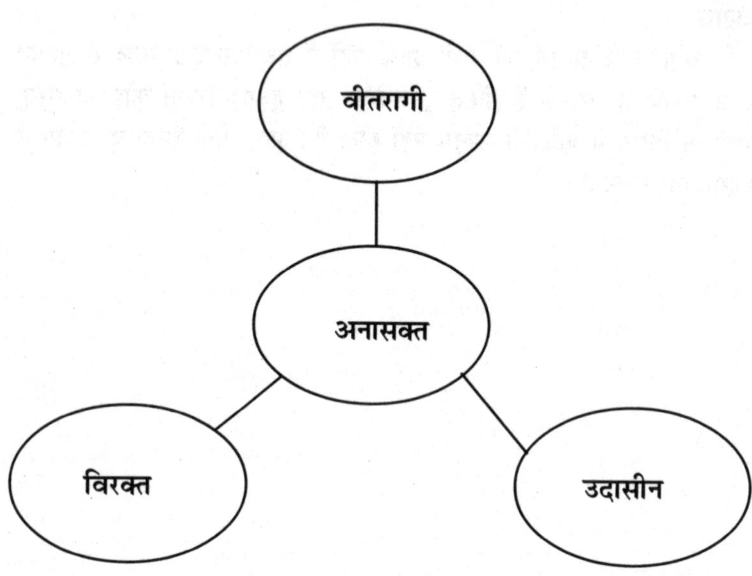

अनासक्त—अनासक्त योगी संसार-जन्य सुख-दुःख सभी से निर्लिप्त रहता है।

प्रस्तुत उदाहरण सांसारिक सुखोपभोग के प्रति अप्रभावित तथा आसक्ति रहित मानसिक स्थिति का सकारात्मक है। व्यंजना शब्द-शक्ति तथा सत्त्वगुणी वृत्तिपरक है। गुणवाचक विशेषण तथा संयमशील वानप्रस्थी धार्मिक संदर्भ का परिचायक है। प्राणिवाचक है तथा सार्वकालिक है।

वीतरागी— वीतरागी मनुष्य माया-मोह से अप्रभावित रहता है।

वीतरागी मनुष्य अनुकूल/प्रतिकूल स्थिति में तटस्थ रहता है।

प्रस्तुत उदाहरण इच्छाओं/आकांक्षाओं से निर्लेपजन्य सकारात्मक मानसिक/शारीरिक स्थितिपरक है। व्यंजना शब्द-शक्ति तथा सत्त्वगुणी वृत्तिपरक है। गुणवाचक विशेषण तथा संयमशील वानप्रस्थी धार्मिक संदर्भ का परिचायक है। प्राणिवाचक है तथा सार्वकालिक है।

उदासीन—उदासीन योगी भवसागर से पार होने का सामर्थ्य रखता है।

प्रस्तुत उदाहरण निर्विकार मानसिक सकारात्मक स्थितिपरक है। व्यंजना शब्द-शक्ति तथा सत्त्वगुणी वृत्ति संबंधी है। गुणवाचक विशेषण तथा निर्लिप्त मानसिक

स्थिति जन्य धार्मिक संदर्भ का द्योतक है। प्राणिवाचक है तथा सार्वकालिक है।

विरक्त—संसार से विरक्त मनुष्य ही सुखी रहता है।

प्रस्तुत उदाहरण सांसारिक नश्वरता का ज्ञान जन्य सकारात्मक मानसिक स्थिति संबंधी है। व्यंजना शब्द-शक्ति तथा सत्त्वगुणी वृत्तिपरक है। गुणवाचक विशेषण तथा लोभ-मोह से परे रहकर जीवनयापन संबंधी धार्मिक संदर्भ का परिचायक है। प्राणिवाचक है तथा सार्वकालिक है।

विशेष

विरक्त और उदासीन स्थिति सांसारिक सुखोपभोग में कमी आने पर भी होती है, किंतु वीतरागी स्थिति संसार जन्य सुखों की क्षणभंगुरता को पहचानने में सक्षम होती है। अनासक्त स्थिति वीतरागी से उच्चकोटि की है। अनासक्त स्थिति में सांसारिक सुख-दुःख सभी कुछ शून्य हो जाता है। वीतरागी स्थिति में संसारजन्य कामनाएँ गौण हो जाती हैं, जबकि अनासक्त स्थिति सभी से अप्रभावित रहती है।

अनिवर्चनीय—अनिर्वचनीय शांति है।

प्रस्तुत उदाहरण शब्दातीत सकारात्मक मानसिक स्थिति का है। व्यंजना शब्द-शक्ति तथा सत्त्वगुणी वृत्तिपरक है। गुणवाचक विशेषण तथा आत्म-तोष संबंधी परिवेश जन्य संदर्भ का परिचायक है। प्राणिवाचक है तथा सार्वकालिक है।

अवर्णनीय—सज्जा अवर्णनीय है।

प्रस्तुत उदाहरण अभूतपूर्व कलात्मक सज्जा संबंधी सकारात्मक स्थितिपरक है। व्यंजना शब्द-शक्ति तथा रजोगुणी वृत्ति का परिचायक है। गुणवाचक विशेषण तथा वर्णनातीत सौंदर्यानुभूति संबंधी संदर्भ का परिचायक है। अप्राणिवाचक है तथा वर्तमानकालिक है।

अकथनीय—अकथनीय उपेक्षा क्यों?

प्रस्तुत उदाहरण असह्य नकारात्मक मानसिक स्थिति का है। व्यंजना शब्द-शक्ति तथा रजोगुणी वृत्तिपरक है। गुणवाचक विशेषण तथा पीड़ादायक मौन उपालंभ संबंधी संदर्भ का परिचायक है। प्राणिवाचक है तथा वर्तमानकालिक है।

विशेष

अनिर्वचनीय शब्द का प्रयोग ऐसी स्थिति में किया जाता है, जहाँ केवल अनुभूति गहरी होती है, वाणी/शब्द प्रयोग अनावश्यक रहते हैं। अवर्णनीय विशेषण के प्रयोग में सभी स्थिति में अनुकूल शब्दों की कमी अनुभव की जाती है। अकथनीय विशेषण का प्रयोग शब्दों की अपेक्षा हृदय स्थिति-अनुभूति से जुड़ा होता है। अनुभूति की तीव्रता शब्द रूप में ढल नहीं पाती। किसी ने ठीक ही कहा है—

कहने की तो चाह बहुत,
पर शब्दों को आकार नहीं मिल पाता है
सबकुछ अनकहा कहा रह जाता है

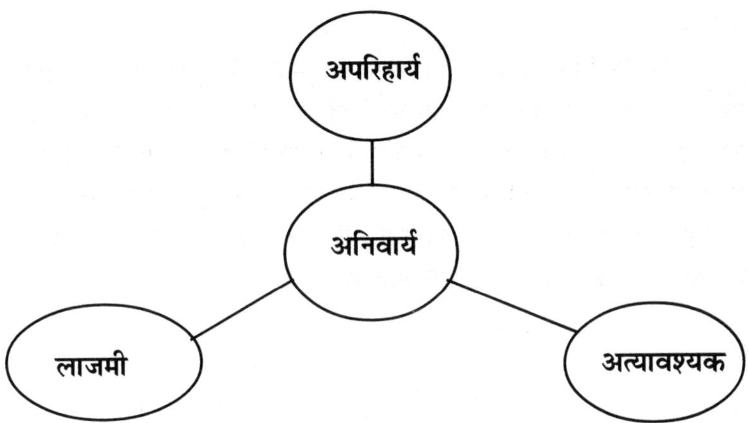

अनिवार्य—अनिवार्य गणवेश में रहो।

प्रस्तुत उदाहरण सकारात्मक नियमानुसार शारीरिक स्थिति का है। अभिधा शब्द शक्ति तथा रजोगुणी वृत्तिपरक है। गुणवाचक विशेषण तथा संस्था विशेष से संबंधित अनुशासनात्मक बाध्यता से परिपूर्ण सामाजिक संदर्भ का है। अप्राणिवाचक है तथा सार्वकालिक है।

अपरिहार्य—खेती के लिए वर्षा अपरिहार्य है।

प्रस्तुत उदाहरण विकल्पहीन सकारात्मक स्थिति का है। अभिधा शब्द-शक्ति तथा रजोगुणी वृत्तिपरक है। गुणवाचक विशेषण तथा कृषि विज्ञान संबंधी सामाजिक संदर्भ का परिचायक है। प्राणिवाचक है तथा सार्वकालिक है।

अत्यावश्यक—अत्यावश्यक कार्य पूरा करो।

प्रस्तुत उदाहरण परामर्शदायक सकारात्मक स्थिति का है। व्यंजना शब्द-शक्ति तथा रजोगुणी/सत्त्वगुणी वृत्ति का परिचायक है। गुणवाचक विशेषण तथा प्राथमिकता देने संबंधी लगभग सभी संदर्भों का परिचायक है। प्राणिवाचक है तथा सार्वकालिक है।

लाजमी—लाजमी हुकुम मान कर चलो।

प्रस्तुत उदाहरण नीतिपरक सुझाव संबंधी सकारात्मक स्थिति की ओर संकेतित है। अभिधा शब्द-शक्ति तथा रजोगुणी वृत्तिपरक है। गुणवाचक विशेषण तथा वांछित परिणाम प्राप्ति जन्य आदेश संबंधी संदर्भ का परिचायक है। प्राणिवाचक है तथा सार्वकालिक है।

विशेष

अनिवार्य विशेषण का प्रयोग किसी भी स्थिति में अवहेलना को स्वीकृति नहीं देता। अपरिहार्य शब्द का प्रयोग जब कोई विकल्प न हो, ऐसी स्थिति में किया जाता है। अत्यावश्यक शब्द का प्रयोग ऐसी स्थिति में किया जाता है, जब किसी भी कार्य/कारण/कथन/आचरण/स्थिति/परिस्थिति में बिना कहे अथवा किए काम को प्राथमिक तौर पर करना हो। लाजमी शब्द आवश्यक के लिए भी प्रयुक्त होता है तथा उचित के अर्थ में भी प्रयुक्त होता है।

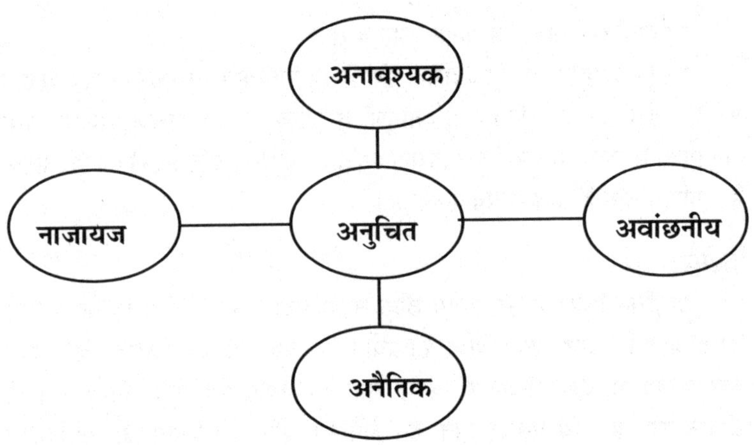

अनुचित—अनुचित हस्तक्षेप सहन नहीं होता।

प्रस्तुत उदाहरण नकारात्मक स्थिति का है। व्यंजना शब्द-शक्ति तथा रजोगुणी वृत्तिपरक है। गुणवाचक विशेषण तथा अनधिकार दखल संबंधी सामाजिक राजनैतिक/आर्थिक/धार्मिक आदि संदर्भ का परिचायक है। प्राणिवाचक है तथा सार्वकालिक है।

अनावश्यक—अनावश्यक भोजन मत बनाओ।

प्रस्तुत उदाहरण स्थितिपरक है। नकारात्मक मानसिक स्थिति का है। अभिधा शब्द-शक्ति तथा रजोगुणी वृत्तिपरक है। गुणवाचक विशेषण तथा व्यर्थ योजना संबंधी सामाजिक/राजनैतिक/आर्थिक आदि संदर्भों का परिचायक है। अप्राणिवाचक है तथा वर्तमानकालिक है।

अवांछनीय—अवांछनीय कार्य मत करो।

प्रस्तुत उदाहरण नकारात्मक मानसिक स्थिति का है। व्यंजना शब्द-शक्ति तथा संदर्भानुसार रजोगुणी/तमोगुणी वृत्तिपरक है। गुणवाचक विशेषण तथा निषेधात्मक अप्रिय वृत्ति संबंधी सामाजिक तथा अन्य सभी संदर्भों का परिचायक है। अप्राणिवाचक है तथा सार्वकालिक है।

अनैतिक—अनैतिक बात मत सुनो।

प्रस्तुत उदाहरण विचार संबंधी नकारात्मक शारीरिक/मानसिक स्थिति का है। व्यंजना शब्द-शक्ति तथा तमोगुणी वृत्तिपरक है। गुणवाचक विशेषण तथा नीति विरुद्ध सामाजिक तथा अन्य सभी संदर्भों का परिचायक है। प्राणिवाचक है तथा सार्वकालिक है।

नाजायज—नाजायज गुलामी मत करो।

प्रस्तुत उदाहरण अनुचित दासता संबंधी नकारात्मक मानसिक/शारीरिक स्थिति का है। व्यंजना शब्द-शक्ति तथा रजोगुणी वृत्तिपरक है। गुणवाचक विशेषण तथा अनुपयुक्त स्थितिपरक सामाजिक, राजनैतिक तथा आर्थिक आदि संदर्भों का परिचायक है। प्राणिवाचक है तथा सार्वकालिक है।

विशेष

अनुचित विशेषण का प्रयोग ठीक न हो/सही न हो तथा गलत के अर्थ में किया जाता है। अनावश्यक शब्द का प्रयोग गैर-जरूरी अर्थात् जिसके बिना काम चल सकता हो, ऐसी स्थिति में किया जाता है। अवांछनीय शब्द अप्रिय तथा जो इच्छित नहीं है, तब प्रयुक्त होता है। अनैतिक शब्द का प्रयोग जो कार्यकारण कथन/आचरण नीति के विरुद्ध हो, सामाजिक मान्यताओं को स्वीकार्य न हो ऐसी स्थिति में होता है। नाजायज शब्द ऐसी स्थिति में प्रयुक्त होता है, जो सामाजिक मान्यताओं का उल्लंघन करता है, नैतिकता (सदाचार, सच्चरित्रता) के विरुद्ध हो। नाजायज कार्य/आचरण/बातें आदि हो सकती हैं। हम देखते हैं कि एक ही वर्ग के भिन्न शब्द समानार्थी होते हुए सूक्ष्म अंतर होने के कारण भिन्न-भिन्न रूप में प्रयुक्त होते हैं।

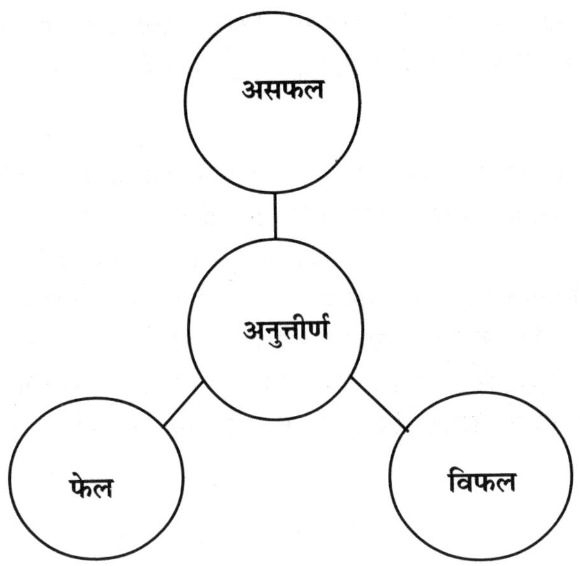

अनुत्तीर्ण—अनुत्तीर्ण छात्र की हिम्मत टूट गई।

प्रस्तुत उदाहरण निराशाजनक परिणाम संबंधी नकारात्मक मानसिक स्थिति का है। अभिधा शब्द-शक्ति तथा रजोगुणी वृत्तिपरक है। गुणवाचक विशेषण तथा हताशा संबंधी सामाजिक संदर्भ का परिचायक है। प्राणिवाचक है तथा भूतकालिक है।

असफल—असफल व्यापारी ने दोबारा टैंडर भरा।

प्रस्तुत उदाहरण निराशाजनक नकारात्मक मानसिक स्थिति का है। व्यंजना शब्द-शक्ति तथा रजोगुणी वृत्तिपरक है। गुणवाचक विशेषण तथा साहस भरा सामाजिक/आर्थिक संदर्भ का द्योतक है। प्राणिवाचक है तथा वर्तमानकालिक है।

विफल—विफल योजना बुद्धिमत्ता से आगे बढ़ा दी गई।

प्रस्तुत उदाहरण बुद्धि चातुर्य संबंधित सकारात्मक मानसिक स्थिति संबंधी है। अभिधा शब्द-शक्ति तथा रजोगुणी वृत्तिपरक है। गुणवाचक विशेषण तथा साहसिक, बुद्धि कौशल संबंधी सामाजिक/आर्थिक संदर्भ का परिचायक है। प्राणिवाचक है तथा भूतकालिक है।

फेल—फेल विद्यार्थी ने उत्तर-पुस्तिका खुलवाने की अर्जी दी।

प्रस्तुत उदाहरण नकारात्मक मानसिक स्थिति का है। अभिधा शब्द-शक्ति

तथा रजोगुणी वृत्तिपरक है। गुणवाचक विशेषण तथा साहसिक कदम संबंधी सामाजिक/शैक्षिक संदर्भ का परिचायक है। प्राणिवाचक है तथा भूतकालिक है।

विशेष

असफल विशेषण कथनी/कार्य/आचरण/स्थिति/परिस्थिति आदि के लिए प्रयुक्त होता है। अनुत्तीर्ण किसी परीक्षा/प्रतियोगिता में प्राप्त परिणाम के लिए प्रयुक्त होता है। असफल स्वयं हो जाता है, लेकिन फेल किसी अन्य द्वारा करने पर होता है। विफल विशेषण का प्रयोग प्रयत्न करने पर भी आशाजनक परिणाम नहीं मिलने का अर्थ ध्वनित होता है। असफल में कर्ता का स्वयं का प्रयास सफल नहीं हो पाता, यानी असफल कर्ता और प्रयास विफल हो जाता है। फेल होना कोई भी प्रयास/योजना/परीक्षा/प्रतियोगिता आदि में पूर्णतः बाहर हो जाने के रूप में प्रयुक्त होता है।

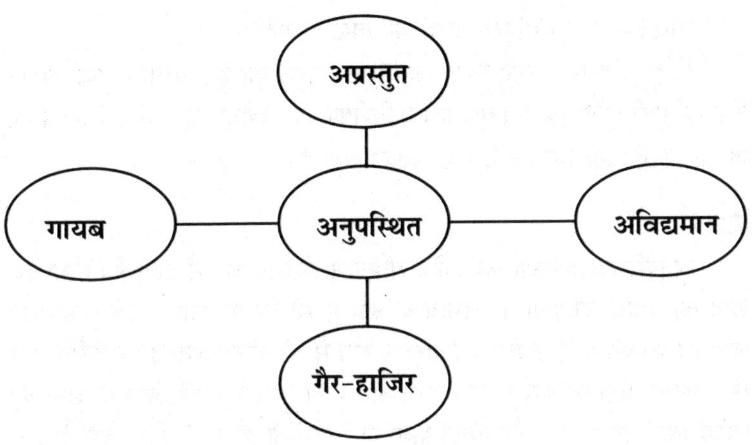

अनुपस्थित—आज छात्र अनुपस्थित है।

प्रस्तुत उदाहरण नकारात्मक शारीरिक स्थिति का है। अभिधा शब्द-शक्ति तथा रजोगुणी वृत्तिपरक है। गुणवाचक विशेषण तथा विद्यमानता जन्य सामाजिक/प्रशासनिक/राजनैतिक/धार्मिक आदि सभी संदर्भों का परिचायक है। प्राणिवाचक है तथा वर्तमानकालिक है।

अप्रस्तुत—अप्रस्तुत पुस्तक के लिए बहस क्यों?

प्रस्तुत उदाहरण व्यर्थ समय नष्ट करने संबंधी नकारात्मक मानसिक स्थिति का है। अभिधा शब्द-शक्ति रजोगुणी वृत्तिपरक है। गुणवाचक विशेषण विषय संबंधी सामाजिक संदर्भ का परिचायक है। अप्राणिवाचक है तथा वर्तमानकालिक है।

अविद्यमान—अविद्यमान मूर्ति के लिए झगड़ा मत करो।

प्रस्तुत उदाहरण नकारात्मक स्थिति का है। वस्तुपरक है। लक्षणा शब्द-शक्ति तथा रजोगुणी वृत्ति का है। गुणवाचक विशेषण तथा अप्रकट/अनुपस्थित मूर्ति संबंधी शिल्पकलाजन्य संदर्भ का परिचायक है। अप्राणिवाचक है तथा वर्तमानकालिक है।

गैर-हाजिर—गैर-हाजिर छात्र बीमार रहता है।

प्रस्तुत उदाहरण व्यक्तिनिष्ठ है तथा नकारात्मक शारीरिक/मानसिक स्थिति का है। अभिधा शब्द-शक्ति तथा रजोगुणी वृत्तिपरक है। गुणवाचक विशेषण तथा शिक्षा संबंधी सामाजिक संदर्भ का परिचायक है। प्राणिवाचक है तथा वर्तमानकालिक है।

गायब—गायब महिला अचानक प्रकट हो गई।

प्रस्तुत उदाहरण नकारात्मक शारीरिक स्थिति का है। अभिधा शब्द-शक्ति तथा रजोगुणी वृत्तिपरक है। गुणवाचक विशेषण तथा खोया-पाया संबंधी संदर्भ का परिचायक है। प्राणिवाचक है तथा भूतकालिक है।

विशेष

अनुपस्थित विशेषण का प्रयोग सामने न होने के रूप में होता है। कभी इस शब्द का प्रयोग एकाग्रता के अभाव के रूप में भी किया जाता है, किंतु अप्रस्तुत विशेषण का प्रयोग बिना किसी तैयारी के रूप में भी किया जाता है। शारीरिक रूप में सामने न होना के अर्थ में तथा कहीं और होना के रूप में भी अप्रस्तुत शब्द का प्रयोग किया जाता है। अविद्यमान शब्द जो सामने है ही नहीं, जिसे हम देख छू सकें ऐसी वस्तु अथवा जो असत्य है, अविद्यमान कहलाता है। गैर-हाजिर शब्द का प्रयोग केवल जीवधारी के लिए होता है। गायब विशेषण का प्रयोग आँख से ओझल के रूप में किया जाता है। गैर-हाजिर स्वयं होता है, किंतु गायब स्वयं के अलावा दूसरे के द्वारा भी किया जाता है।

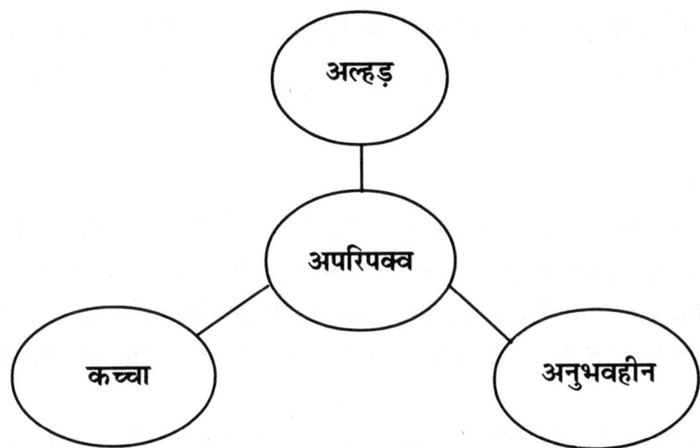

अपरिपक्व—अपरिपक्व बुद्धि से लिया गया निर्णय संदिग्ध ही रहता है।

प्रस्तुत उदाहरण बुद्धि कौशल की कमी संबंधी नकारात्मक मानसिक स्थिति का है। व्यंजना शब्द-शक्ति तथा रजोगुणी वृत्तिपरक है। गुणवाचक विशेषण तथा अनुभवहीन बुद्धि जन्य सामाजिक/राजनैतिक/प्रशासनिक/आर्थिक/धार्मिक/कलात्मक आदि सभी संदर्भों का परिचायक है। प्राणिवाचक है तथा सार्वकालिक है।

अल्हड़—अल्हड़ नदी की चाल मनमोहक थी।

प्रस्तुत उदाहरण मनमौजी सकारात्मक मानसिक/शारीरिक स्थिति का है। व्यंजना शब्द-शक्ति तथा सत्त्वगुणी वृत्तिपरक है। गुणवाचक विशेषण तथा भोली और स्वयं में मस्त रहनेवाली वृत्ति संबंधी प्राकृतिक संदर्भ का द्योतक है। प्राणिवाचक है (नदी में अल्हड़ नारी का आरोप है) तथा भूतकालिक है।

अनुभवहीन—अनुभवहीन युवक नौकरी न मिल पाने से निराश था।

प्रस्तुत उदाहरण निराशाजनक नकारात्मक मानसिक स्थिति का है। अभिधा शब्द-शक्ति तथा रजोगुणी वृत्तिपरक है। गुणवाचक विशेषण तथा अनुभव शून्य मन:स्थितिपरक लगभग सभी संदर्भों का परिचायक है। विशेषकर सामाजिक/आर्थिक/प्रशासनिक संदर्भ मुख्य हैं।

कच्चा— 1. कान का कच्चा व्यक्ति विश्वास के योग्य नहीं होता।
2. दाल कच्ची है।
3. कच्चे रंग का दुपट्टा है।

पहला उदाहरण संदिग्ध नकारात्मक मन:स्थिति का है। व्यंजना शब्द-शक्ति

तथा रजोगुणी वृत्तिपरक है। गुणवाचक विशेषण तथा गिरगिटिया वृत्ति संबंधी सामाजिक/आर्थिक प्रशासनिक/धार्मिक आदि सभी संदर्भों का परिचायक है। प्राणिवाचक है तथा सार्वकालिक है।

विशेष

अपरिपक्व विशेषण पूर्णता के अभाव के रूप में होता है। इसका आयु से कुछ लेना–देना नहीं होता। यदि अपरिपक्व मानसिक स्थिति है तो यह जेनेटिक भी हो सकती है, यदि बुद्धि है तो प्रयास से अनुभव के साथ–साथ ठीक हो जाती है। स्थितिपरक/आचरणपरक है तो चिकित्सा एवं कार्य योजना से पूर्णता को प्राप्त कर लेती है।

अल्हड़ विशेषण मनमौजी, सांसारिक छल–कपट से दूर भोली वृत्ति/चाल/गति व्यवहार आदि के लिए प्रयुक्त होता है। अनुभवहीन विशेषण के प्रयोग के लिए बड़ी आयु ही आवश्यक नहीं, स्थिति/परिस्थिति के अनुसार कभी–कभी बच्चे भी लोगों की भाँति व्यवहार करने लगते हैं। प्रतिकूल परिस्थितियों में पले बच्चे आयु से पहले ही अनुभवों से परिपक्व हो जाते हैं। कहने का अर्थ है, स्थिति तथा परिस्थितियों पर परिपक्वता निर्भर करती है। कच्चा विशेषण कान का कच्चा कहकर व्यंग्यार्थ में सुनी–सुनाई बातों पर विश्वास कर निर्णय बदल लेता है। किंतु जो अल्हड़ है वह कान का कच्चा नहीं होता, जो अनुभवहीन है वह अपरिपक्व हो, आवश्यक नहीं।

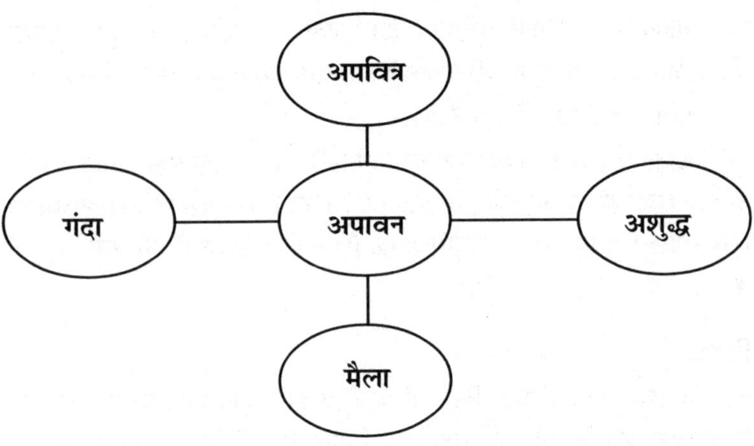

अपावन—अपावन सामग्री से यज्ञ नहीं करना चाहिए।

प्रस्तुत उदाहरण नकारात्मक स्थिति का है। लक्षणा शब्द-शक्ति तथा रजोगुणी वृत्ति संबंधी है। गुणवाचक विशेषण तथा धार्मिक मान्यता संबंधी धार्मिक/सामाजिक संदर्भ का परिचायक है। अप्राणिवाचक है तथा सार्वकालिक है।

अपवित्र—अपवित्र हाथों से देव प्रतिमा मत छूना।

अपवित्र स्थान पर भोजन मत रखो।

पहला उदाहरण जूठन अथवा अस्पृश्य वस्तु वाले हाथ संबंधी नकारात्मक शारीरिक स्थिति का है। व्यंजना शब्द-शक्ति तथा रजोगुणी वृत्तिपरक है। गुणवाचक विशेषण तथा सर्वमान्य मत संबंधी धार्मिक संदर्भ का परिचायक है। प्राणिवाचक है तथा सार्वकालिक है।

दूसरा उदाहरण स्थानपरक नकारात्मक स्थिति संबंधी है। व्यंजना शब्द-शक्ति तथा रजोगुणी वृत्तिपरक है। गुणवाचक विशेषण तथा स्वच्छता संबंधी स्वास्थ्य संदर्भ का परिचायक है। अप्राणिवाचक है तथा सार्वकालिक है।

अशुद्ध—अशुद्ध जल पीना हानिकारक है।

मैला—मन मैला मत करो।

पहला उदाहरण वस्तुनिष्ठ है तथा नकारात्मक स्थिति का है। अभिधा शब्द-शक्ति तथा रजोगुणी वृत्तिपरक है। गुणवाचक विशेषण तथा मनोभाव संबंधी मनोविज्ञान संदर्भ का परिचायक है। प्राणिवाचक है तथा वर्तमानकालिक है।

दूसरा उदाहरण पीड़ादायक नकारात्मक मानसिक स्थिति का है। व्यंजना

शब्द-शक्ति तथा रजोगुणी वृत्तिपरक है। गुणवाचक विशेषण तथा दूषित विचार संबंधी मानसिक संदर्भ का परिचायक है। प्राणिवाचक है तथा सार्वकालिक है।

गंदा—गंदे कमरे में मत बैठो।

प्रस्तुत उदाहरण निषेधात्मक/नकारात्मक शारीरिक/मानसिक स्थिति का है। अभिधा शब्द-शक्ति तथा रजोगुणी वृत्तिपरक है। गुणवाचक विशेषण तथा अस्वच्छता और स्वास्थ्य संबंधी संदर्भ का परिचायक है। अप्राणिवाचक है तथा सार्वकालिक है।

विशेष

अपावन शब्द धार्मिक क्रियाओं के लिए ही प्रयुक्त होता है तथा अपवित्र विशेषण से अर्थ निकलता है स्वच्छ और निर्मल ही नहीं बल्कि जूठन से दूर, गंदे हाथों से दूर का अर्थ प्रकट होता है। अशुद्ध विशेषण गंदगी रहित, रसायन रहित के अर्थ में प्रयुक्त होता है। मैला और गंदा विशेषण अपवित्र के अर्थ से एकदम भिन्न है। जैसे—मैला कपड़ा, मैला मन। पहला उदाहरण ऐसा कपड़ा जो साफ-सुथरा न हो, जिसमें मैला लगा हो। किंतु जब हम मैला मन कहते हैं तो मैला शब्द से दूषित अवगुणों से भरपूर विचार ध्वनित होते हैं। अच्छे विचारों का अभाव, पीड़ा-व्यथा की उपस्थिति पाई जाती हैं। गंदा विशेषण दूषित, निषेधात्मक पदार्थों के मेल के कारण कहलाता है। जो मैला है वह गंदा हो, आवश्यक नहीं। जो मैला हो वह अशुद्ध हो, वह भी जरूरी नहीं।

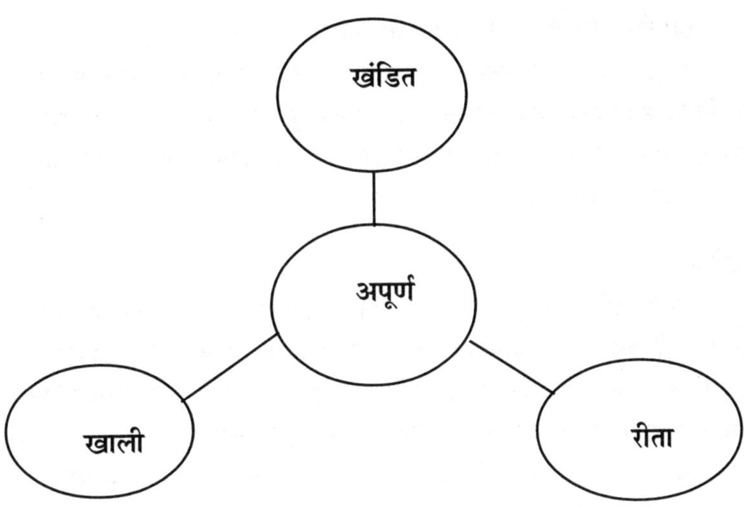

अपूर्ण—अपूर्ण कार्य को छोड़ो।

प्रस्तुत उदाहरण अव्यावहारिक नकारात्मक मानसिक स्थिति का है। लक्षणा शब्द-शक्ति तथा रजोगुणी वृत्तिपरक है। गुणवाचक विशेषण तथा व्यावहारिकता संबंधी सामाजिक संदर्भ का द्योतक है। प्राणिवाचक है तथा सार्वकालिक है।

खंडित—खंडित मूर्ति हटा दो।

प्रस्तुत उदाहरण दोषपूर्ण तथा पूजा के अयोग्य मूर्ति संबंधी नकारात्मक स्थितिपरक है। अभिधा शब्द-शक्ति तथा रजोगुणी वृत्तिपरक है। गुणवाचक विशेषण तथा धार्मिक संस्कार संबंधी संदर्भ का परिचायक है। अप्राणिवाचक है तथा सार्वकालिक है।

रीता—रीता घट मत रखो।

प्रस्तुत उदाहरण नकारात्मक स्थितिपरक है। अभिधा शब्द-शक्ति तथा रजोगुणी वृत्ति संबंधी है। परिमाणवाचक विशेषण तथा अपशकुन सूचक भारतीय परंपरा संबंधी संदर्भ का परिचायक है। अप्राणिवाचक है तथा वर्तमानकालिक है, किंतु जब हम घट का अर्थ घड़े के रूप में न लेकर हृदय के रूप में लेते हैं तब रीता घट रखना दुखी, असंतुष्ट तथा अवश हृदय का प्रतीक बनकर विशिष्ट अर्थ ध्वनित करता है, जो व्यंजना शब्द-शक्ति तथा रजोगुणी वृत्तिपरक होता है। गुणवाचक विशेषण निराशाजनक खिन्न मन संबंधी सामाजिक संदर्भ का परिचायक होता है। प्राणिवाचक है तथा सार्वकालिक है।

खाली—खाली दिमाग, शैतान का कारखाना होता है।

प्रस्तुत उदाहरण मुहावरा जन्य काम के अभाव की नकारात्मक मानसिक स्थिति का है। व्यंजना शब्द-शक्ति तथा तमोगुणी वृत्तिपरक है। गुणवाचक विशेषण तथा नकारात्मक वृत्ति/प्रवृत्ति संबंधी मनोवैज्ञानिक संदर्भ का परिचायक है। प्राणिवाचक है तथा सार्वकालिक है।

विशेष

अपूर्ण विशेषण अधूरापन दरशाता है। खंडित वस्तु भी हो सकती है, खंडित आशाएँ भी होती हैं, जो किसी-न-किसी कारण अधूरी रह जाती हैं। रीता विशेषण उस खालीपन की ओर संकेत करता है, जो पहले पूर्ण था। किन्हीं कारणों/परिस्थितिवश पूरा नहीं हो पाया, बल्कि जो कुछ पहले था वह भी चला गया। खाली विशेषण पहले से ही कुछ न होने की स्थिति का अर्थ देता है अर्थात् जहाँ शून्य पसरा हो। यदि मस्तिष्क से जुड़े तो कुछ सूझे नहीं, यदि स्थितियों से जुड़े तो लगे बदली हुई परिस्थितियों में वहाँ उदासी अर्थहीनता पसरी हो।

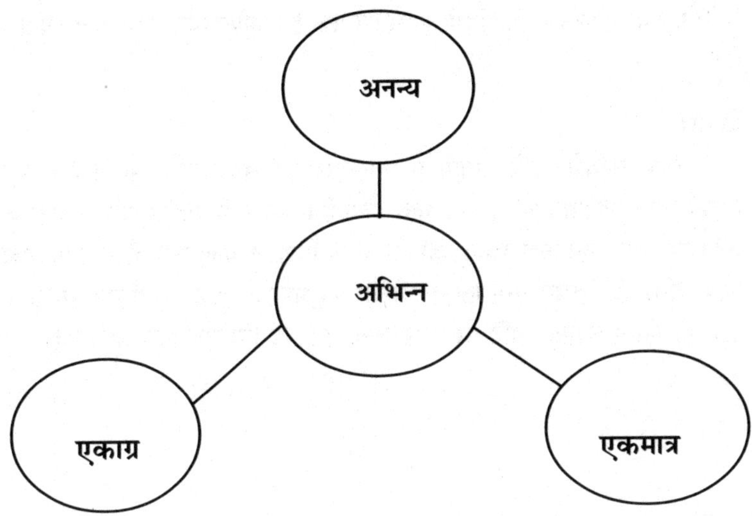

अभिन्न—अभिन्न मित्र संकट में सहायक होता है।

प्रस्तुत उदाहरण व्यक्तिनिष्ठ है। आत्मीयता संबंधी सकारात्मक मानसिक स्थिति का है। व्यंजना शब्द-शक्ति तथा सत्त्वगुणी वृत्तिपरक है। गुणवाचक विशेषण तथा अपनत्व संबंध जन्य सामाजिक संदर्भ का परिचायक है। प्राणिवाचक है तथा सार्वकालिक है।

अनन्य—अनन्य भक्ति में किसी दूसरे का स्थान नहीं होता।

प्रस्तुत उदाहरण एकनिष्ठ मनःस्थिति संबंधी सकारात्मक स्थिति का है। व्यंजना शब्द-शक्ति तथा सत्त्वगुणी वृत्तिपरक है। गुणवाचक विशेषण तथा अनन्य भक्ति संबंधी धार्मिक संदर्भ का परिचायक है। प्राणिवाचक है तथा सार्वकालिक है।

एकमात्र—एकमात्र पुत्र ने माँ को तीर्थयात्रा करवाई।

प्रस्तुत उदाहरण मातृभक्ति संबंधी सकारात्मक स्थिति का है। अभिधा शब्द-शक्ति तथा सत्त्वगुणी वृत्तिपरक है। गुणवाचक विशेषण तथा कर्तव्यपरायण संतान संबंधी सामाजिक संदर्भ का परिचायक है। प्राणिवाचक है तथा भूतकालिक है।

एकाग्र—एकाग्र चिंतन सफलता सूचक होता है।

प्रस्तुत उदाहरण जन्य मानसिक सकारात्मक स्थिति का है। व्यंजना शब्द-शक्ति तथा सत्त्वगुणी वृत्तिपरक है। गुणवाचक विशेषण तथा तल्लीनता संबंधी

धार्मिक तथा मनोवैज्ञानिक संदर्भ का परिचायक है। प्राणिवाचक तथा सार्वकालिक है।

विशेष

अभिन्न विशेषण के प्रयोग में एक-दूसरे से अलग नहीं अर्थात् एक रूप (जहाँ भिन्न लेशमात्र भी न हो) भाव होता है। अनन्य में जहाँ एक मात्र एक के अतिरिक्त अन्य का कोई स्थान नहीं। एकमात्र विशेषण कोई एक ही। एकाग्र शब्द भाव जनित है, जिसमें तन्मयता तल्लीनता का भाव छिपा है। जहाँ मन-मस्तिष्क एक ही स्थान/व्यक्ति आदि पर ठहर जाता है। यह विशेषण भाव जनित है।

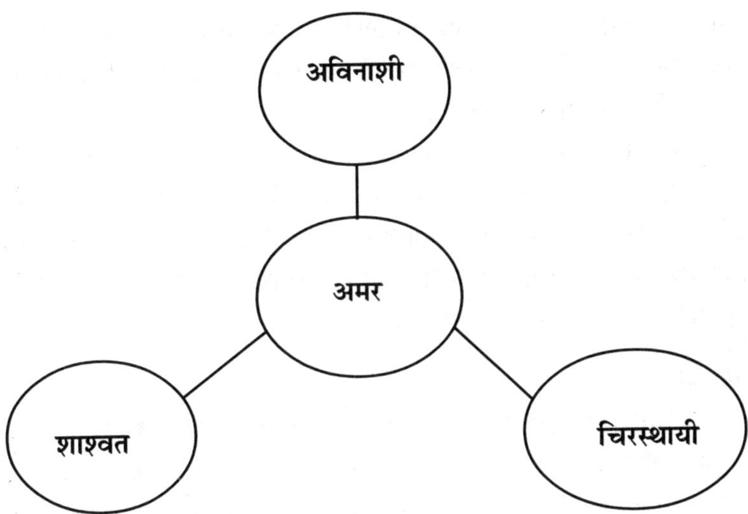

अमर—शहीद सदैव अमर रहते हैं।

भारतीय अमर-पुत्र कहलाते हैं।

पहला उदाहरण शास्त्रोक्त उक्ति के अनुसार सकारात्मक स्थिति है। व्यंजना शब्द-शक्ति तथा सत्त्वगुणी वृत्ति संबंधी है। गुणवाचक विशेषण तथा संपूर्ण विश्व में मान्य अर्थ में (अर्थात् मृत्यु के उपरांत भी अपने कर्मों से जीवित रहना) विस्मृत न होना संबंधी धार्मिक संदर्भ का परिचायक है। प्राणिवाचक है तथा सार्वकालिक है।

दूसरा उदाहरण देव-संतान विषयक शारीरिक/मानसिक सकारात्मक स्थिति संबंधी है। व्यंजना शब्द-शक्ति तथा सत्त्वगुणी वृत्ति का परिचायक है। गुणवाचक विशेषण तथा पौराणिक आख्यान संबंधी धार्मिक संदर्भ का द्योतक है। प्राणिवाचक तथा सार्वकालिक है।

अविनाशी—ईश्वर अविनाशी है।

प्रस्तुत उदाहरण सर्वशक्तिमान परमपिता परमेश्वर की सार्वकालिक अनश्वर उपस्थितिपरक सकारात्मक स्थिति का है। व्यंजना शब्द-शक्ति तथा सत्त्वगुणी वृत्ति संबंधी है। गुणवाचक विशेषण तथा जन्म-मरण से परे अनादि ईश्वरीय सत्तापरक धार्मिक संदर्भ का परिचायक है। प्राणिवाचक तथा सार्वकालिक है।

चिरस्थायी—सदाचार चिरस्थायी है।

प्रस्तुत उदाहरण अच्छे आचरण संबंधी सकारात्मक शारीरिक/मानसिक स्थिति

का है। व्यंजना शब्द-शक्ति तथा सत्त्वगुणी वृत्ति संबंधी है। गुणवाचक विशेषण तथा मनुष्योचित अच्छे आचरण संबंधी सामाजिक संदर्भ का परिचायक है। प्राणिवाचक तथा सार्वकालिक है।

शाश्वत—सत्य शाश्वत है।

प्रस्तुत उदाहरण सदैव अपरिवर्तित तथा सर्वमान्य स्थितिपरक सकारात्मक है। व्यंजना शब्द-शक्ति तथा सत्त्वगुणी वृत्ति संबंधी है। गुणवाचक विशेषण तथा वेद-उपनिषदों के कथनानुसार 'सत्य ही ईश्वर है' संबंधी सनातन संदर्भ का परिचायक है। प्राणिवाचक तथा सार्वकालिक है।

विशेष

अमर शब्द देवताओं के लिए प्रयुक्त होता है। शब्दकोश में इसका अर्थ यही है यानी जो मरे नहीं, पर हम मर्त्यलोक वासी देह त्यागते हैं। जो जन्मा है, वह मरेगा भी। जो मनुष्य अच्छे कर्म करता है तथा परोपकार हेतु (अपनी मातृभूमि की रक्षा हेतु) प्राण न्योछावर करता है, वह मरकर भी सदैव याद किया जाता रहता है। शिलालेखों पर, समाधियों पर, लोगों की स्मृतियों, इतिहास के पृष्ठों में ऐसा नाम सदा के लिए अंकित हो अमर हो जाता है। यह विरोधाभास होते हुए भी (मरकर भी न मरना) बहुत अच्छा लगता है, अविनाशी केवल ईश्वर है। चिरस्थायी मुनष्य के अच्छे कर्म सद्वृत्तियाँ होती हैं। मनुष्योचित कर्म हैं, जो कभी नहीं समाप्त होते। अमर विशेषण अस्मितापरक होता है। नाश केवल उसका होता है, जिसका आरंभ होता है। ईश्वर तो अनादि है, अत: अविनाशी, शाश्वत केवल उसी के लिए प्रयुक्त होता है। सत्य शाश्वत है, क्योंकि सत्य की एक रूप में स्थिति की निरंतरता रहती है।

अयोग्य—अयोग्य अधिकारी कोई भी काम ढंग से नहीं कर पाते।

प्रस्तुत उदाहरण कौशलविहीन शारीरिक/मानसिक नकारात्मक स्थिति का है। लक्षणा शब्द-शक्ति तथा रजोगुणी वृत्ति संबंधी है। गुणवाचक विशेषण तथा मंद-बुद्धिकौशल विहीन प्रशासनिक संदर्भ का परिचायक है। प्राणिवाचक तथा सार्वकालिक है।

अनधिकारी—अनधिकारी व्यक्ति का हस्तक्षेप अनुचित है।

प्रस्तुत उदाहरण अनिवार्य योग्यता विहीन नकारात्मक मानसिक स्थिति का है। लक्षणा शब्द-शक्ति तथा रजोगुणी वृत्ति का द्योतक है। गुणवाचक विशेषण तथा विशिष्ट अधिकारी जन्य अभाव संबंधी प्रशासनिक संदर्भ का परिचायक है। प्राणिवाचक तथा सार्वकालिक है।

निकम्मा—निकम्मा व्यक्ति केवल बातें बनाता है।

प्रस्तुत उदाहरण आलसी कमजोर वृत्तिपरक शारीरिक/मानसिक नकारात्मक स्थिति का है। व्यंजना शब्द-शक्ति तथा रजोगुणी वृत्ति संबंधी है। गुणवाचक विशेषण तथा हवाई किले बनाने का चातुर्य संबंधी सामाजिक संदर्भ का परिचायक है। प्राणिवाचक तथा सार्वकालिक है।

विशेष

एक ही वर्ग के समानार्थी तीनों शब्दों में प्रयोग करने पर सूक्ष्म अंतर स्पष्ट दिखाई देता है। जो अयोग्य है वह निकम्मा हो, यह जरूरी नहीं। जो निकम्मा है वह अनधिकारी हो, यह भी जरूरी नहीं। जो किसी पद के लिए अनधिकारी हो, वह अयोग्य और निकम्मा हो, यह भी जरूरी नहीं है।

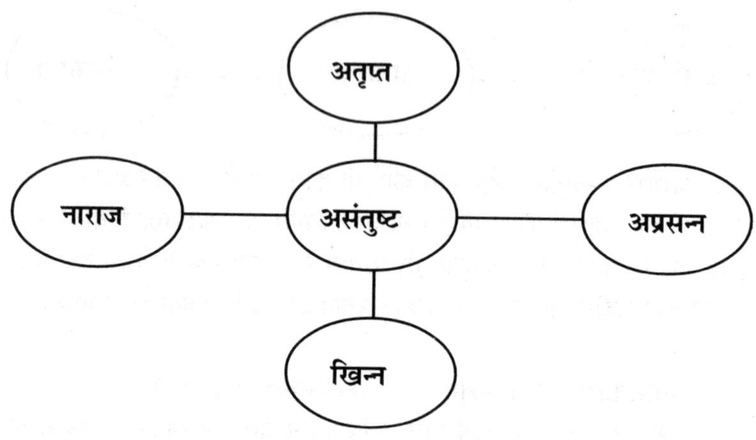

असंतुष्ट—असंतुष्ट व्यक्ति कभी खुश नहीं रहता है।

प्रस्तुत उदाहरण असंतोष वृत्तिपरक नकारात्मक मानसिक स्थिति का है। व्यंजना शब्द-शक्ति तथा रजोगुणी वृत्तिपरक है। गुणवाचक विशेषण तथा असंतुलित सोच संबंधी सामाजिक संदर्भ का परिचायक है। प्राणिवाचक तथा सार्वकालिक है।

अतृप्त—अतृप्त आत्मा भटकती रही।

प्रस्तुत उदाहरण नकारात्मक स्थिति का है। व्यंजना शब्द-शक्ति तथा तमोगुणी वृत्तिपरक है। गुणवाचक विशेषण तथा असंतुष्ट (कुछ और पाने की चाह) संबंधी आत्माजन्य पराविज्ञान संदर्भ का परिचायक है। प्राणिवाचक तथा भूतकालिक है।

अप्रसन्न—अप्रसन्न दादाजी ने चुप्पी साध ली।

प्रस्तुत उदाहरण मनोनुकूल परिणाम जन्य नकारात्मक मानसिक स्थिति का है। व्यंजना शब्द-शक्ति तथा रजोगुणी वृत्तिपरक है। गुणवाचक विशेषण तथा प्रतिरोधात्मक सामाजिक संदर्भ का परिचायक है। प्राणिवाचक तथा भूतकालिक है।

खिन्न—खिन्न मन:स्थिति में सकारात्मक सोच नहीं उभरती।

प्रस्तुत उदाहरण उदासीन नकारात्मक मानसिक स्थिति का है। व्यंजना शब्द-शक्ति तथा रजोगुणी वृत्तिपरक है। गुणवाचक विशेषण तथा मनोनुकूल वातावरण की अनुपस्थिति संबंधी सभी संदर्भों का परिचायक है। प्राणिवाचक है तथा सार्वकालिक है।

नाराज—नाराज दादी को मनाना खेल नहीं है।

प्रस्तुत उदाहरण युक्तिपरक सकारात्मक स्थिति का है। अभिधा शब्द-शक्ति तथा रजोगुणी वृत्तिपरक है। गुणवाचक विशेषण तथा व्यवहारकुशल सामाजिक

संदर्भ का परिचायक है। प्राणिवाचक तथा वर्तमानकालिक है।

विशेष

असंतुष्ट व्यक्ति की मानसिकता कभी तृप्त नहीं रहती। यह एक तरह की प्रवृत्ति होती है, जो सबकुछ पास होते हुए भी कुछ और पाने की चाह रहती है। इस वृत्ति में सांसारिक सुखोपभोग की चाह की अधिकता रहती है। अतृप्त विशेषता भी मानसिक भूख के अर्थ में ही प्रयुक्त होती है। अतृप्त विशेषण में सबकुछ पा लेने पर भी अधूरेपन का एहसास होता है। असंतुष्ट और अतृप्त में बहुत सूक्ष्म अंतर है। असंतुष्ट व्यक्ति और अधिक पाकर भी खुश नहीं रह पाता, किंतु अतृप्त जो कुछ पाता है, उससे पूर्णता का अनुभव नहीं कर पाता। अप्रसन्न विशेषण का प्रयोग प्रयोक्ता को खुश नहीं रहने देता। प्राप्य सुखों का अंबार उसके पास है, पर उनमें भी कुछ-न-कुछ कारण निकालकर प्रयोक्ता खुशी से दूर हो जाता है। कोई एक कारण भी मनोनुकूल न हो तो प्रयोक्ता आंतरिक रूप से खुश/प्रसन्न नहीं रह पाता। असंतोष में कुछ क्षणों की प्रसन्नता तो रहती है, हाँ कुछ और पाने की चाहत होती है। अतृप्त स्थिति ऐसी है, जो क्षणिक प्रसन्नता तो देती है, किंतु उसमें पूर्णता का अभाव होता है और अप्रसन्नता में खुशी पास होते हुए भी खुश न रहने का स्वभाव बन जाता है। हाँ, अनुकूल परिणाम मिलते ही अप्रसन्नता लुप्त ही हो जाती है। यह स्थायी नहीं है। खिन्न स्थिति अप्रसन्नता से अधिक गहरी है। अप्रसन्नता सतही है, मानसिक है, किंतु खिन्नता में हृदय में उत्पन्न हुआ अप्रसन्नता/असंतोष का ऐसा मिला-जुला भाव है, जिसमें कहीं-कहीं दुःख भी जुड़ा हुआ है, जो अप्रत्याशित परिणाम, व्यवहार, आचरण से प्रभावित होता है। खिन्न विशेषण मनोनुकूल अपेक्षित परिणाम न पाने पर दुःख मिश्रित वीतरागी भावना से उत्पन्न होता है। कोई भी व्यवहार अनपेक्षित/अप्रत्याशित था, इसीलिए मन में अप्रसन्नता का मिला-जुला भाव खिन्नता आ जाता है। हम कह सकते हैं कि अनपेक्षित व्यवहार, परिणाम से मन में जो अरुचि, आश्चर्य, उदासी या दुःख का भाव है, वही खिन्नता कहलाता है। ऐसी मनःस्थिति असंतुष्ट/अप्रसन्न रूपी सतही भावना से सहज ही कहीं गहरी हो जाती है। अप्रसन्नता में अच्छा न लगने का भाव होता है, जबकि खिन्नता में अच्छा न लगने के साथ ही आश्चर्य मिश्रित दुःख/उदासी/नीरसता का भाव भी होता है, जिसका अंत अरुचि में परिवर्तित हो जाता है।

नाराज विशेषण अप्रसन्न का ही समानार्थी होता है। इस शब्द का प्रयोग सतही तौर पर किसी वस्तु/कार्य/पदार्थ/व्यवहार/आचरण अथवा व्यक्ति के किसी

कार्य से मनोनुकूल स्थिति/वांछित परिणाम आदि न मिलने पर अपनी दृष्टि फेर लेता है अथवा उन्मन हो जाता है। यह नाखुशी अस्थायी/स्थायी दोनों प्रकार की हो सकती है, पर इसकी आयु लंबी नहीं होती। मानसिक तथा अंग प्रदर्शन के आधार पर भी दृष्टिगोचर हो सकती है, जिसमें रूठने का भाव भी आता है।

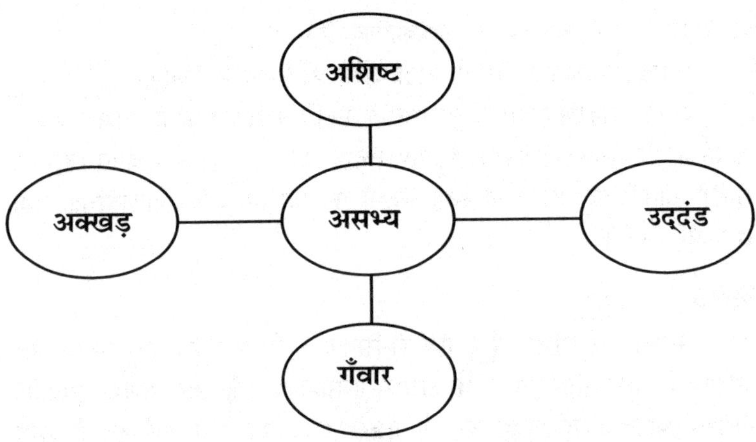

असभ्य—असभ्य व्यक्ति से बहस करना मूर्खता है।

प्रस्तुत उदाहरण नकारात्मक मानसिक/शारीरिक स्थिति का है। व्यंजना शब्द-शक्ति तथा रजोगुणी वृत्तिपरक है। गुणवाचक विशेषण तथा पूर्वाग्रह संबंधी सामाजिक/राजनैतिक/आर्थिक आदि सभी संदर्भों का परिचायक है। प्राणिवाचक तथा सार्वकालिक है।

अशिष्ट—अशिष्ट व्यवहार शोभा नहीं देता।

प्रस्तुत उदाहरण मान-मर्यादा संबंधी नकारात्मक शारीरिक/मानसिक स्थिति का है। व्यंजना शब्द-शक्ति तथा तमोगुणी वृत्तिपरक है। गुणवाचक विशेषण तथा अव्यावहारिक दुराग्रह संबंधी सामाजिक तथा अन्य सभी संदर्भों का परिचायक है। प्राणिवाचक तथा सार्वकालिक है।

उद्दंड—उद्दंड बालक किसी का कहना नहीं मानता।

प्रस्तुत उदाहरण दुस्साहसी तथा बड़प्पन की भावना से ग्रसित नकारात्मक मानसिक स्थिति का है। लक्षणा शब्द-शक्ति तथा रजोगुणी वृत्तिपरक है। गुणवाचक विशेषण तथा संकीर्ण/ओछी मानसिकता संबंधी संदर्भ का परिचायक है। प्राणिवाचक तथा सार्वकालिक है।

गँवार—गँवार व्यक्ति शहरी सभ्यता क्या जाने।

प्रस्तुत उदाहरण सभ्य समाज से अपरिचित नकारात्मक शारीरिक/मानसिक स्थिति का है।

लक्षणा शब्द-शक्ति तथा रजोगुणी वृत्तिपरक है। गुणवाचक विशेषण तथा उचित व्यवहारकुशलता का अभाव संबंधी सामाजिक तथा अन्य सभी संदर्भों का

परिचायक है। प्राणिवाचक तथा सार्वकालिक है।

अक्खड़—अक्खड़ मनुष्य मीठी बोली का प्रभाव नहीं जानता।

प्रस्तुत उदाहरण अदूरदर्शी नकारात्मक मानसिक स्थिति का है। लक्षणा शब्द-शक्ति तथा रजोगुणी वृत्तिपरक है। गुणवाचक विशेषण तथा स्वभावगत विशेषता संबंधी सामाजिक तथा अन्य सभी संदर्भों का परिचायक है। प्राणिवाचक तथा सार्वकालिक है।

विशेष

असभ्य और अशिष्ट यूँ तो एक ही सिक्के के दो पहलू हैं, किंतु असभ्य और अशिष्ट में सूक्ष्म अंतर यह है कि असभ्य पूर्वग्रही होता है और अशिष्ट दुराग्रही। असभ्य व्यक्ति अशिक्षित हो, यह भी जरूरी नहीं। विद्वानों से, गुणीजनों से बहस करना नहीं जानता, पर वाणी में निरादर/कर्कशता/कठोरता/संस्कारों का अभाव, मान्यताओं का अभाव आदि नहीं होता। असभ्य व्यक्ति स्वयं को महान् समझे यह भी आवश्यक नहीं। असभ्य व्यक्ति शिक्षित/अशिक्षित होने पर भी व्यवहारकुशलता में अशिष्ट व्यक्ति से अलग दिखाई देता है। अशिष्ट विशेषण में वाणी की कठोरता के साथ ही अपशब्दों का भी बोलबाला होता है। दुराग्रही होने के साथ-साथ अनर्गल शब्दों का प्रयोग भी करता है।

उद्दंड विशेषण सभी प्रकार की उच्च पदस्थ भावनाओं/व्यक्तियों/पद की गरिमा आदि को नकारता हुआ स्वयं को सर्वश्रेष्ठ सिद्ध करता है। ऐसा व्यक्ति दुस्साहसी होने के कारण मानसिक विकारों से ग्रस्त होता है।

अक्खड़ विशेषण तथा गँवार विशेषण का अंतर भी स्पष्ट पता चलता है। गँवार शब्द यूँ तो गाँव-गँवई के लोगों के लिए प्रयुक्त होता है, किंतु यह केवल अभिधेयार्थ है। अशिक्षा/सभ्य समाज की मान्यताओं के अभाव में गँवार शब्द का व्यंजनार्थ उचित/अनुचित/सही/गलत को न समझने, सोच आचरण में न ढालने पर असामाजिक व्यवहार होता है, फिर भी गँवार व्यक्ति अशिक्षित होने पर भी व्यवहारकुशल होता है। हाँ, बौद्धिक कौशल की कमी होती है। गँवार की सोच अकसर पुरातनपंथी होती है।

अक्खड़ विशेषण अदूरदर्शिता/कठोर शब्दों का प्रयोग करनेवाली मानसिकता से जोड़ा जाता है। स्पष्टवादिता तो रहती है, किंतु कहने का ढंग कठोरता भरा होता है। इस विशेषण के प्रयोग में सोची-समझी असंवेदनशीलता नहीं होती, अपितु स्वभावगत विशेषता झलकती है। अक्खड़ व्यक्ति शिक्षित/अशिक्षित हो

सकता है, किंतु मूर्ख नहीं।

गँवार विशेषण के परिवेश में बनावट नहीं होती। अक्खड़ विशेषण में और असभ्य, अशिष्ट विशेषण में बहुत बड़ा अंतर है। एक में स्पष्टवादिता के साथ वाणी में कठोरता है तो दूसरे में अनुचित भाषा प्रयोग/पूर्वग्रही/दुराग्रही/अनादर/अदूरदर्शिता, अपमान तथा स्वयं को श्रेष्ठ सिद्ध करने की जिद होती है। असभ्य शब्द के प्रयोग में चिंता नहीं होती। परिस्थिति जन्य आवेश का भाव रहता है, जो कुछ समय बाद स्वतः शांत हो जाता है। अशिष्ट भाव स्थायी होता है। यह परिवार/परिवेश से प्रभावित रहता है।

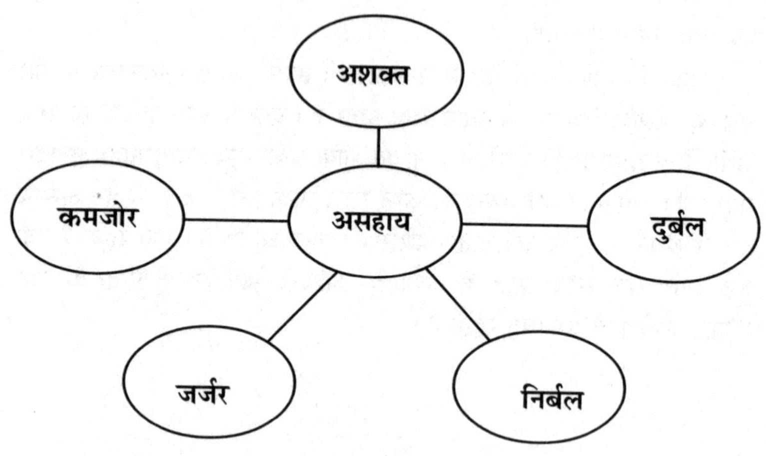

असहाय—असहाय वृद्धा की सहायता करो।

प्रस्तुत उदाहरण व्यक्तिनिष्ठ है तथा नकारात्मक मानसिक/शारीरिक स्थिति का है। लक्षणा शब्द-शक्ति तथा रजोगुणी सत्त्वगुणी वृत्तिपरक है। गुणवाचक विशेषण तथा मानवोचित सद्गुण संबंधी सामाजिक तथा धार्मिक संदर्भ का परिचायक है। प्राणिवाचक तथा सार्वकालिक है।

अशक्त—अशक्त वृद्ध चलने से लाचार है।

प्रस्तुत उदाहरण नकारात्मक शारीरिक स्थिति का है। व्यक्तिनिष्ठ है। लक्षणा शब्द-शक्ति तथा रजोगुणी वृत्तिपरक है। गुणवाचक विशेषण तथा मनोवैज्ञानिक एवं स्वास्थ्य संदर्भ का परिचायक है। प्राणिवाचक तथा वर्तमानकालिक है।

दुर्बल—दुर्बल बालक को पौष्टिक भोजन दो।

प्रस्तुत उदाहरण व्यक्तिनिष्ठ है तथा नकारात्मक शारीरिक स्थिति का है। अभिधा शब्द-शक्ति तथा रजोगुणी वृत्तिपरक है। गुणवाचक विशेषण तथा आदेशात्मक खाद्य-पदार्थ संबंधी सामाजिक संदर्भ का परिचायक है। प्राणिवाचक तथा सार्वकालिक है।

निर्बल—निर्बल मानव का बल बनो।

प्रस्तुत उदाहरण नकारात्मक मानसिक/शारीरिक स्थिति का है। व्यंजना शब्द-शक्ति तथा रजोगुणी वृत्तिपरक है। गुणवाचक विशेषण तथा भवन निर्माण कला संबंधी संदर्भ का परिचायक है। अप्राणिवाचक तथा भविष्यकालिक है।

कमजोर—बालक कमजोर है। कुश्ती नहीं लड़ सकता।

प्रस्तुत उदाहरण नकारात्मक शारीरिक/मानसिक स्थिति का है। अभिधा शब्द-शक्ति तथा रजोगुणी वृत्तिपरक है। गुणवाचक विशेषण है तथा स्वास्थ्य संबंधी सामाजिक संदर्भ का परिचायक है। प्राणिवाचक तथा वर्तमानकालिक है।

विशेष

असहाय विशेषण शारीरिक रूप से विवश के रूप में प्रयुक्त होता है। ऐसे ही अशक्त भी शारीरिक रूप से शक्तिहीन के लिए ही प्रयुक्त होता है। दुर्बलता शारीरिक होती है, किंतु निर्बलता मानसिक बलहीनता तथा किसी अन्य शक्तिशाली की अपेक्षित सहायता के बिना दूर नहीं हो पाती।

जर्जर विशेषण अत्यंत हीन टूटी-फूटी, अंत के निकट की अवस्था होती है, जो कभी भी अपनी पूर्व अस्मिता को खोने की स्थिति में होती है। कमजोर विशेषण भी कथनी/करनी/आचरण/स्थिति आदि में प्रयुक्त होता है। कमजोर और दुर्बल प्राय: एक ही अर्थ में प्रयुक्त होते हैं। जर्जर अवस्था नष्ट प्राय: स्थितिजन्य होती है। एक ही झटके में अपनी पूर्व स्मृति खो देती है।

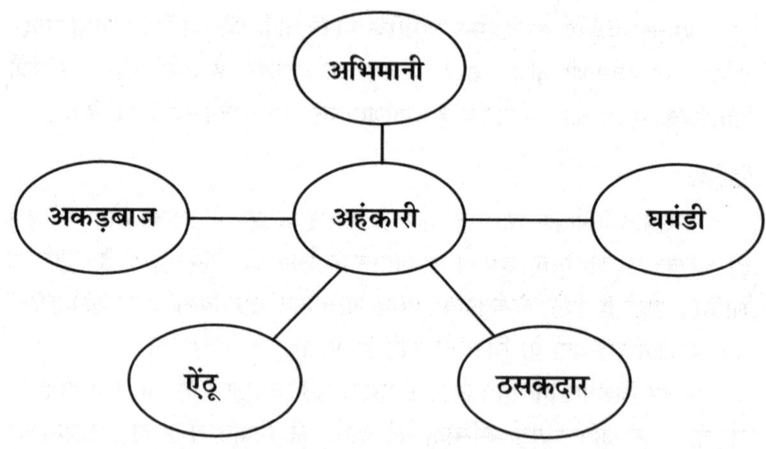

अहंकारी—अहंकारी व्यक्ति किसी की भी इज्जत नहीं करता।
अहंकारी रावण अंततः मारा गया।

पहला उदाहरण स्वयंभू मनोवृत्ति संबंधी नकारात्मक स्थिति का है। व्यंजना शब्द-शक्ति तथा तमोगुणी वृत्ति का द्योतक है। गुणवाचक विशेषण तथा शक्ति-मद रूपी संदर्भ का परिचायक है। प्राणिवाचक है तथा सार्वकालिक है।

दूसरा उदाहरण व्यक्तिनिष्ठ है तथा नकारात्मक मानसिक स्थिति का द्योतक है। अभिधा शब्द-शक्ति तथा तमोगुणी वृत्ति संबंधी है। गुणवाचक विशेषण तथा जीवन-यात्रा का अंत संबंधी पौराणिक संदर्भ का परिचायक है। प्राणिवाचक तथा भूतकालिक है।

अभिमानी—अभिमानी व्यक्ति निरादर पाता है।
मुझे अपने वंश पर अभिमान है।

पहला उदाहरण नकारात्मक मनःस्थिति का है। व्यंजना शब्द-शक्ति तथा रजोगुणी वृत्ति संबंधी है। गुणवाचक विशेषण तथा स्वयं को श्रेष्ठ समझने संबंधी मनोवैज्ञानिक संदर्भ का परिचायक है। प्राणिवाचक तथा वर्तमानकालिक है।

घमंडी— घमंडी व्यक्ति का सिर नीचा होता है।
घमंडी पड़ोसी से अकेलापन भला।

प्रस्तुत उदाहरण नकारात्मक मनःस्थिति का है। व्यंजना शब्द-शक्ति तथा तमोगुणी वृत्ति संबंधी है। गुणवाचक विशेषण तथा घमंड का परिणाम संबंधी नैतिक संदर्भ का परिचायक है। प्राणिवाचक तथा सार्वकालिक है।

दूसरा उदाहरण एक स्थान पर साथ रहनेवाली नकारात्मक स्थिति का द्योतक

है। व्यंजना शब्द-शक्ति तथा रजोगुणी वृत्ति संबंधी है। गुणवाचक विशेषण तथा नीतिपरक संदर्भ का परिचायक है। प्राणिवाचक तथा सार्वकालिक है।

ठसकदार—पंच ठसकदार था, इसीलिए सभी उसका आदर करते थे।

प्रस्तुत उदाहरण व्यक्तित्व संबंधी सकारात्मक मानसिक स्थिति का है। व्यंजना शब्द-शक्ति तथा रजोगुणी वृत्तिपरक है। गुणवाचक विशेषण तथा व्यक्तित्व एवं वृत्ति संबंधी सामाजिक संदर्भ का परिचायक है। प्राणिवाचक तथा भूतकालिक है।

ऐंठू—ऐंठू व्यक्ति का किसी के साथ गुजारा नहीं होता।

प्रस्तुत उदाहरण दुराग्रही नकारात्मक मन:स्थिति संबंधी है। व्यंजना शब्द-शक्ति तथा रजोगुणी वृत्तिपरक है। गुणवाचक विशेषण तथा पूर्वग्रही सामाजिक संदर्भ का द्योतक है। प्राणिवाचक तथा सार्वकालिक है।

अकड़बाज—थानेदार अकड़बाज है। आसानी से बात नहीं मानता।

प्रस्तुत उदाहरण जिद्दी मन:स्थिति का नकारात्मक रूप है। अभिधा शब्द-शक्ति तथा रजोगुणी वृत्ति संबंधी है। गुणवाचक विशेषण तथा हठी-प्रवृत्ति जन्य, सामाजिक संदर्भ का द्योतक है। प्राणिवाचक तथा सार्वकालिक है।

विशेष

अहंकारी विशेषण उस व्यक्ति के लिए प्रयोग किया जाता है, जो अपने अतिरिक्त अन्य किसी को किसी भी स्थिति/परिस्थिति में बड़ा/श्रेष्ठ नहीं समझता। अहं अर्थात् जिसमें 'मैं' की भावना है। अहंकारी में सदा ही नकारात्मकता और संदर्भ अनुसार रजोगुण एवं तमोगुण का समावेश होता है।

अभिमानी विशेषण काल/परिस्थिति/प्रयोजन मन:स्थिति संदर्भ के अनुसार कभी सकारात्मक तो कभी नकारात्मक का भाव दरशाता है। इसी प्रकार अहं ब्रह्मास्मि अर्थात् 'मैं ब्रह्म हूँ' उपनिषद् के इस वाक्य में जो गूढार्थ छिपा है, जिससे मानव ज्ञान की उस चरम स्थिति को प्राप्त कर लेता है, जो भेदापभेद से परे है तब प्रयोग के अनुसार यह विशेषण धार्मिक संदर्भ में प्रयुक्त सकारात्मकता के साथ ही सत्त्वगुणी वृत्ति से अभिहित माना जाएगा। व्यंजनार्थ में जीव और ब्रह्म के एकाकार होने की स्थिति में व्यंजना शक्ति का श्रेष्ठ उदाहरण माना जा सकता है।

अभिमानी व्यक्ति समाज को प्रिय नहीं लगता। अत: नकारात्मकता के साथ प्राय: सभी संदर्भों में इसकी उपस्थिति हेय मानी जाती है। प्रयोग के अनुसार कहीं लक्षणा तो कहीं व्यंजना से अर्थ स्पष्ट होते हैं।

जहाँ योग्यता से अधिक धन/पद/मान-सम्मान मिल जाता है, वहाँ अकड़बाज

विशेषण की उपस्थिति पाई जाती है। पद की गरिमा का अनुचित प्रयोग, स्वयं के मुकाबले अन्य को हीन/मूर्ख समझना/, बात-बात पर दुराग्रह/अड़े रहना/मनमानी करना, असंवेदनशील व्यवहार/मान/मनोबल की अपेक्षा करना आदि-आदि सारे गुण-अवगुण इस विशेषण की पहचान हैं।

ठसकदार विशेषण के प्रयोग में धन/पद/योग्यता/संपन्नता आदि की उपस्थिति से स्वाभाविक लक्षण नहीं रहता। शारीरिक क्रिया/स्वर में इठलाहट/शान/दर्प आदि सुन पड़ता है। सामाजिक/राजनैतिक/ऐतिहासिक/प्रशासनिक/आर्थिक/कलात्मक आदि सभी संदर्भों में इस विशेषण की उपस्थिति मिल जाती है।

ऐंठू विशेषण स्वाभाविक रूप से दुराग्रही के लिए प्रयुक्त होता है। ऐंठू की पहचान मनमर्जी से चलने वाला और बात-बात में असहमति व्यक्त करनेवाला के रूप में होता है। ऐंठू व्यक्ति पूर्वाग्रही भी होता है। अपनी बात को सदा ऊपर रखता है, जबकि ठसकदार अपने आप में ही मगन रहता है। अकड़बाज धौंस दिखाता है।

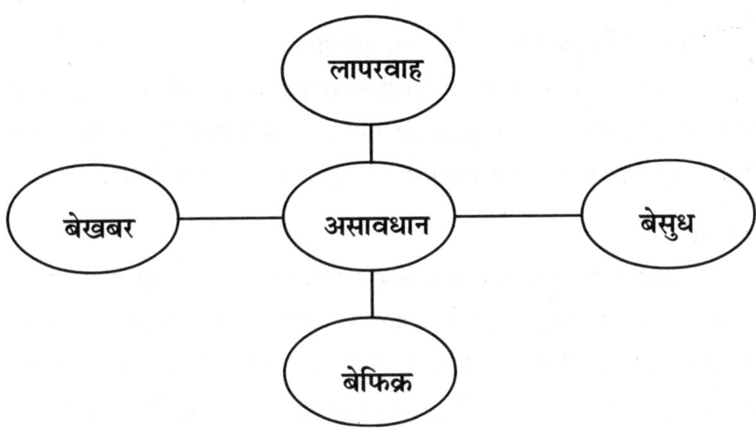

असावधान—असावधान व्यक्ति दुर्घटनाग्रस्त हो गया।

प्रस्तुत उदाहरण सतर्कता का अभाव संबंधी मानसिक/शारीरिक नकारात्मक स्थिति का है। अभिधा शब्द-शक्ति तथा तमोगुणी वृत्तिपरक है। गुणवाचक विशेषण तथा स्थिर चैतन्य के अभाव में क्रियाशील संबंधी सामाजिक संदर्भ का परिचायक है। प्राणिवाचक तथा भूतकालिक है।

लापरवाह—लापरवाह व्यक्ति सदैव नुकसान उठाता है।

प्रस्तुत उदाहरण व्यक्तिनिष्ठ है। कार्यसमय की महत्ता न समझ पाने संबंधी नकारात्मक मानसिक स्थिति का है। अभिधा शब्द-शक्ति तथा रजोगुणी वृत्तिपरक है। गुणवाचक विशेषण तथा वृत्ति संबंधी सामाजिक संदर्भ का परिचायक है। प्राणिवाचक तथा वर्तमानकालिक है।

बेसुध—नशे में बेसुध व्यक्ति सड़क पर पड़ा था।

प्रस्तुत उदाहरण चेतनाविहीन नकारात्मक शारीरिक/मानसिक स्थिति संबंधी है। अभिधा शब्द-शक्ति तथा रजोगुणी वृत्तिपरक है। गुणवाचक विशेषण तथा बुरा आचरण जन्य सामाजिक संदर्भ का परिचायक है। प्राणिवाचक तथा भूतकालिक है।

बेफिक्र—बेफिक्र जीवन अच्छा लगता है।

प्रस्तुत उदाहरण चिंतारहित सकारात्मक मानसिक स्थिति का है। व्यंजना शब्द-शक्ति तथा रजोगुणी वृत्तिपरक है। गुणवाचक विशेषण तथा समस्यारहित जीवन संबंधी सामाजिक संदर्भ का परिचायक है। प्राणिवाचक तथा सार्वकालिक है।

बेखबर—दुश्मन से बेखबर राजा मारा गया।

प्रस्तुत उदाहरण नकारात्मक शारीरिक स्थिति का है। अभिधा शब्द-शक्ति तथा तमोगुणी वृत्तिपरक है। गुणवाचक विशेषण तथा विशिष्ट सूचना का अभाव संबंधी ऐतिहासिक संदर्भ का सूचक है। प्राणिवाचक तथा भूतकालिक है।

विशेष

असावधान विशेषण सतर्कता के अभाव की स्थिति में प्रयुक्त होता है। लापरवाह होना अनहोनी को निमंत्रण देने जैसा होता है। लापरवाह स्वयं तो हानि सहता ही है, अपनी इस आदत के अनुसार दूसरों से भी अनादर पाता है। बेसुध व्यक्ति नशे में ही सुध-बुध नहीं खोता, अपितु मान/पद/संपदा आदि के कारण भी डूबा रहता है। बेफिक्र ऐसी मानसिक स्थिति है, जो हानि-लाभ में तटस्थ रहता है तथा वर्तमान में जीता है। बेखबर विशेषण में सही स्थिति/जानकारी का अभाव रहता है। संक्षेप में हम कह सकते हैं, जो असावधान है वह बेफिक्र नहीं। जो बेफिक्र है, वह बेखबर हो जरूरी नहीं। जो लापरवाह है, वह असावधान हो यह भी जरूरी नहीं। जो बेसुध है, वह बेफिक्र या बेखबर नहीं।

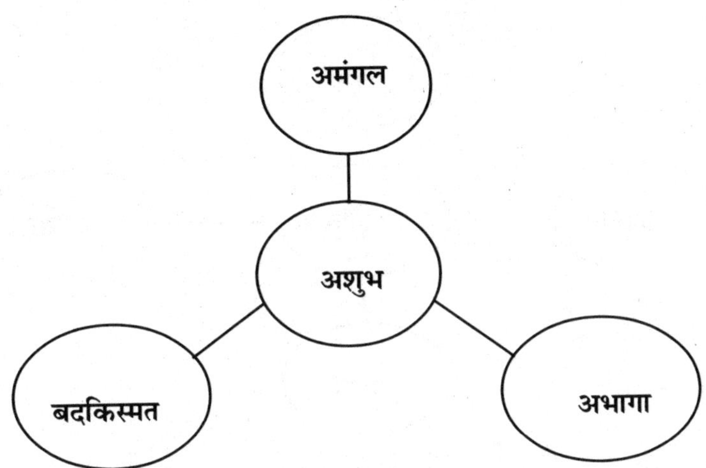

अशुभ—मकान अशुभ है, इसे मत खरीदो।

प्रस्तुत उदाहरण स्थितिपरक नकारात्मक मानसिक स्थिति का है। व्यंजना शब्द-शक्ति तथा तमोगुणी वृत्तिपरक है। गुणवाचक विशेषण तथा सामाजिक अस्वीकार्यता संबंधी धार्मिक/सामाजिक संदर्भ का परिचायक है। अप्राणिवाचक तथा वर्तमानकालिक है।

अमंगल—अमंगल सोच-विचार से मनोबल टूटता है।

प्रस्तुत उदाहरण नकारात्मक मानसिक स्थिति का है। व्यंजना शब्द-शक्ति तथा रजोगुणी वृत्तिपरक है। गुणवाचक विशेषण तथा व्यक्तिगत मन:स्थिति संबंधी सामाजिक संदर्भ का परिचायक है। प्राणिवाचक तथा सार्वकालिक है।

अभागा—अभागा बालक भूख से विकल था।

प्रस्तुत उदाहरण व्यक्तिनिष्ठ है तथा भाग्यहीनता संबंधी नकारात्मक शारीरिक/मानसिक स्थिति का है। व्यंजना शब्द-शक्ति तथा रजोगुणी वृत्तिपरक है। गुणवाचक विशेषण तथा चोट खाए भाग्य संबंधी सामाजिक संदर्भ का परिचायक है। प्राणिवाचक तथा भूतकालिक है।

विशेष

अशुभ विशेषण लक्षणों से पता देते हैं। अमंगल कार्य/कारण/कथनी/आचरण/स्थिति/परिस्थिति आदि में प्रयुक्त होता है। अभागा विशेषण व्यक्तिपरक होता है। अभागा मकान, व्यापार, भूमि, कारण, वातावरण, कार्य, स्थिति, परिस्थिति आदि के अभाव के कारण होता है। बदकिस्मत भी व्यक्तिपरक होता है।

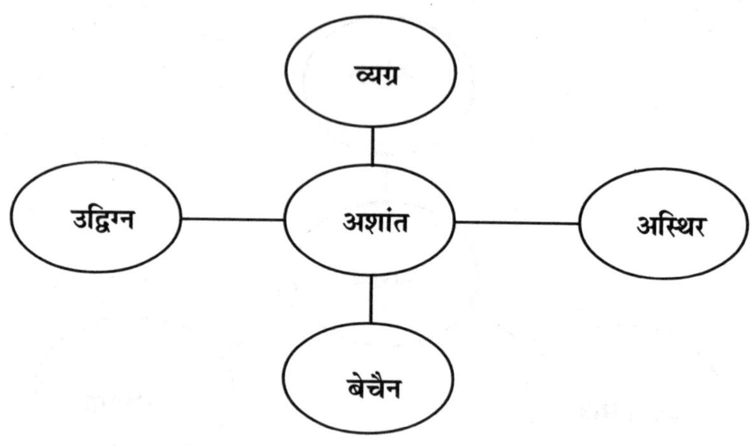

अशांत—अशांत वातावरण कलह का सूचक है।

प्रस्तुत उदाहरण नकारात्मक स्थितिपरक है। व्यंजना शब्द-शक्ति तथा रजोगुणी वृत्तिपरक है। गुणवाचक विशेषण तथा परिवेश संबंधी सामाजिक तथा अन्य सभी संदर्भों का परिचायक है। प्राणिवाचक तथा सार्वकालिक है।

व्यग्र—व्यग्र मन दुश्चिंताओं से भरा है।

प्रस्तुत उदाहरण नकारात्मक मानसिक स्थिति का है। अभिधा शब्द-शक्ति तथा रजोगुणी वृत्तिपरक है। गुणवाचक विशेषण तथा परिणाम जन्य स्थिति संबंधी सभी संदर्भों का परिचायक है। प्राणिवाचक तथा वर्तमानकालिक है।

अस्थिर—अस्थिर चित्त से लिया गया निर्णय उचित नहीं रहता।

प्रस्तुत उदाहरण नकारात्मक मानसिक स्थिति का है। व्यंजना शब्द-शक्ति तथा रजोगुणी वृत्तिपरक है। गुणवाचक विशेषण तथा समानुपातिक संबंधी सामाजिक तथा अन्य सभी संदर्भों का परिचायक है। प्राणिवाचक तथा सार्वकालिक है।

बेचैन—बेचैन आत्मा को कहीं चैन नहीं।

प्रस्तुत उदाहरण नकारात्मक शारीरिक/मानसिक स्थिति का है। व्यंजना शब्द-शक्ति तथा रजोगुणी वृत्तिपरक है। गुणवाचक विशेषण तथा पराविज्ञान संबंधी सामाजिक तथा अन्य सभी संदर्भों का परिचायक है।

उद्विग्न—उद्विग्न मन किसी काम में नहीं लगता।

प्रस्तुत उदाहरण परेशानी संबंधी नकारात्मक शारीरिक/मानसिक स्थिति का है। व्यंजना शब्द-शक्ति तथा रजोगुणी वृत्तिपरक है। गुणवाचक विशेषण तथा

अशांत मन:स्थिति संबंधी सभी संदर्भों का परिचायक है। प्राणिवाचक तथा सार्वकालिक है।

विशेष

अशांत विशेषण का प्रयोग मन में मची खलबली के लिए प्रयुक्त होता है। कभी-कभी प्रकृति भी अशांत हो उठती है। पारिवारिक तथा सामाजिक वातावरण में भी अशांति छा जाती है, जिसका परिणाम सीधा मन-मस्तिष्क पर पड़ता है। व्यग्र विशेषण केवल मनुष्य के लिए प्रयुक्त होता है। मन आशा के विपरीत परिणाम नहीं सुनना चाहता तथा एक बेचैनी, जल्दबाजी अनुभव होती है।

अस्थिर विशेषण मानसिक असंतुलन दरशाता है, किसी एक निर्णय पर टिक नहीं पाता। अस्थिर मनुष्य नहीं होता, चित्त होता है। कभी-कभी चित्त की स्थिति दो नावों पर पैर रखने जैसी हो जाती है। स्थिर सम्मति, स्थिर निर्णय कुछ भी नहीं रह पाता। बेचैन विशेषण कुछ क्षण, अथवा पूरा जीवन कुछ-न-कुछ पाने के लिए व्याकुल होने में प्रयुक्त होता है, परंतु उद्विग्न विशेषण का प्रयोग चैन जाने के रूप में होता है। अशांत वर्ग के समानार्थी शब्द मनोविज्ञान से संबंधित तथा जीवधारियों के लिए प्रयुक्त होते हैं।

आकस्मिक—आकस्मिक घोषणा से सभी आश्चर्य में पड़ गए।

प्रस्तुत उदाहरण बिना किसी पूर्व सूचना संबंधी नकारात्मक स्थिति का है। अभिधा शब्द-शक्ति तथा रजोगुणी वृत्तिपरक हैं। गुणवाचक विशेषण तथा आश्चर्यजनक स्थितिपरक सामाजिक/राजनीतिक संदर्भ का परिचायक है। प्राणिवाचक तथा भूतकालिक है।

अनुमानित—अनुमानित रूप से बाग 3 कि.मी. दूर है।

प्रस्तुत उदाहरण अनिश्चितता संबंधी सकारात्मक स्थिति का है। लक्षणा शब्द-शक्ति तथा रजोगुणी वृत्तिपरक है। संख्यावाचक विशेषण तथा सामाजिक संदर्भ है। अप्राणिवाचक तथा वर्तमानकालिक है।

अप्रत्याशित—अप्रत्याशित हमले से सब चौकन्ने हो गए।

प्रस्तुत उदाहरण आशा से विपरीत नकारात्मक स्थिति का है। अभिधा शब्द-शक्ति तथा तमोगुणी वृत्तिपरक है। गुणवाचक विशेषण तथा सुरक्षा संबंधी राष्ट्रीय संदर्भ का परिचायक है। प्राणिवाचक तथा भूतकालिक है।

विशेष

आकस्मिक शब्द अचानक हुई स्थिति के लिए प्रयुक्त होता है, जबकि अनुमानित शब्द का अर्थ केवल अनुमान के आधार पर होता है तथा अप्रत्याशित में आशा के विपरीत होनेवाली स्थिति होती है।

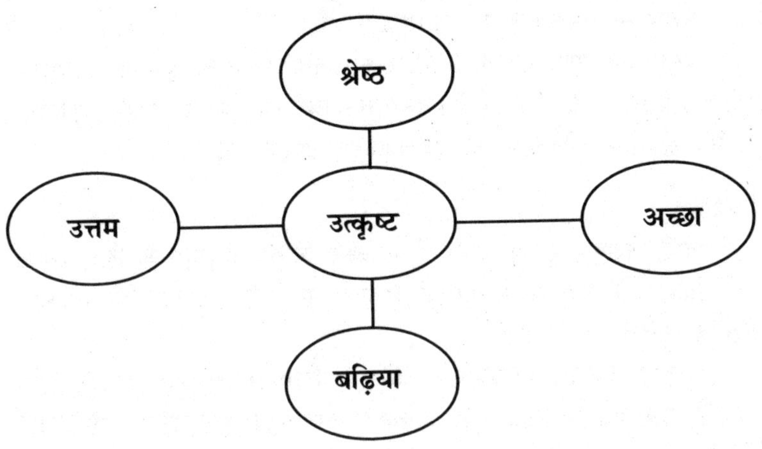

उत्कृष्ट—उत्कृष्ट कारीगरी वाला शॉल है।

प्रस्तुत उदाहरण में उत्कृष्ट विशेषण का प्रयोग कला/कार्य/गुण/स्थिति आदि के लिए किया गया है। यह स्थितिपरक रूप है। व्यंजना शब्द-शक्ति तथा रजोगुणी वृत्ति का प्रतीक है। गुणवाचक विशेषण तथा कलात्मक संदर्भ का परिचायक है। प्राणिवाचक तथा वर्तमानकालिक है।

श्रेष्ठ—श्रेष्ठ व्यक्तियों का अनुसरण करो।

प्रस्तुत उदाहरण सात्त्विक वृत्ति संबंधी सकारात्मक मानसिक स्थिति का है। व्यंजना शब्द-शक्ति तथा सत्त्वगुणी वृत्तिपरक है। गुणवाचक विशेषण तथा सात्त्विक वृत्तिपरक सामाजिक एवं नैतिक संदर्भ का द्योतक है। प्राणिवाचक तथा सार्वकालिक है।

अच्छा—अच्छे बोल बोलो।

प्रस्तुत उदाहरण सत्त्वगुणी वृत्तिपरक शारीरिक/मानसिक सकारात्मक स्थिति का है। अभिधा शब्द-शक्ति तथा सत्त्वगुणी वृत्ति संबंधी है। गुणवाचक विशेषण तथा हितकारी वाणीजन्य नैतिक संदर्भ का परिचायक है। प्राणिवाचक तथा सार्वकालिक है।

बढ़िया—छात्र ने बढ़िया तर्क दिए।

प्रस्तुत उदाहरण तर्क संबंधी सकारात्मक मानसिक स्थिति का है। व्यंजना शब्द-शक्ति तथा रजोगुणी वृत्तिपरक है। गुणवाचक विशेषण तथा तर्कसम्मत बुद्धि सामाजिक कौशल तथा सामाजिक संदर्भ है। प्राणिवाचक तथा भूतकालिक है।

उत्तम—परोपकार उत्तम गुण माना गया है।

प्रस्तुत उदाहरण आचरण संबंधी सकारात्मक स्थिति का है। अभिधा शब्द-शक्ति तथा सत्त्वगुणी वृत्तिपरक है। गुणवाचक विशेषण तथा 'परोपकाराय पुण्याय' धार्मिक संदर्भ का द्योतक है। प्राणिवाचक तथा सार्वकालिक है।

विशेष

श्रेष्ठ विशेषण मुनष्य के अतिरिक्त अन्य किसी जीवधारी के लिए प्रयुक्त नहीं होता। जैसे-हिंदू धर्म में गाय को माता का स्थान दिए जाने पर भी उसे श्रेष्ठ पशु नहीं कहते।

उत्कृष्ट विशेषण का प्रयोग कला/कार्य/परिणाम/गुण/स्थिति आदि के लिए होता है। इसे यदि हम उत्कृष्ट पशु अथवा उत्कृष्ट मनुष्य कहें तो हम अपना सही मंतव्य संप्रेषण नहीं कर पाएँगे। हाँ उत्तम, बढ़िया, अच्छा का प्रयोग किया जा सकता है, वह भी किसी सीमा तक। उत्कृष्ट विशेषण कुछ ऊँची कोटि का है। उत्तम विशेषण का प्रयोग विचार/कार्य/स्वभाव/स्थान/कारण/गुण/आचरण/स्थिति आदि के अतिरिक्त अन्य किसी जीवधारी के लिए प्रयोग नहीं किया जा सकता, पर बढ़िया और अच्छा का प्रयोग स्वीकार्य होता है। गुणात्मक घनत्व उत्कृष्ट और श्रेष्ठ विशेषणों के प्रयोग में ही परिलक्षित होता है। 'अच्छा' विशेषण 'बढ़िया' से थोड़ा इतर है। बढ़िया और अच्छा विशेषण वस्तु/स्थानपरक भी होते हैं और जीवधारी भी। जैसे—बढ़िया/अच्छा आदमी, बढ़िया/अच्छा हाथी, बढ़िया/अच्छा मकान, बढ़िया/अच्छा स्थान आदि।

वास्तव में अच्छा विशेषण सतही प्रशंसा का द्योतक है। बढ़िया और अच्छा विशेषण साधारण कोटि के होने के साथ ही उत्तम और श्रेष्ठ विशेषण से इतर होते हैं।

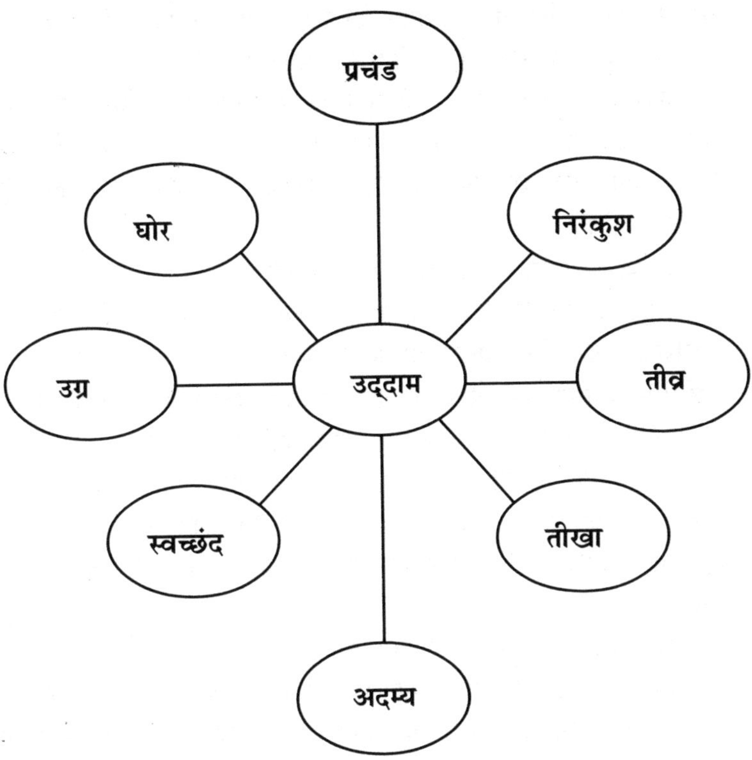

उद्दाम—उद्दाम लहरों ने आसपास के सभी स्थान लील लिये थे।

प्रस्तुत उदाहरण विनाशपरक नकारात्मक स्थिति का है। व्यंजना शब्द-शक्ति तथा तमोगुणी वृत्तिपरक है। गुणवाचक विशेषण तथा विनाशक प्राकृतिक संदर्भ का परिचायक है। प्राणिवाचक तथा भूतकालिक है।

प्रचंड—देवताओं और राक्षसों में प्रचंड युद्ध हुआ।

प्रस्तुत उदाहरण युद्धपरक नकारात्मक स्थिति का है। व्यंजना शब्द-शक्ति तथा तमोगुणी वृत्तिपरक है। गुणवाचक विशेषण तथा पौराणिक युद्ध कौशल संबंधी संदर्भ का परिचायक है। प्राणिवाचक तथा पौराणिक भूतकालिक है।

निरंकुश—निरंकुश शासन में किसी का भला नहीं होता।

प्रस्तुत उदाहरण शारीरिक/मानसिक नकारात्मक स्थिति का है। व्यंजना शब्द-शक्ति तथा रजोगुणी वृत्ति का द्योतक है। गुणवाचक विशेषण तथा शासन तंत्र

संबंधी राजनैतिक संदर्भ का परिचायक है। प्राणिवाचक तथा सार्वकालिक है।

—निरंकुश व्यक्ति अन्य की पीड़ा नहीं समझता।

प्रस्तुत उदाहरण अहं भाव से पीड़ित व्यक्तिपरक नकारात्मक मानसिक स्थिति का है। व्यंजना शब्द-शक्ति तथा तमोगुणी वृत्ति संबंधी है। गुणवाचक विशेषण तथा हृदयहीन स्वेच्छाचारी सामाजिक संदर्भ का परिचायक है। प्राणिवाचक तथा सार्वकालिक है।

अदम्य—अदम्य साहस से ही विजय मिलती है।

प्रस्तुत उदाहरण सीमाहीन साहसिक शारीरिक/मानसिक सकारात्मक स्थितिपरक है। व्यंजना शब्द-शक्ति तथा सत्त्वोगुणी वृत्तिपरक है। गुणवाचक विशेषण लक्ष्य प्राप्ति संबंधी सामाजिक संदर्भ का परिचायक है। प्राणिवाचक तथा सार्वकालिक है।

स्वच्छंद—स्वच्छंद आचरण स्वयं को भी हानि पहुँचाता है।

प्रस्तुत उदाहरण स्वयं की हानि से अनजान नकारात्मक मानसिक स्थिति का है। व्यंजना शब्द-शक्ति तथा रजोगुणी वृत्तिपरक है। गुणवाचक विशेषण तथा आत्मघाती मनोवैज्ञानिक तथा सामाजिक संदर्भ का परिचायक है। प्राणिवाचक तथा वर्तमानकालिक है।

उग्र—उग्र स्वभाव से बनता काम बिगड़ जाता है।

प्रस्तुत उदाहरण नकारात्मक मानसिक स्थिति का है। अभिधा शब्द-शक्ति तथा रजोगुणी वृत्तिपरक है। गुणवाचक विशेषण तथा नकारात्मक स्वभाव संबंधी सामाजिक संदर्भ का परिचायक है। प्राणिवाचक तथा वर्तमानकालिक है।

घोर—घोर विरोध के कारण सीट गँवानी पड़ी।

प्रस्तुत उदाहरण समर्थनहीन वातावरण संबंधी नकारात्मक स्थिति का है। अभिधा शब्द-शक्ति तथा तमोगुणी वृत्तिपरक है। गुणवाचक विशेषण तथा शक्तिशाली विरोध जन्य राजनैतिक संदर्भ का परिचायक है। प्राणिवाचक तथा भूतकालिक है।

विशेष

अदम्य विशेषण अदम्य लहरें नहीं कहलाता, अदम्य साहस उद्दाम साहस नहीं होता, निरंकुश व्यक्तिपरक तथा स्थितिपरक है, किंतु प्रचंड विशेषण केवल स्थितिपरक के लिए प्रयुक्त होता है। यह तीव्र गतिपरक है तथा बुद्धिपरक भी है। उग्र स्वभाव होता है वहाँ तीव्र, अदम्य और उद्दाम का प्रयोग नहीं हो सकता। घोर स्थितिपरक तथा आचरणपरक होता है। अतः हम कह सकते हैं कि एक ही वर्ग के विशेषण प्रयोग करने में सूक्ष्म अंतर दरशाते हैं। तीक्ष्ण शब्द के लिए तीव्र प्रयोग

में आता है। यदि हम कहें तीक्ष्ण बाणों का प्रहार से अर्थ होता गति की तीव्रता तथा बाणों की प्रकृति (तीखापन, पैनापन)। किंतु इसी बात को बाणों का तीव्र प्रहार कहें तो केवल गति पर जोर आएगा। इसी तीव्र विशेषण का प्रयोग तीव्र प्रवाह न कहकर तीक्ष्ण प्रवाह कहें तो गति के साथ-साथ दिशा बदलाव भी ध्वनित होता है। यहाँ पर हम एक और शब्द पैना और तीखा की भी बात करेंगे। मिर्च बहुत तीखी है। अर्थात् स्वाद में चटपटी है। मिर्च बहुत पैनी का प्रयोग एकदम अशुद्ध होगा। इसी प्रकार तेज शब्द प्रकृति/मन:स्थिति और गति तीनों के लिए प्रयुक्त हो सकता है, जैसे तेज स्वभाव, तेज बुद्धि, तेज चाल, लेकिन पैनी चाल नहीं। पैना शब्द तेज धारदार के लिए प्रयुक्त होता है। हाँ, पैनी बुद्धि हो सकती है। बुद्धि पैनी भी हो सकती है और तेज भी, किंतु धारदार बुद्धि का प्रयोग अशुद्ध होगा। तेज दिमाग का प्रयोग व्यंजना में क्रोधित स्वभाव की ओर भी संकेत करता है। फिर यह अर्थ सभी काल में, सभी संदर्भों में नकारात्मक होते हुए सभी को अस्वीकृत होगा। मिजाज पैना/दिमाग पैना अथवा चाल पैनी का प्रयोग स्वीकार्य नहीं होगा। पैनी जीभ कहलाती है। अर्थात् संक्षिप्त रूप से समयोचित तथा अर्थगर्भित कटु सत्य भी बोल देना। दृष्टि का पैना होना व्यंजना में दूरदर्शिता तथा उचित-अनुचित की पहचान दरशाता है। भाला नुकीला है भाला धारदार नहीं होता। तलवार धारदार अथवा पैनी होती है, नुकीली नहीं। तलवार का वार तीखा होता है, धारदार या नुकीला नहीं। इसी प्रकार हम देखते हैं कि एक ही वर्ग के समान अर्थी विशेषण प्रयोग में एक रूप नहीं होते। सूक्ष्म अंतर होने के कारण वाक्य प्रयोग भिन्न होता है, अन्यथा वक्ता अपना कथन सही रूप में दूसरे तक संप्रेषित नहीं कर पाता।

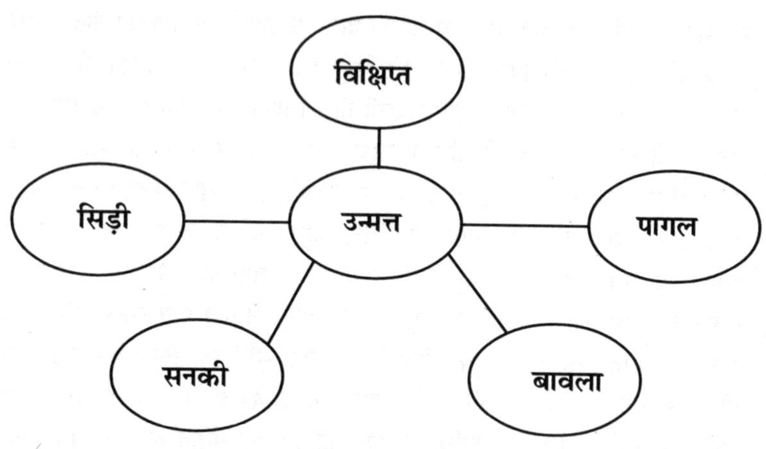

उन्मत्त—उन्मत्त युवक ने लाठी से वार किया।

प्रस्तुत उदाहरण उत्तेजित नकारात्मक मानसिक स्थिति का है। व्यंजना शब्द-शक्ति तथा रजोगुणी वृत्तिपरक है। गुणवाचक विशेषण तथा परिणाम से बेसुध सामाजिक संदर्भ का परिचायक हैं। प्राणिवाचक तथा भूतकालिक है।

विक्षिप्त—विक्षिप्त वृद्ध अचानक रोने लगा।

प्रस्तुत उदाहरण कुछ समझ न पाने की नकारात्मक मानसिक स्थिति का है। व्यंजना शब्द-शक्ति तथा रजोगुणी वृत्तिपरक है। गुणवाचक विशेषण तथा असमर्थ, विवेकहीन, सामाजिक संदर्भ का द्योतक है। प्राणिवाचक है तथा भूतकालिक है।

पागल—पागल व्यक्ति मत बनो। धीरज से काम लो।

प्रस्तुत उदाहरण प्रतिशोध संबंधी नकारात्मक मानसिक स्थिति का है। व्यंजना शब्द-शक्ति तथा रजोगुणी वृत्तिपरक है। गुणवाचक विशेषण तथा धीरज धारण करने संबंधी सामाजिक तथा अन्य सभी परामर्शदायी संदर्भों का द्योतक है। प्राणिवाचक तथा वर्तमानकालिक है।

बावला—युवक बावला है। बात का बतंगड़ बना दिया।

प्रस्तुत उदाहरण अकारण नकारात्मक मानसिक स्थिति का द्योतक है। व्यंजना शब्द-शक्ति रजोगुणी वृत्ति का द्योतक है। गुणवाचक विशेषण तथा धैर्यहीन अशांत मानसिक स्थिति संबंधी संदर्भ है। प्राणिवाचक है तथा भूतकालिक है।

विशेष

पागल विशेषण विकृत मस्तिष्क का द्योतक है, जबकि बावला बिना किसी

ठोस लक्षण/प्रमाण के तत्काल प्रतिक्रिया देता है। सनकी विशेषण एक जगह टिकी हुई मन:स्थिति होती है और समझाने पर भी कर्ता अपनी बात की ही जिद करता है। सिड़ी विशेषण एक ही बात को बार-बार करता रहता है। इसके लिए कहा जाता है कि ग्रामोफोन की सुई अटक गई लगता है।

सनकी—सनकी व्यक्ति एक ही बात को दोहराता रहता है।

प्रस्तुत उदाहरण विकृत मस्तिष्कपरक नकारात्मक स्थिति का है। अभिधा शब्द-शक्ति तथा रजोगुणी वृत्ति का परिचायक है। गुणवाचक विशेषण तथा धुन सवार संदेही वृत्ति संबंधी संदर्भ का द्योतक है। प्राणिवाचक तथा सार्वकालिक है।

सिड़ी—सिड़ी दुकानदार है। मना करने पर भी एक ही चीज खरीदने की जिद कर रहा है।

प्रस्तुत उदाहरण चिपकू मानसिक स्थिति का नकारात्मक रूप है। अभिधा शब्द-शक्ति तथा रजोगुणी वृत्ति का द्योतक है। गुणवाचक विशेषण तथा असंतुलित मानसिक स्थिति संबंधी संदर्भ का परिचायक है। प्राणिवाचक तथा वर्तमानकालिक है।

विशेष

उन्मत्त व्यक्ति में स्थिति के अनुसार वहशी संस्कार जाग जाते हैं, किंतु विक्षिप्त विशेषण मानसिक विकृति का सूचक है। पागल विशेषण के प्रयोग में अपने आप की संज्ञा नहीं रहती।

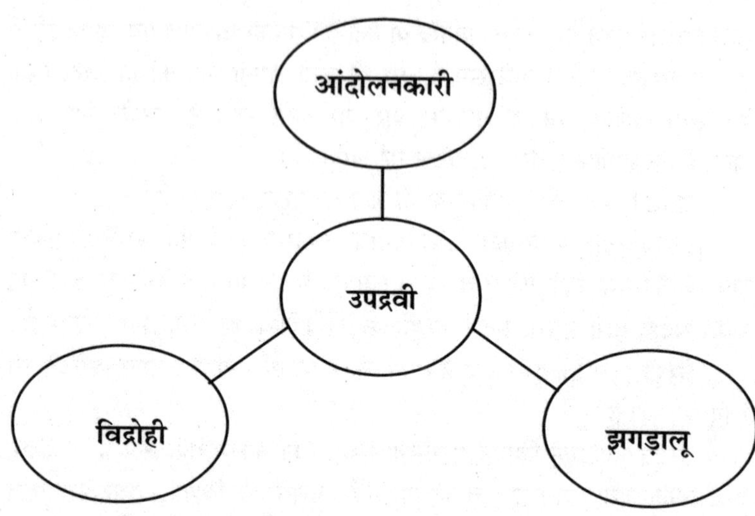

उपद्रवी—बच्चा उपद्रवी है।

प्रस्तुत उदाहरण बाल-स्वभाव संबंधी नकारात्मक शारीरिक/मानसिक स्थिति का है। व्यंजना शब्द-शक्ति है तथा रजोगुणी वृत्तिपरक है। गुणवाचक विशेषण है तथा बाल-मनोविज्ञान संबंधी संदर्भ का द्योतक है। प्राणिवाचक है तथा वर्तमानकालिक है।

आंदोलनकारी—आंदोलनकारी जनता जीत गई।

प्रस्तुत उदाहरण नीतिगत विद्रोह संबंधी सकारात्मक स्थिति का है। अभिधा शब्द-शक्ति तथा रजोगुणी वृत्ति संबंधी है। गुणवाचक विशेषण तथा राज्य प्रशासन का राजनीतिक विरोध संदर्भ का परिचायक है। प्राणिवाचक तथा भूतकालिक है।

झगड़ालू—झगड़ालू व्यक्ति से दूर रहो।

प्रस्तुत उदाहरण गंदी मानसिकता संबंधी नकारात्मक स्थिति का है। अभिधा शब्द-शक्ति तथा तमोगुणी वृत्तिपरक है। गुणवाचक विशेषण तथा नीतिपरक उपदेशात्मक संदर्भ का परिचायक है। प्राणिवाचक है तथा सार्वकालिक है।

विद्रोही—विद्रोही व्यक्ति को बाहर करो।

प्रस्तुत उदाहरण सभ्य समाज से अपरिचित नकारात्मक शारीरिक/मानसिक स्थिति का है।

प्रस्तुत उदाहरण में नीतिगत विचार भिन्नता संबंधी नकारात्मक स्थिति का है। व्यंजना शब्द-शक्ति तथा रजोगुणी वृत्तिपरक है। गुणवाचक विशेषण तथा वैचारिक भिन्नता संबंधी सामाजिक/राजनैतिक तथा धार्मिक संदर्भ का परिचायक है।

विशेष

आंदोलनकारी शब्द का प्रयोग किन्हीं विशेष मुद्दों को लेकर आवाज उठाई जाए, उसके लिए किया जाता है। उपद्रवी विशेषण बच्चों के संबंध में शरारत, बड़ों के संबंध में (सामाजिक, राजनीतिक तथा धार्मिक) लोगों को भड़काकर दंगा वगैरह करवाने में प्रयुक्त होता है। आंदोलनकारी किसी एक विचारधारा को लेकर करता है। उपद्रवी बात-बात पर झगड़ा-फसाद करता है। झगड़ालू विशेषण स्वभाव से शांति नहीं रहने देने के लिए प्रयुक्त होता है और विद्रोही किसी भी बात को न मानने के लिए तैयार रहनेवाले के लिए प्रयुक्त होता है।

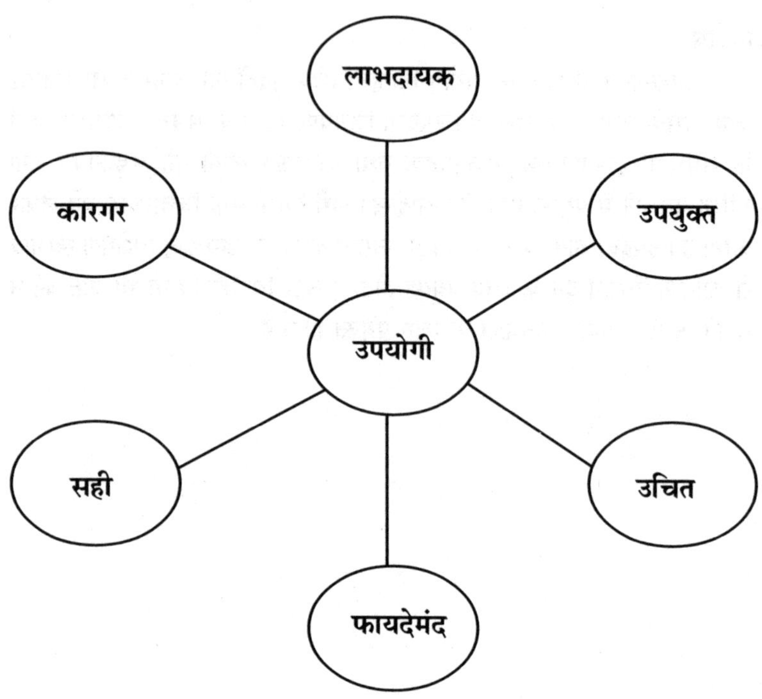

उपयोगी—उपयोगी वस्तुएँ यहाँ पर रखो।

प्रस्तुत उदाहरण वस्तुपरक सकारात्मक स्थिति का है। अभिधा शब्द-शक्ति तथा रजोगुणी वृत्तिपरक है। गुणवाचक विशेषण तथा बुद्धि कौशल संबंधी सामाजिक संदर्भ है। प्राणिवाचक तथा वर्तमान काल का परिचायक है।

लाभदायक—लाभदायक बातें ध्यान से सुनो।

—लाभदायक फलों का सेवन करो।

प्रस्तुत दोनों उदाहरण नीतिपरक तथा स्वास्थ्यपरक वस्तुओं की सकारात्मक स्थिति है। व्यंजना शब्द-शक्ति तथा रजोगुणी वृत्तिपरक है। गुणवाचक विशेषण तथा स्वास्थ्य संबंधी तथा नीतिसंबंधी संदर्भों का परिचायक है। प्राणिवाचक तथा सार्वकालिक है।

उपयुक्त—उपयुक्त वस्तु चुनो।

प्रस्तुत उदाहरण वस्तुपरक सकारात्मक स्थिति का है। व्यंजना शब्द-शक्ति तथा सत्त्वगुणी वृत्तिपरक है। गुणवाचक विशेषण तथा तर्क सम्मत सभी संदर्भों का

परिचायक है। अप्राणिवाचक तथा वर्तमानकालिक है।

उचित—उचित दिशा की ओर चलो।

प्रस्तुत उदाहरण तर्क सम्मत मार्ग की सकारात्मक स्थिति है। व्यंजना शब्द-शक्ति तथा सत्त्वगुणी वृत्तिपरक है। गुणवाचक विशेषण तथा परामर्श संबंधी सभी संदर्भों का परिचायक है। अप्राणिवाचक तथा सार्वकालिक है।

फायदेमंद—दवा फायदेमंद है।

प्रस्तुत उदाहरण औषधि संबंधी सकारात्मक स्थिति का है। अभिधा शब्द-शक्ति तथा रजोगुणी वृत्तिपरक है। गुणवाचक विशेषण तथा चिकित्सा एवं सामाजिक संदर्भ का परिचायक है। अप्राणिवाचक तथा वर्तमानकालिक है।

सही—सही उत्तर दो।

प्रस्तुत उदाहरण वास्तविकता संबंधी सकारात्मक स्थिति का है। अभिधा शब्द-शक्ति तथा रजोगुणी वृत्ति संबंधी है। गुणवाचक विशेषण तथा परीक्षा संबंधी तथा अन्य सभी संदर्भों का परिचायक है। प्राणिवाचक तथा वर्तमानकालिक है।

कारगर—उपाय कारगर है।

प्रस्तुत उदाहरण वस्तुपरक सकारात्मक स्थिति का है। व्यंजना शब्द-शक्ति तथा सत्त्वगुणी वृत्तिपरक है। गुणवाचक विशेषण तथा बुद्धि कौशल संबंधी सामाजिक संदर्भ का परिचायक है। प्राणिवाचक तथा वर्तमानकालिक है।

विशेष

उपयोगी तथा उपयुक्त विशेषण में सूक्ष्म अंतर है। उपयोगी वस्तु/पदार्थ/बातें/स्थिति (लाभदायक) में प्रयुक्त होता है। उपयुक्त पद/कार्य/समय आदि के लिए (योग्यता संबंधी) प्रयुक्त होता है। दोनों विशेषणों में अर्थगतआशय संबंधी अंतर होता है। जैसे—लाभदायक दूध होता है, पद नहीं। उपयुक्त समय होता है, वस्तु नहीं आदि-आदि। उचित/सही दिशा होती है, कारगर/फायदेमंद नहीं आदि-आदि।

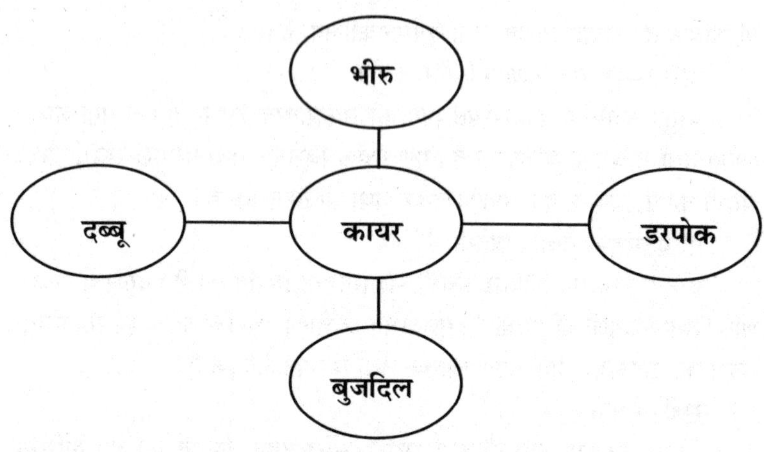

कायर—कायर व्यक्ति चुनौतियों से घबरा जाते हैं।

प्रस्तुत उदाहरण दुर्बल मानसिक स्थिति का नकारात्मक रूप है। अभिधा शब्द-शक्ति तथा रजोगुणी वृत्तिपरक है। गुणवाचक विशेषण तथा समस्यामूलक सामाजिक संदर्भ का परिचायक है। प्राणिवाचक तथा सार्वकालिक है।

भीरु—भीरु वृद्धा चोरों से डर गईं।

प्रस्तुत उदाहरण अवस्था-जनक नारी सुलभ भय संबंधी नकारात्मक स्थिति का है। अभिधा शब्द-शक्ति तथा रजोगुणी वृत्तिपरक है। गुणवाचक विशेषण तथा मानसिक भयजन्य वृत्ति संबंधी सामाजिक संदर्भ का परिचायक है। प्राणिवाचक तथा भूतकालिक है।

डरपोक—डरपोक मत बनो। आगे बढ़ो।

प्रस्तुत उदाहरण डर संबंधी नकारात्मक मानसिक स्थिति का है। अभिधा शब्द-शक्ति तथा रजोगुणी वृत्ति का परिचायक है। गुणवाचक विशेषण तथा उत्साहवर्धन संबंधी सामाजिक संदर्भ का द्योतक है। प्राणिवाचक तथा सार्वकालिक है।

बुजदिल—बुजदिल व्यक्ति तरक्की नहीं कर सकता।

प्रस्तुत उदाहरण कमजोर मन:स्थ्तिपरक नकारात्मक स्थिति का है। अभिधा शब्द-शक्ति तथा रजोगुणी वृत्तिपरक है। गुणवाचक विशेषण तथा आत्मविश्वास विहीन भीरु वृत्ति संबंधी स्वभावपरक संदर्भ का परिचायक है। प्राणिवाचक तथा सार्वकालिक है।

विशेष

कायर व्यक्ति बड़बोला होता है। भीरुता का गुण वृत्तिपरक होता है। डरपोक किसी भी तरह से नया कदम नहीं उठा पाता। बुजदिल नए रास्ते तलाशने से डरता है। अपने पर विश्वास नहीं होता। दब्बू में विरोध करने का साहस नहीं होता। अतः जो कायर है वह दब्बू नहीं, जो दब्बू है वह भीरु नहीं, जो भीरु है वह बुजदिल नहीं। सभी विशेषणपरक शब्द संदर्भ के अधीन हैं।

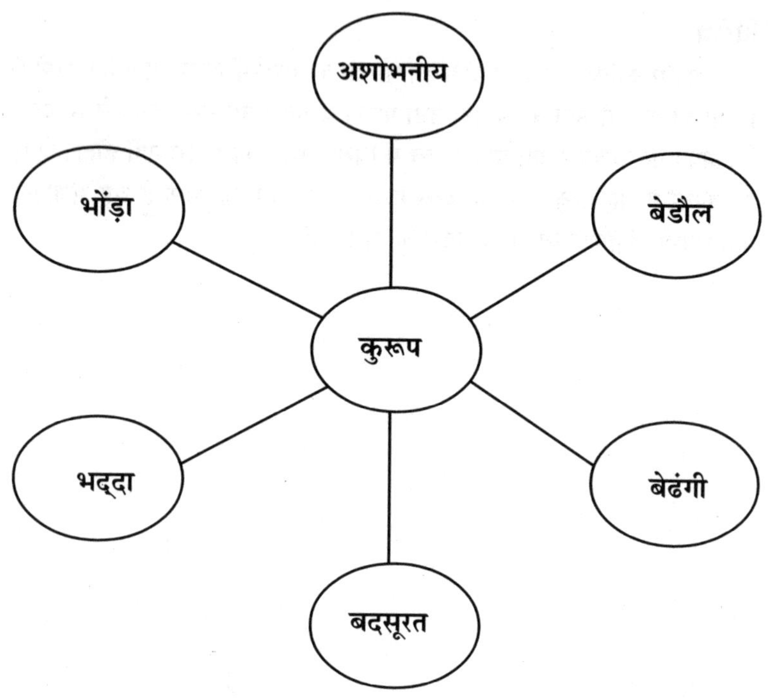

कुरूप—कुरूप व्यक्ति किसी को अच्छा नहीं लगता।

प्रस्तुत उदाहरण शारीरिक नकारात्मक स्थिति का है। अभिधा शब्द-शक्ति तथा रजोगुणी वृत्तिपरक है। गुणवाचक विशेषण तथा सौंदर्यविहीन सामाजिक संदर्भ का परिचायक है। प्राणिवाचक तथा सार्वकालिक है।

अशोभनीय—अशोभनीय पोस्टर मत लगाओ।

प्रस्तुत उदाहरण प्रदर्शन संबंधी नकारात्मक स्थिति का है। अभिधा शब्द-शक्ति तथा रजोगुणी/तमोगुणी वृत्तिपरक है। गुणवाचक विशेषण तथा सामाजिक दुष्प्रभाव संबंधी सतर्कता एवं सामाजिक संदर्भ का परिचायक है। प्राणिवाचक तथा सार्वकालिक है।

बेडौल—शरीर बेडौल है। सँभलकर चलो।

प्रस्तुत उदाहरण शारीरिक नकारात्मक स्थिति का है। अभिधा शब्द-शक्ति तथा रजोगुणी वृत्तिपरक है। गुणवाचक विशेषण तथा सतर्कता संबंधी शारीरिक संदर्भ का परिचायक है। प्राणिवाचक है तथा वर्तमानकालिक है।

बेढंगी—बेढंगी पोशाक मत पहनो।

प्रस्तुत उदाहरण वस्तुपरक नकारात्मक स्थिति का है। अभिधा शब्द-शक्ति तथा रजोगुणी वृत्तिपरक है। गुणवाचक विशेषण तथा अनुकूल वस्त्र संबंधी सामाजिक संदर्भ का परिचायक है। अप्राणिवाचक तथा वर्तमानकालिक है।

बदसूरत—बदसूरत व्यक्ति से घृणा मत करो।

प्रस्तुत उदाहरण देहाकृति-संबंधी नकारात्मक स्थिति का है। अभिधा शब्द-शक्ति तथा रजोगुणी वृत्तिपरक है। गुणवाचक विशेषण तथा नीतिपरक सामाजिक संदर्भ का परिचायक है। प्राणिवाचक तथा सार्वकालिक है।

भद्दा—तसवीर भद्दी है।

प्रस्तुत उदाहरण वस्तुपरक नकारात्मक स्थिति का है। अभिधा शब्द-शक्ति तथा रजोगुणी वृत्तिपरक है। गुणवाचक विशेषण तथा दोषपूर्ण कलात्मक संदर्भ का परिचायक है। अप्राणिवाचक तथा वर्तमानकालिक है।

भोंड़ी—भोंड़ी शकल मत बनाओ।

प्रस्तुत उदाहरण अरुचिकर स्थितिपरक नकारात्मक रूप का है। व्यंजना शब्द-शक्ति तथा रजोगुणी वृत्तिपरक है। गुणवाचक विशेषण तथा सामाजिक परामर्शदायी संदर्भ का सूचक है। प्राणिवाचक तथा सार्वकालिक है।

विशेष

कुरूप विशेषण स्थायी और जन्मजात होता है, कभी-कभी किसी दुर्घटनावश भी ऐसा हो जाता है। अशोभनीय आचरण अथवा वस्त्र हो सकते हैं। अशोभनीय रूप नहीं होता है।

बेडौल देह के लिए बेडौल विशेषण प्रयुक्त होता है। बेढंगे वस्त्र, बेढंगा आचरण होता है। भद्दा/भद्दी वस्त्र, सूरत, वाणी, आचरण, विचार, सोच आदि के लिए प्रयुक्त होता है। भोंड़ी आकृति जो जन्मजात भी होती है और नकारात्मक सोच में बनाई भी जाती है। बेडौल, यानी संतुलन का अभाव। संतुलन के अभाव में कोई भी वस्तु/आकृति अपना सौंदर्य/आकर्षण खो देती है। बेडौल विशेषण कभी-कभी सकारात्मकता लिये हुए संतुलन के अभाव में वैचित्र्य भाव उत्पन्न कर देता है तथा उसकी विलक्षणता से मन में सकारात्मक भाव उत्मन्न होने लगता है। जैसे—बेडौल शरीर है पर भावपूर्ण आँखें हैं। ऐसी स्थिति में भावपूर्ण आँखों की सराहना होती ही है। इस प्रकार का विरोधाभास अनेक बार दृष्टिगोचर होता है।

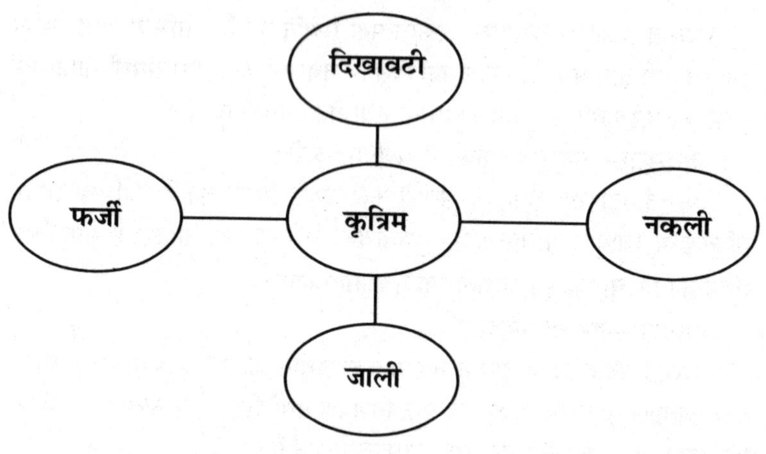

कृत्रिम—कृत्रिम पुष्प-गुच्छ सुंदर है।

प्रस्तुत उदाहरण कृत्रिम पुष्प संबंधी सौंदर्यपरक सकारात्मक स्थिति है। अभिधा शब्द-शक्ति तथा रजोगुणी वृत्तिपरक है। गुणवाचक विशेषण तथा वनस्पति जगत् संबंधी संदर्भ का परिचायक है। अप्राणिवाचक तथा भूतकालिक है।

दिखावटी—दिखावटी शान में क्या रखा है?

प्रस्तुत उदाहरण मिथ्या, दिखावा संबंधी नकारात्मक स्थिति का है। व्यंजना शब्द-शक्ति तथा रजोगुणी वृत्तिपरक है। गुणवाचक विशेषण तथा प्रदर्शन-वृत्तिजन्य सामाजिक संदर्भ का परिचायक है। अप्राणिवाचक तथा सार्वकालिक है।

नकली—नकली हार किसका है?

प्रस्तुत उदाहरण वस्तुपरक सकारात्मक/नकारात्मक स्थिति का है। अभिधा शब्द-शक्ति तथा रजोगुणी वृत्तिपरक है। गुणवाचक विशेषण तथा आभूषण संबंधी स्वर्ण व्यापार संदर्भ का परिचायक है। अप्राणिवाचक तथा वर्तमानकालिक है।

जाली—जाली नोट किसी को मत देना।

प्रस्तुत उदाहरण अर्थ विषयक वस्तुपरक नकारात्मक स्थिति का है। अभिधा शब्द-शक्ति तथा रजोगुणी वृत्तिपरक है। गुणवाचक विशेषण तथा विधि-उल्लंघन सतर्कता संबंधी संदर्भ का परिचायक है। अप्राणिवाचक तथा सार्वकालिक है।

फर्जी—फर्जी मुकदमा है। जल्दी ही फैसला हो जाएगा।

प्रस्तुत उदाहरण छल एवं चालाकी संबंधी नकारात्मक स्थिति का है। अभिधा शब्द-शक्ति तथा रजोगुणी वृत्ति का द्योतक है। गुणवाचक विशेषण है तथा झूठ-

आधारित विधि संबंधी सामाजिक संदर्भ का परिचायक है। अप्राणिवाचक तथा भविष्यकालिक है।

विशेष

कृत्रिम वास्तविकता से परे होता है। दिखावटी में दिखाया कुछ जाता है, पर वास्तविकता कुछ और होती है। जैसे—कृत्रिम रेशे से तैयार वस्त्र को हम दिखावटी रेशे से तैयार वस्त्र नहीं कह सकते, इसी प्रकार नकली फूल जाली नहीं हो सकता। जाली और फर्जी में भी सूक्ष्म अंतर है। दोनों में धोखेबाजी का आश्रय लिया जाता है, पर जाली नोट है, फर्जी नोट नहीं। फर्जी मुकदमा कहलाता है, दिखावटी या कृत्रिम मुकदमा नहीं कहलाता। नकली हार और दिखावटी हार के अर्थ में भी अंतर आ जाता है। कृत्रिम उपग्रह कहलाता है। फर्जी उपग्रह नहीं होता। समान अर्थी होते हुए भी शब्दों का प्रयोग अपने भीतर छिपे अर्थ वैशिष्ट्य के कारण भिन्न-भिन्न रूपों में होता है। एक-दूसरे के पर्यायवाची अर्थ होते हुए भी प्रत्येक शब्द एक विशिष्ट अर्थ होने के कारण भिन्न संदर्भों से संबद्ध हैं।

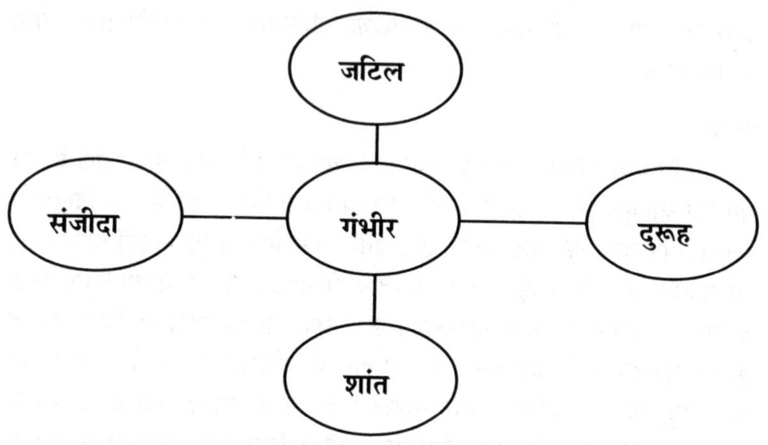

गंभीर—गंभीर प्रश्न है। सोचकर उत्तर मिलेगा।

प्रस्तुत उदाहरण चिंतनपरक सकारात्मक मानसिक स्थिति का है। व्यंजना शब्द-शक्ति तथा रजोगुणी वृत्तिपरक है। गुणवाचक विशेषण है तथा बुद्धि कौशल संबंधी संदर्भ का द्योतक है। प्राणिवाचक तथा भविष्यकालिक है।

जटिल—जटिल समस्या का समाधान आसान नहीं।

प्रस्तुत उदाहरण समस्या मूलक मानसिक स्थिति का नकारात्मक रूप है। व्यंजना शब्द-शक्ति तथा रजोगुणी वृत्तिपरक है। गुणवाचक विशेषण तथा समाधान खोजने संबंधी बौद्धिक संदर्भ का परिचायक है। प्राणिवाचक तथा सार्वकालिक है।

दुरूह—रास्ता दुरूह है। सँभलकर चलो।

प्रस्तुत उदाहरण शारीरिक/मानसिक परामर्शदायी कठिनाई भरे मार्ग की नकारात्मक स्थिति संबंधी है। व्यंजना शब्द-शक्ति तथा रजोगुणी वृत्तिपरक है। गुणवाचक विशेषण तथा सतर्कता संबंधी सामाजिक संदर्भ का परिचायक है। अप्राणिवाचक तथा वर्तमानकालिक है।

शांत—शांत स्वभाव सभी को भाता है।

प्रस्तुत उदाहरण प्रवृत्तिमूलक मानसिक स्थिति का सकारात्मक रूप है। अभिधा शब्द-शक्ति तथा सत्त्वगुणी वृत्तिपरक है। गुणवाचक विशेषण तथा सर्वप्रिय वृत्तिपरक संदर्भ का सूचक है। प्राणिवाचक तथा सार्वकालिक है।

संजीदा—संजीदा मनुष्य के लिए कोई काम कठिन नहीं।

प्रस्तुत उदाहरण सकारात्मक/नकारात्मक मानसिक/शारीरिक स्थिति का द्योतक

है। व्यंजना शब्द-शक्ति तथा रजोगुणी वृत्ति का प्रतीक है। गुणवाचक विशेषण तथा प्रत्येक कार्य को करने की प्रतिबद्ध दृढ़ताजन्य सामाजिक चारित्रिक संदर्भ का परिचायक है। प्राणिवाचक तथा सार्वकालिक है।

विशेष

गंभीर समस्या कठिनाइयों की ओर संकेत करती है, जबकि जटिल विशेषण उलझनों की ओर संकेतित है। गंभीर समस्या मानसिक चिंतनपरक होती है, जटिल समस्या में मन तथा शरीर दोनों का प्रयोग होता है। दुरूह समस्या जटिल जैसा ही प्रयोग है। दुरूह मार्ग होता है, गंभीर मार्ग नहीं। शांत वृत्ति/स्वभाव/मानसिक स्थिति होती है। दुरूह स्वभाव नहीं होता। संजीदा व्यक्ति कहलाता है, जो अपने कर्तव्य के प्रति गंभीर होता है। संजीदा समस्या नहीं। शांत व्यक्ति होता है, शांत मार्ग अथवा समस्या नहीं।

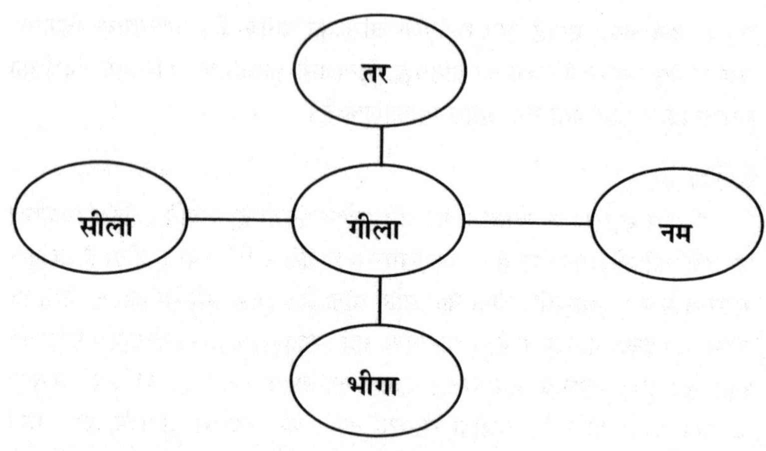

गीला—गीला कपड़ा सुखा दो।

प्रस्तुत उदाहरण वस्तुपरक नकारात्मक स्थिति का है। अभिधा शब्द-शक्ति तथा रजोगुणी वृत्तिपरक है। गुणवाचक विशेषण तथा आज्ञापरक सामाजिक संदर्भ का सूचक है। अप्राणिवाचक तथा वर्तमान काल का द्योतक है।

—गीली आँख पोंछ दो।

प्रस्तुत उदाहरण दुखी मानसिक नकारात्मक स्थिति का है। व्यंजना शब्द-शक्ति तथा सत्त्वगुणी वृत्तिपरक है। गुणवाचक विशेषण तथा संवेदनापरक सामाजिक संदर्भ का परिचायक है। प्राणिवाचक तथा वर्तमानकालिक है।

तर—तर माल खाकर देखो, आनंद आएगा।

प्रस्तुत उदाहरण वस्तुपरक शारीरिक/मानसिक सकारात्मक स्थिति का है। व्यंजना शब्द-शक्ति तथा रजोगुणी वृत्तिपरक है। गुणवाचक विशेषण तथा बढ़िया खाद्य-सामग्री तथा जिह्वा स्वाद संबंधी संदर्भ का परिचायक है। अप्राणिवाचक तथा भविष्यकालिक है।

विशेष

गीला विशेषण, पानी के कम प्रयोग से गीला अर्थ देता है, किंतु ऊपर से नीचे तक टपकने के अंदाज में तर शब्द का प्रयोग होता है। तर माल का अर्थ अधिक गरिष्ठ भोजन। माल के लिए गीला विशेषण प्रयुक्त नहीं किया जा सकता। हाँ, गीली आँख का व्यंजनार्थ होता है। दु:ख में आँसुओं का टपकना नहीं, अपितु आँख में आँसुओं का आ जाना भर होता है।

भीगा—भीगी देह से मत बैठो।

प्रस्तुत उदाहरण शारीरिक स्थिति का नकारात्मक रूप है। अभिधा शब्द-शक्ति तथा रजोगुणी वृत्तिपरक है। गुणवाचक विशेषण तथा अस्वस्थ होने की संभावना संबंधी स्वास्थ्य संदर्भ है। प्राणिवाचक तथा वर्तमानकालिक है।

विशेष

भीगा विशेषण गीला और तर के बीच की स्थिति है। जैसे—फुहारों से अनाज गीला हो गया। वर्षा से खलिहान भीग गया। मूसलधार वर्षा में कपड़े तर हो गए।

सीला—सीला नमक सुखा दो।

प्रस्तुत उदाहरण वातावरण में नमी के कारण कुछ चीजें भुरभुरी नहीं रहतीं, पर वास्तव में वे गीली नहीं होतीं। स्थिति का यह सीलापन वस्तु का स्वाभाविक गुण ही होता है। यह विशेषण किसी भी जीवधारी के लिए प्रयुक्त नहीं होता। वस्तुपरक नकारात्मक स्थिति है। अभिधा शब्द-शक्ति तथा रजोगुणी वृत्ति का सूचक है। गुणवाचक विशेषण तथा वस्तु संबंधी सामाजिक संदर्भ का सूचक है। अप्राणिवाचक तथा वर्तमानकालिक है।

नम—नम आँखों से पड़ोसी विदा हुए।

प्रस्तुत उदाहरण विछोह की पीड़ाजनित मानसिक/शारीरिक नकारात्मक स्थिति है। व्यंजना शब्द-शक्ति तथा रजोगुणी वृत्तिपरक है। गुणवाचक विशेषण तथा शब्दहीन पीड़ा संबंधी दार्शनिक संदर्भ का परिचायक है। प्राणिवाचक तथा भूतकालिक है।

विशेष

नम विशेषण का प्रयोग उपरोक्त सभी शब्दों से पृथक स्थिति में होता है। जैसे—भाप भरे वातावरण में कहीं-कहीं जल कणों की उपस्थिति दृष्टिगोचर होती है और वातावरण का सूखापन समाप्त हो जाता है, वैसी ही स्थिति 'नम' शब्द दरशाता है। आँखों में नमी का अर्थ है—'संवेदना के कारण उच्छ्वासों से उत्पन्न सपाट दृष्टि में अंतर आ जाना।' आँखें गीली भी नहीं हुईं, भरी भी नहीं, भीगी भी नहीं हाँ, दृष्टि में उच्छ्वासों के कारण अनुकणों की झलक सी आई। जीवधारियों में मनुष्य तथा वातावरण के लिए इस विशेषण का प्रयोग होता है।

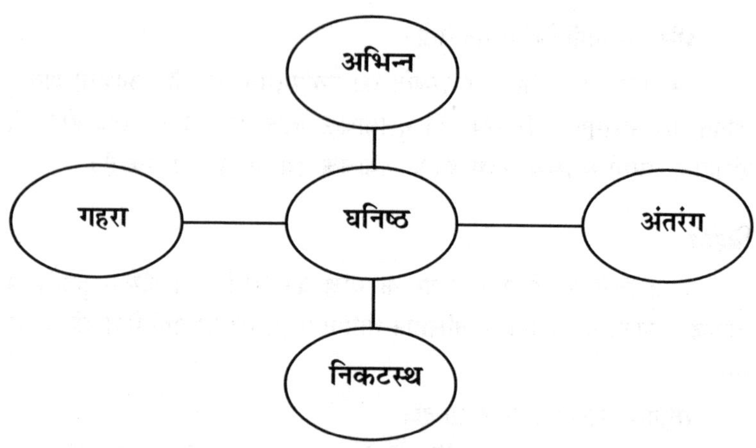

घनिष्ठ—घनिष्ठ मित्रता में दुराव नहीं होता।

प्रस्तुत उदाहरण भावपरक सकारात्मक मानसिक स्थिति का है। लक्षणा शब्द-शक्ति तथा सत्त्वगुणी वृत्तिपरक है। गुणवाचक विशेषण तथा मैत्री संबंधी सामाजिक तथा अन्य सभी संदर्भों का परिचायक है। प्राणिवाचक तथा सार्वकालिक है।

अभिन्न—अभिन्न मित्र हर कोई नहीं कहलाता।

प्रस्तुत उदाहरण विश्वस्त मानसिक सकारात्मक स्थिति का है। व्यंजना शब्द-शक्ति तथा सत्त्वगुणी वृत्तिपरक है। गुणवाचक विशेषण तथा पारस्परिक आत्मिक भाव संबंधी सामाजिक संदर्भ का परिचायक है। प्राणिवाचक तथा सार्वकालिक है।

अंतरंग—अंतरंग साथी से कुछ छिपा नहीं रहता।

प्रस्तुत उदाहरण भाव-पराकाष्ठा संबंधी मानसिक सकारात्मक स्थिति का है। व्यंजना शब्द-शक्ति तथा सत्त्वगुणी वृत्तिपरक है। गुणवाचक विशेषण आत्मिक संबंधी-जन्य मैत्री संबंधी सामाजिक संदर्भ का परिचायक है। प्राणिवाचक तथा सार्वकालिक है।

निकटस्थ—निकटस्थ मंदिर भव्य है।

प्रस्तुत उदाहरण भगवद्‌भक्तिपरक सकारात्मक मानसिक स्थिति का है। अभिधा शब्द-शक्ति तथा रजोगुणी वृत्तिपरक है। गुणवाचक विशेषण तथा कलात्मक शिल्पकला संबंधी धार्मिक संदर्भ का परिचायक है। अप्राणिवाचक तथा वर्तमानकालिक है।

गहरा—कुआँ गहरा है।

प्रस्तुत उदाहरण सकारात्मक/नकारात्मक स्थितिपरक है। अभिधा शब्द-शक्ति तथा रजोगुण वृत्तिपरक है। गुणवाचक विशेषण तथा स्थान संबंधी वस्तुस्थिति संदर्भ का परिचायक है। अप्राणिवाचक तथा वर्तमानकालिक है।

विशेष

घनिष्ठ संबंध होते हैं, स्थिति नहीं। निकटस्थ स्थान तथा निकटस्थ व्यक्ति होता है, मित्र नहीं। अंतरंग संबंध और स्थान दोनों होते हैं जैसे—किसी महल का अंतरंग कक्ष। निकटस्थ व्यक्ति से अन्य संबंध भी होते हैं, किंतु अभिन्न भावपरक अधिक होता है, जहाँ अपना-पराया का स्थान नहीं होता। गहरी दोस्ती भी होती है, किंतु गहरा शब्द अधिकतर पैमाने के रूप में प्रयुक्त होता है जैसे—गहरी दृष्टि, गहरी खाई आदि। घनिष्ठ और अभिन्न भावपरक हैं, जो संबंधों के द्योतक हैं, स्थान के लिए प्रयुक्त नहीं होते।

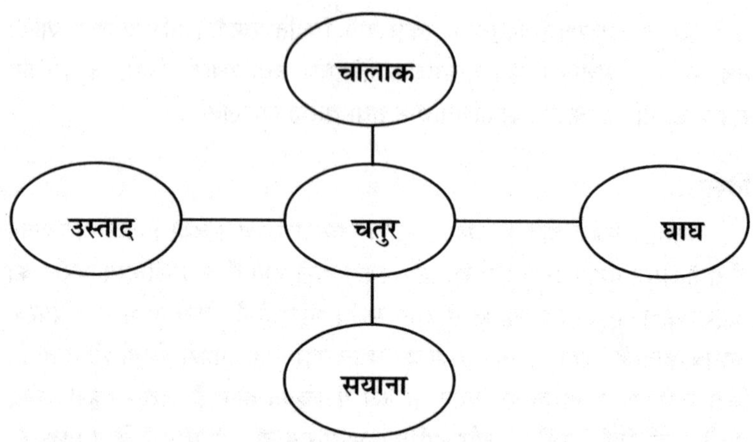

चतुर—चतुर महिलाएँ हर क्षेत्र में सफल होती हैं।

प्रस्तुत उदाहरण व्यक्तिनिष्ठ है। शारीरिक/मानसिक सकारात्मक स्थिति का है। व्यंजना शब्द-शक्ति तथा रजोगुणी वृत्तिपरक है। गुणवाचक विशेषण तथा बौद्धिक कुशलता संबंधी संदर्भ का परिचायक है। प्राणिवाचक तथा सार्वकालिक है।

चालाक—चालाक व्यक्ति ने झूठ बोलकर जायदाद हड़प ली।

प्रस्तुत उदाहरण व्यक्तिनिष्ठ है तथा मानसिक/शारीरिक नकारात्मक स्थिति का है। अभिधा शब्द-शक्ति तथा रजोगुणी वृत्तिपरक है। गुणवाचक विशेषण तथा कुटिलता संबंधी सामाजिक संदर्भ का परिचायक है। प्राणिवाचक तथा भूतकालिक है।

घाघ—दुकानदार घाघ है। फटी साड़ी को रफू करवाकर बेच दी।

प्रस्तुत उदाहरण निकृष्ट चालाकी भरी मानसिक स्थिति का नकारात्मक रूप है। अभिधा शब्द-शक्ति तथा रजोगुणी वृत्तिपरक है। गुणवाचक विशेषण तथा व्यापारिक संदर्भ का परिचायक है। प्राणिवाचक तथा भूतकालिक है।

सयाना—पंच सयाना है। सबकुछ सँभाल लेगा।

प्रस्तुत उदाहरण अनुभवी सकारात्मक मानसिक स्थिति का है। व्यंजना शब्द-शक्ति तथा सत्त्वगुणी वृत्तिपरक है। गुणवाचक विशेषण तथा समर्थ, बुद्धि-कौशल संबंधी सामाजिक संदर्भ का परिचायक है। प्राणिवाचक तथा भविष्यकालिक है।

उस्ताद—जो चाहते हो, वही करवा लेते हो। वाकई उस्ताद हो।

प्रस्तुत उदाहरण सामर्थ्य एवं बुद्धि-कौशल भरी सकारात्मक मानसिक/शारीरिक स्थिति का है। व्यंजना शब्द-शक्ति तथा रजोगुणी वृत्तिपरक है। गुणवाचक विशेषण तथा कारण-कार्य संबंधी सामाजिक संदर्भ का परिचायक है। प्राणिवाचक तथा वर्तमानकालिक है।

विशेष

उपरोक्त सभी विशेषण एक ही वर्ग के हैं, फिर भी प्रयोग में सावधानी अपेक्षित है। यथा—जो चतुर है, वह संदर्भ के अनुसार सकारात्मक भी है और नकारात्मक भी है। चालाकी में कुटिलता भरी है। घाघ शब्द और भी निकृष्ट कोटि का है। सयाना शब्द द्विअर्थी है। जैसे—अनुभवी, बड़ी आयुवाला तथा इसके विपरीत अपना स्वार्थ सिद्ध करनेवाला आदि। उस्ताद विशेषण हर स्थिति को स्वयं के मनोनुकूल करने में समर्थ होता है। येन-केन प्रकारेण अपना काम निकाल ही लेता है। उस्ताद को गुरु भी कहते हैं, पर इस रूप में उस्ताद शब्द संज्ञा कहलाता है। हाँ, उस्ताद शब्द प्रवीण, चालाक, समझदार के अर्थ में विशेषण कहलाता है।

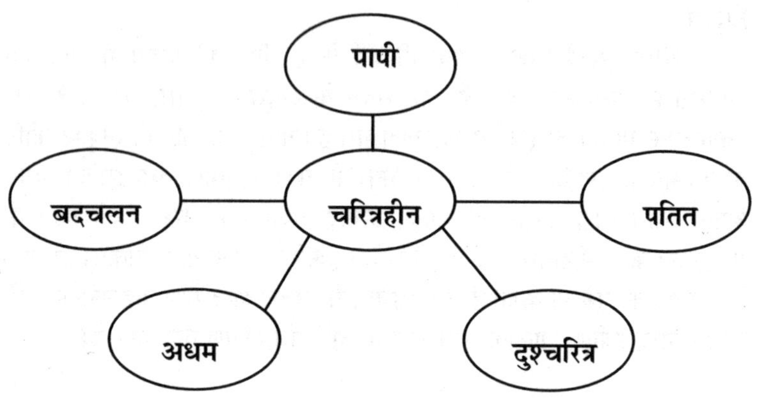

चरित्रहीन—चरित्रहीन व्यक्ति से दूर रहना चाहिए।

प्रस्तुत उदाहरण आचरण संबंधी नकारात्मक स्थितिपरक है। अभिधा शब्द-शक्ति तथा तमोगुणी वृत्तिपरक है। गुणवाचक विशेषण तथा नैतिक संदर्भ का द्योतक है। प्राणिवाचक तथा सार्वकालिक है।

पापी—पापी से घृणा नहीं, उसे पाप से दूर रहना सिखाओ।

प्रस्तुत उदाहरण नकारात्मक शारीरिक/मानसिक स्थिति का है। व्यंजना शब्द-शक्ति तथा तमोगुणी वृत्तिपरक है। गुणवाचक विशेषण तथा सामाजिक/धार्मिक मान्यता संबंधी नैतिक संदर्भ का द्योतक है। प्राणिवाचक तथा सार्वकालिक है।

पतित—पतित व्यक्ति को स्वच्छ वातावरण दो।

प्रस्तुत उदाहरण नैतिकता से गिरी मानसिक/शारीरिक नकारात्मक स्थिति का है। व्यंजना शब्द-शक्ति तथा रजोगुणी वृत्तिपरक है। गुणवाचक विशेषण सभ्य समाज द्वारा मान्य आचरण के विरूद्ध नहीं चलने देने संबंधी नैतिक संदर्भ का परिचायक है। प्राणिवाचक तथा सार्वकालिक है।

दुश्चरित्र—दुश्चरित्र व्यक्ति संबंधों की रक्षा नहीं करता।
दुश्चरित्र व्यक्ति को कठोर दंड मिलना चाहिए।

पहला उदाहरण नीच कर्म में लिप्त नकारात्मक मानसिक/शारीरिक स्थिति का है। व्यंजना शब्द-शक्ति तथा तमोगुणी वृत्तिपरक है। गुणवाचक विशेषण तथा वृत्ति/प्रवृत्ति संबंधी संदर्भ का परिचायक है। प्राणिवाचक तथा सार्वकालिक है।

दूसरा उदाहरण नकारात्मक मानसिक स्थिति का है। व्यंजना शब्द-शक्ति तथा तमोगुणी वृत्तिपरक है। गुणवाचक विशेषण तथा दंड-विधान संबंधी नैतिक संदर्भ का द्योतक है। प्राणिवाचक तथा सार्वकालिक है।

अधम—अधम व्यक्ति का सामाजिक बहिष्कार आवश्यक है।

प्रस्तुत अधम विशेषण कुत्सित नकारात्मक मानसिक/शारीरिक स्थिति का है। व्यंजना शब्द-शक्ति तथा तमोगुणी वृत्ति का द्योतक है। गुणवाचक विशेषण तथा सामाजिक परित्याग संबंधी सामाजिक संदर्भ का परिचायक है। प्राणिवाचक तथा सार्वकालिक है।

बदचलन—बदचलन व्यक्ति घृणा के योग्य होता है।

प्रस्तुत उदाहरण सामाजिक वर्जनाओं को आघात पहुँचानेवाली नकारात्मक शारीरिक/मानसिक स्थिति का है। अभिधा शब्द-शक्ति तथा तमोगुणी वृत्तिपरक है। गुणवाचक विशेषण तथा सामाजिक दंड-विधान संबंधी नैतिक संदर्भ का परिचायक है। प्राणिवाचक तथा सार्वकालिक है।

विशेष

चरित्रहीन और दुश्चरित्र एक ही वर्ग के विशेषण होते हुए भी उनमें सूक्ष्म अंतर है। चोरी करना, झूठ बोलना, नुकसान पहुँचाना, आपत्तिजनक शब्दों का प्रयोग, महिलाओं पर कटाक्ष करना आदि-आदि चरित्रहीनता है। परंतु शील भंग करना, अपहरण आदि करना दुश्चरित्रता है। पहला सामान्य दुर्गुण है तथा दूसरा निकृष्ट कोटि का है। पाप अपराध से गुरुतर होता है। अपराध के लिए सामाजिक दंड विधान की प्रक्रिया अपनाई जाती है, किंतु पाप करने पर स्वयं को प्रायश्चित्त करना पड़ता है; क्योंकि पाप अक्षम्य होता है। पतित शब्द का प्रयोग ऐसे स्थान पर किया जाता है, जैसे कोई पतित है तो उस गिरे हुए बुरे कार्य कारण/स्थिति आदि उबरने अथवा उबारने में दूसरे की सहायता से अपेक्षित परिणाम मिल सकता है। अधम और बदचलन निकृष्टतम कोटि का है।

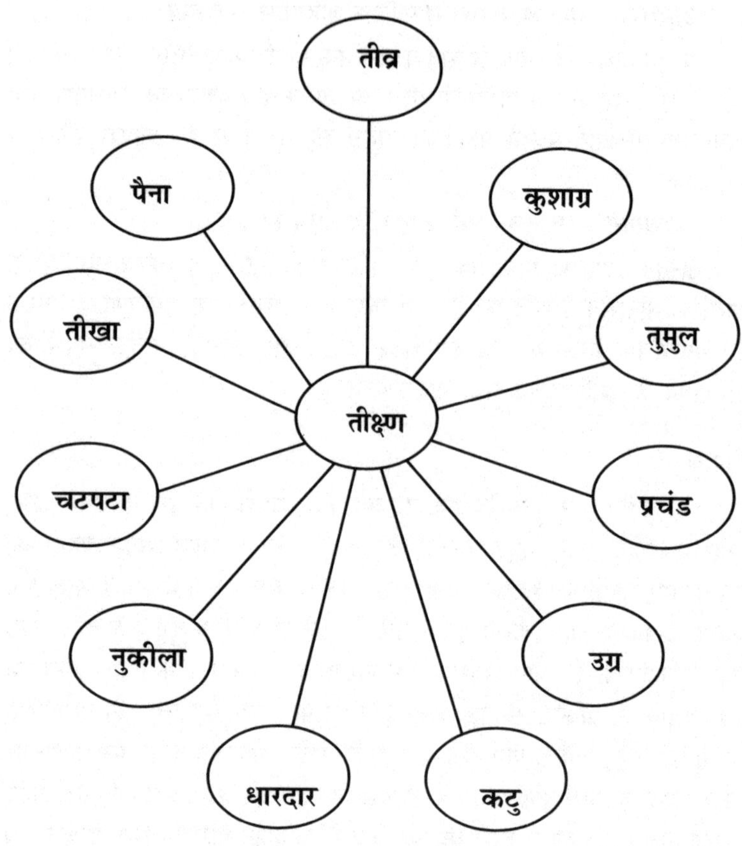

तीक्ष्ण—तीक्ष्ण वाणों से योद्धा असहाय हो गया।

प्रस्तुत उदाहरण शौर्य संबंधी सकारात्मक कौशल का परिचायक है। व्यंजना शब्द-शक्ति तथा रजोगुणी वृत्तिपरक है। गुणवाचक विशेषण तथा युद्ध-कौशल संबंधी संदर्भ का द्योतक है। अप्राणिवाचक तथा भूतकालिक है।

तीव्र—तीव्र प्रवाह में पशु बह गए।

प्रस्तुत उदाहरण गति संबंधी नकारात्मक स्थिति का परिचायक है। अभिधा शब्द-शक्ति तथा तमोगुणी वृत्तिपरक है। गुणवाचक विशेषण तथा प्राकृतिक विनाश संबंधी संदर्भ का द्योतक है। प्राणिवाचक तथा भूतकालिक है।

कुशाग्र—कुशाग्र बुद्धि असफल नहीं रहती।

प्रस्तुत उदाहरण मानसिक चातुर्य की सकारात्मक स्थिति का द्योतक है।

अभिधा शब्द-शक्ति तथा सत्त्वगुणी वृत्तिपरक है। गुणवाचक विशेषण तथा स्वत:स्फूर्त विश्वसनीय संदर्भ का परिचायक है। प्राणिवाचक तथा सार्वकालिक है।

तुमुल—तुमुल कोलाहल हो रहा है।

प्रस्तुत उदाहरण ध्वनि संबंधी नकारात्मक स्थिति का द्योतक है। अभिधा शब्द-शक्ति तथा रजोगुणी वृत्तिपरक है। गुणवाचक विशेषण तथा असहनीय शोर संबंधी परिस्थिति जन्य संदर्भ का परिचायक है। प्राणिवाचक तथा वर्तमानकालिक है।

प्रचंड—सेना ने प्रचंड घोष किया।

प्रस्तुत उदाहरण मदमत्त शारीरिक स्थिति का सकारात्मक रूप है। व्यंजना शब्द-शक्ति तथा रजोगुणी वृत्तिपरक है। गुणवाचक विशेषण तथा विजय उद्घोष संबंधी संदर्भ का परिचायक है। प्राणिवाचक तथा वर्तमानकालिक है।

उग्र—उग्र स्वभाव किसी को नहीं भाता।

प्रस्तुत उदाहरण नकारात्मक प्रवृत्ति जन्य मानसिक स्थिति का है। लक्षणा शब्द-शक्ति तथा रजोगुणी वृत्तिपरक है। गुणवाचक विशेषण तथा जन्मजात प्रकृति जन्य संदर्भ का परिचायक है। प्राणिवाचक तथा सार्वकालिक हैं

कटु—कटु वचन मत बोलो।

प्रस्तुत उदाहरण नीतिपरक सकारात्मक मन:स्थिति का है। अभिधा शब्द-शक्ति तथा सत्त्वगुणी वृत्तिपरक है। गुणवाचक विशेषण तथा सदाचार संबंधी संदर्भ का परिचायक है। प्राणिवाचक तथा सार्वकालिक है।

धारदार—तलवार धारदार है।

प्रस्तुत उदाहरण वस्तुनिष्ठ है। वस्तु की सकारात्मक उपयुक्तता की ओर निर्देश कर रहा है। अभिधा शब्द-शक्ति तथा रजोगुणी वृत्तिपरक है। गुणवाचक विशेषण तथा वस्तु के प्रभावी एवं उपयुक्त गुण संबंधी संदर्भ का परिचायक है। अप्राणिवाचक तथा वर्तमानकालिक है।

नुकीला—भाला नुकीला है।

प्रस्तुत उदाहरण पदार्थ संबंधी नकारात्मक स्थिति का है। अभिधा शब्द-शक्ति तथा तमोगुणी वृत्तिपरक है। गुणवाचक विशेषण तथा अस्त्र-शस्त्र संबंधी संदर्भ का परिचायक है। अप्राणिवाचक तथा वर्तमानकालिक है।

चटपटा—चटपटी चाट मत खाओ।

प्रस्तुत उदाहरण निषेधात्मक परामर्श संबंधी नकारात्मक स्थितिपरक है। अभिधा

शब्द-शक्ति तथा तमोगुणी वृत्तिपरक है। गुणवाचक विशेषण तथा स्वाद इंद्रियाँ संबंधी चेतावनीपरक संदर्भ का परिचायक है। अप्राणिवाचक तथा सार्वकालिक है।

तीखा—मिर्च तीखी है।

प्रस्तुत उदाहरण वस्तुनिष्ठ सकारात्मक-नकारात्मक स्थितिपरक है। लक्षणा शब्द-शक्ति तथा रजोगुणी वृत्तिपरक का है। गुणवाचक विशेषण तथा स्वाद संबंधी संदर्भ का परिचायक है। प्राणिवाचक तथा वर्तमानकालिक है।

पैना—जज की पैनी नजर घूम रही थी।

प्रस्तुत उदाहरण व्यक्तिनिष्ठ सतर्क मन:स्थिति की सकारात्मक स्थिति का है। व्यंजना शब्द-शक्ति तथा रजोगुणी वृत्तिपरक है। गुणवाचक विशेषण तथा न्यायालय संबंधी संदर्भ का परिचायक है। प्राणिवाचक तथा भूतकालिक है।

विशेष

तीक्ष्ण, तीव्र, कुशाग्र, तुमुल, प्रचंड, उग्र, कटु, पैना, तीखा, चटपटा, नुकीला परस्पर समानार्थी शब्द हैं, पर प्रयोग की दृष्टि से सभी भिन्न हैं। तीक्ष्ण शब्द के लिए तीव्र भी है। परंतु तीक्ष्ण शब्द से गति की तीव्रता वस्तु की प्रकृति आदि ध्वनित होती है, जबकि तीव्र कहने से केवल गति पर ही जोर आएगा। यहाँ पर हम पैना और तीखा की भी बात करना चाहेंगे। मिर्च तीखी, यानी स्वाद में और पैनी दृष्टि अर्थात् खोजी सतर्क दृष्टि अर्थ दे रही है। अगर हम पैनी मिर्च कहें तो प्रयोग अशुद्ध हो जाएगा। यदि दृष्टि के लिए तीखी शब्द कहेंगे तो दृष्टि में क्रोध और तिरस्कार भाव आ जाएगा। तेज कदम से चलने में गति की शीघ्रता और तेज मिजाज में क्रोधी स्वभाव अर्थ ध्वनित होगा। उग्र स्वभाव होता है, कटु वचन कहलाते हैं। चटपटा शब्द स्वाद के लिए उपयुक्त होता है। हम चरपरे शब्द अथवा चटपटी वाणी या चरपरा स्वभाव नहीं कहते। धारदार और नुकीला भी भिन्न हैं। जो वस्तु धारदार है उसका गुण है काटना, टुकड़े-टुकड़े कर देने का सामर्थ्य होना, जबकि नुकीली वस्तु चुभन की पीड़ा देती है। नुकीली वस्तु एक ओर से अत्यंत बारीक तथा पैनी होती है, वह टुकड़े नहीं कर सकती, किंतु छू भर देने से पीड़ादायक हो जाती है। प्रचंड घोष (ध्वनि समूह) होता है, जो युद्ध में अथवा विजय प्राप्त करने पर सुनाई पड़ता है। तुमुल ध्वनि होती है, जो भिन्न-भिन्न प्रतिक्रियाओं से मिलकर बनती है। घोष में एकरूपता है, किंतु तुमुल में नहीं। कुशाग्र बुद्धि होती है। यह शब्द किसी वस्तु के लिए प्रयुक्त नहीं होता।

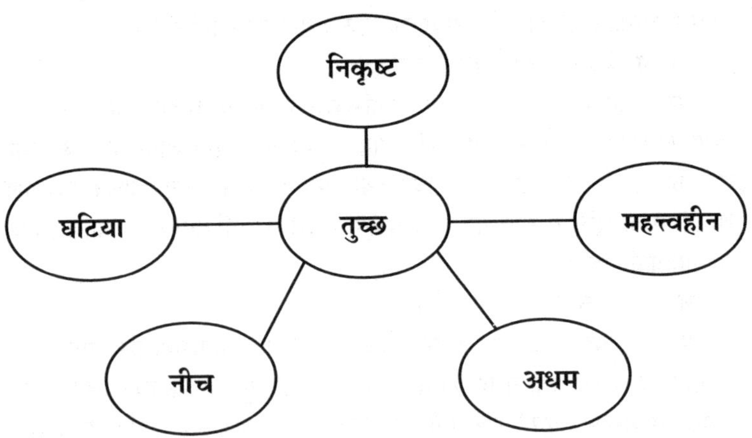

तुच्छ—तुच्छ वस्तु के लिए झगड़ा-फसाद क्यों?

प्रस्तुत उदाहरण अनुत्तरित समस्यामूलक मानसिक चिंतन की नकारात्मक स्थिति का द्योतक है। व्यंजना शब्द-शक्ति तथा उहापोह (किम् करणीयम) संबंधी रजोगुणी वृत्ति का परिचायक है। गुणवाचक विशेषण तथा लगभग सभी संदर्भों से संबंधित एवं सामाजिक अस्वीकार्यता दरशाता है। अप्राणिवाचक एवं दार्शनिकता से परिपूर्ण सार्वकालिक है।

निकृष्ट—निकृष्ट प्राणी अपमानित हुआ।

प्रस्तुत उदाहरण नकारात्मक मानसिक/शारीरिक स्थिति का द्योतक है। लक्षणा शब्द-शक्ति तथा रजोगुणी वृत्तिपरक है। गुणवाचक विशेषण तथा सभ्य समाज में निषेध आचरण से फलित परिणाम संबंधी नैतिक संदर्भ का परिचायक है। प्राणिवाचक तथा भूतकालिक है।

विशेष

तुच्छ और निकृष्ट के प्रयोग में सावधानी बरतनी चाहिए। तुच्छ महत्त्वहीन है अतिसामान्य है, जबकि निकृष्ट शब्द नीच, अधम आदि अर्थ में प्रयुक्त होता है। कोई भी कार्य/विचार सामान्य, छोटा हो सकता है, किंतु नीच या अधम नहीं। तुच्छ विचार महत्त्वहीन हों, यह भी आवश्यक नहीं है।

महत्त्वहीन—महत्त्वहीन मुद्दों को छोड़ दो।

प्रस्तुत उदाहरण समय का मूल्यांकन करते हुए अनावश्यक तथ्यों को अनदेखा करने संबंधी नकारात्मक स्थिति है। व्यंजना शब्द-शक्ति तथा रजोगुणी वृत्ति का परिचायक है। गुणवाचक विशेषण तथा अनावश्यक विचारों को अनदेखा करने संबंधी

वैचारिक सामाजिक संदर्भ है। अप्राणिवाचक तथा सार्वकालिक है।

अधम—अधम कार्य करने से डरो।

प्रस्तुत उदाहरण चेतावनीपरक मानसिक नकारात्मक स्थिति का द्योतक है। कारण/कार्य/कथन एवं आचरण संबंधी नकारात्मकता के प्रति जागरूकता की ओर इंगित कर रहा है। व्यंजना शब्द-शक्ति तथा तमोगुणी वृत्ति है। गुणवाचक विशेषण तथा तामसिक वृत्ति से सावधान रहने संबंधी संदर्भ का परिचायक है। प्राणिवाचक तथा सार्वकालिक है।

नीच—नीच विचार त्याग दो।

प्रस्तुत उदाहरण दूषित विचार संबंधी नकारात्मक मानसिक स्थितिपरक है। व्यंजना शब्द-शक्ति तथा सत्त्वगुणी वृत्ति का द्योतक है। गुणवाचक विशेषण निंदनीय विचारों का परित्याग करने संबंधी नैतिक संदर्भ का परिचायक है। प्राणिवाचक तथा सार्वकालिक है। निषेधात्मक दुर्गुण की ओर संकेतित है।

घटिया— यह सामान घटिया है।

मदद करके एहसान जताते हो? सच में तुम एक घटिया आदमी हो।

पहला उदाहरण वस्तुनिष्ठ है। नकारात्मक स्थिति है। अभिधा शब्द-शक्ति तथा रजोगुणी वृत्ति का द्योतक है। गुणवाचक विशेषण तथा निम्न कोटि संदर्भ का परिचायक है। प्राणिवाचक तथा वर्तमानकालिक है।

दूसरा उदाहरण स्वभावगत एहसान जताने की आदत को तिरस्कृत करने संबंधी मानसिक स्थिति की नकारात्मकता है। व्यंजना शब्द-शक्ति तथा रजोगुणी वृत्तिपरक है। गुणवाचक विशेषण तथा उपालंभ संबंधी संदर्भ का द्योतक है। प्राणिवाचक है तथा भूतकालिक है। घटिया किस्म भी होती है, घटिया कार्य भी होते हैं और घटिया कर्म भी होते हैं।

विशेष

तुच्छ विचार/कार्य/कारण/स्थिति/बोल आदि के लिए प्रयुक्त होता है। महत्त्वहीन सुझाव, योजनाएँ, पद आकांक्षाएँ होती हैं। महत्त्वहीन बोल के लिए प्रयुक्त करना दोषपूर्ण होगा। निकृष्ट विचार/प्राणी/कार्य आदि के लिए प्रयुक्त होता है। निकृष्ट का प्रयोग बुराई के रूप में किया जाता है, जबकि महत्त्वहीन को स्वीकार्यता प्राप्त नहीं होती, किंतु वह बुरा नहीं है। घटिया वस्तु/विचार/वृत्ति/प्रवृत्ति आदि के लिए प्रयुक्त होता है, किंतु प्रसंग भेद से अधम और नीच विशेषण के समकक्ष भी अर्थ देता है।

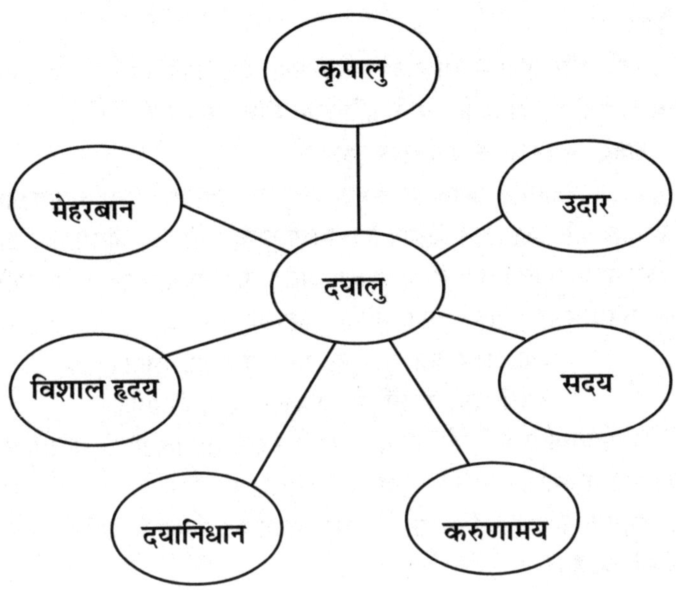

दयालु—वृद्धा दयालु है।

प्रस्तुत उदाहरण व्यक्तिनिष्ठ है। करुणामय मानसिक स्थिति का सकारात्मक रूप है। लक्षणा शब्द-शक्ति तथा सत्त्वगुणी वृत्तिपरक है। गुणवाचक विशेषण तथा संवेदनशील सामाजिक/धार्मिक संदर्भ का परिचायक है। प्राणिवाचक तथा वर्तमान काल का द्योतक है।

कृपालु—ईश्वर कृपालु है।

प्रस्तुत उदाहरण सार्वभौम सत्ता की करुणामय मिश्रित, सहज तथा स्वाभाविक सकारात्मक स्थिति है। अभिधा शब्द-शक्ति तथा सत्त्वगुणी वृत्तिपरक है। गुणवाचक विशेषण तथा धार्मिक/आस्थावान सांस्कृतिक/धार्मिक संदर्भ का परिचायक है। प्राणिवाचक तथा सार्वकालिक है।

उदार—कृपण नहीं उदार हृदय बनो।

प्रस्तुत उदाहरण मानवेतर/मानवोचित वृत्ति विषयक सकारात्मक स्थिति है। व्यंजना शब्द-शक्ति तथा सत्त्वगुणी वृत्तिपरक है। गुणवाचक विशेषण तथा मनुष्यतापरक गुणों की अभिवृद्धि संबंधी उपदेशात्मक सामाजिक/धार्मिक एवं सांस्कृतिक संदर्भों का परिचायक है। प्राणिवाचक एवं सार्वकालिक है।

विशेष

उदार और कृपा में सूक्ष्म अंतर है। कृपा सार्वजनिक होती है। उदारता का संबंध हृदय से है, जो निकटस्थ के प्रति अति शीघ्र स्फूर्त होती है।

सदय—पशुओं के प्रति सदय रहो।

प्रस्तुत उदाहरण मानव के समान ही हर जीवधारी के प्रति संवेदनशील मानसिकता की सकारात्मक स्थिति है। धर्मशास्त्र कहते हैं, हर जीवधारी में आत्मा का निवास है। आत्मा ब्रह्म का अंश है। इसलिए पशु-पक्षी, कीट-पतंग सभी को समान रूप समझकर द्रवित होना चाहिए। कहा भी है—

दया धरम का मूल है, पाप मूल अभिमान।
तुलसी दया न छाँड़िए, जब लगि घट में प्राण॥

सदय व्यवहार से किसी को भी दु:ख से उबारा जा सकता है। अभिधा शब्द-शक्ति तथा सत्त्वगुणी वृत्ति का परिचायक है। गुणवाचक विशेषण तथा दया विलक्षण दया जनित सामाजिक/धार्मिक उपदेशात्मक संदर्भ का द्योतक है। प्राणिवाचक तथा सार्वकालिक है।

करुणामय—ईश्वर करुणामय है।

प्रस्तुत उदाहरण परमपिता परमेश्वर के उस गुण की ओर इंगित करता है, जो माँ के समान अच्छी-बुरी संतान के गुण-दोष से परे रहकर ममत्व भाव रखता है तथा शीघ्र ही द्रवित हो जाता है। वह करुणामय है। किसी को दुखी नहीं देख सकता। करुणा का भंडार है। शीघ्र द्रवित मानसिक सकारात्मक स्थिति है। लक्षणा शब्द-शक्ति तथा सत्त्वगुणी वृत्ति का द्योतक है। गुणवाचक विशेषण तथा धार्मिक संदर्भ का परिचायक है। प्राणिवाचक एवं सार्वकालिक है।

दयानिधान—परमेश्वर दयानिधान है।

प्रस्तुत उदाहरण में दयानिधान शब्द के लिए यदि अंग्रेजी का Caring शब्द लें तो संभवत: समझाना आसान हो जाएगा। Caring में निरंतरता का अक्षय गुण है। यह Caring pity नहीं है। किसी को नीचा समझने-समझाने की गलती नहीं करती। वरन् दूसरे के गुणों से प्रभावित होकर पसीजने लगती है। इसीलिए दयानिधान विशेषण केवल ईश्वर जैसी ही समदृष्टि रखता है। अत: प्रस्तुत उदाहरण उस सार्वभौम सत्ता के लिए प्रयुक्त है, जो समान रूप से अदृश्य रहकर दयापूर्वक सबकी सहायता करती है। यह उदाहरण सहज स्वाभाविक रूप से द्रवित होकर ईश अपनी कृपा दृष्टि सब ओर समान रूप से फेंकता है। उसी मानसिक स्थिति, वृत्ति, प्रवृत्ति के स्वाभाविक गुण की सकारात्मक स्थिति है। व्यंजना शब्द-शक्ति

तथा सत्त्वगुणी वृत्ति है। गुणवाचक विशेषण तथा धार्मिक संदर्भ (ईश्वरीय औदार्य) का परिचायक है। प्राणिवाचक एवं सार्वकालिक है।

विशाल हृदय—विशाल-हृदय बनो।

प्रस्तुत उदाहरण हृदय की विशालता अर्थात् समदृष्टि सहनशीलता, क्षमा, परोपकार आदि गुणों का होना संबंधी सकारात्मक मानसिक स्थिति का द्योतक है। व्यंजना शब्द-शक्ति तथा सत्त्वगुणी वृत्तिपरक है। गुणवाचक विशेषण तथा समदृष्टा सामाजिक, धार्मिक एवं सांस्कृतिक संदर्भ का परिचायक है। प्राणिवाचक एवं सार्वकालिक है।

मेहरबान—मेहरबान इनसान इज्जत पाता है।

उपरोक्त उदाहरण सब पर कृपा, दया, सहायता करनेवाली सकारात्मक मानसिक स्थिति का परिचायक है। व्यक्तिनिष्ठ है। लक्षणा शब्द-शक्ति तथा सत्त्वगुणी वृत्तिपरक है। गुणवाचक विशेषण तथा सद्गुणों का द्योतक सामाजिक संदर्भ का द्योतक है। प्राणिवाचक एवं सार्वकालिक है।

विशेष

करुणा और दया में विशेष अंतर है। करुणा में कर्ता और कर्म समरूप हो जाते हैं। अर्थात् करुणा करनेवाला उस व्यक्ति की स्थिति से एकाकार रूप हो जाता है। किंतु दया करनेवाला ईश्वर को छोड़कर (यानी दया करने के रूप में ईश्वर अपवाद है) स्वयं को साधारण से अलग तथा श्रेष्ठ समझता है। करुणा में हृदय/अंतःकरण सामनेवाले की हीन स्थिति अथवा दुःख से भीगने लगता है। दूसरे की पीड़ा स्वयं की पीड़ा लगती है। किंतु दया में दूसरे को हीन स्थिति से उबारने की चेष्टा होती है।

दयालु शब्द का प्रयोग सहानुभूतिवश किसी की सहायता के लिए होता है। कृपालु विशेषण देनेवाले की इच्छा-शक्ति के कारण बनता है। सदय विशेषण में वृत्ति प्रमुख होती है। अंतरात्मा का भावुक होना सम्मिलित है। करुणा स्वभावगत दूसरे के दर्द की सहभागिता रहती है। दयानिधान जन्मजात स्वाभाविक परपीड़ा के प्रति कोमल भाव की अत्यधिकता, विशाल हृदय शब्द का प्रयोग अकारण करुणा करनेवाले के लिए प्रयुक्त होता है। मेहरबान किसी से भी हमदर्दी रखनेवाले के लिए प्रयुक्त होता है।

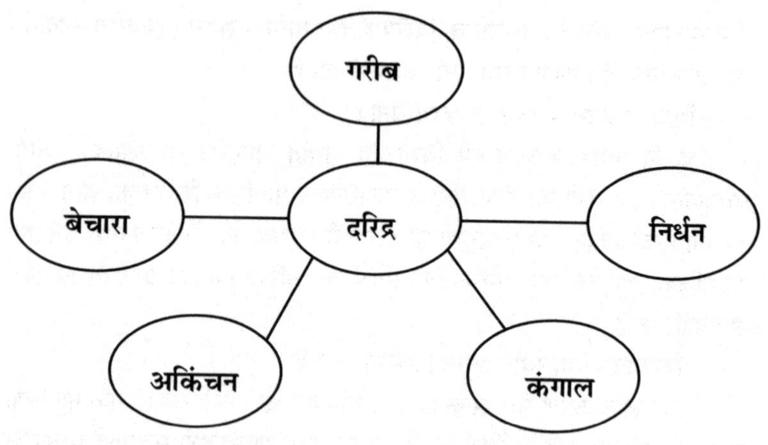

दरिद्र—दरिद्र धनवान बन सकता है। पुरुषार्थ चाहिए।

प्रस्तुत उदाहरण दृढ संकल्प एवं नीति विषयक शारीरिक/मानसिक स्थिति का सकारात्मक रूप है। अभिधा शब्द-शक्ति तथा रजोगुणी वृत्तिपरक है। गुणवाचक विशेषण तथा उत्साहवर्धक नीतिपरक संदर्भ का परिचायक है। प्राणिवाचक तथा वर्तमानकालिक है।

गरीब— गरीब व्यक्ति की सहायता करो।
विचारों से गरीब व्यक्ति अनादार पाता है।

पहला उदाहरण व्यक्तिनिष्ठ नैतिक मानसिक नकारात्मक स्थिति का है। अभिधा शब्द-शक्ति तथा सत्त्वगुणी वृत्ति का द्योतक है। गुणवाचक विशेषण तथा आर्थिक विषमता संबंधी संदर्भ का सूचक है। प्राणिवाचक तथा सार्वकालिक है।

दूसरा उदाहरण नैतिक मानसिक स्थिति का नकारात्मक रूप है। व्यंजना शब्द-शक्ति तथा रजोगुणी वृत्ति का प्रतीक है। गुणवाचक विशेषण तथा नीतिपरक वैचारिक नकारात्मक सोच संबंधी संदर्भ का परिचायक है। प्राणिवाचक तथा सार्वकालिक है।

कंगाल—बुद्धि से कंगाल व्यक्ति सदा दुखी रहता है।
व्यापारी कंगाल हो गया है।

पहला उदाहरण वैचारिक शक्ति के अभाव में नकारात्मक नैतिक स्थिति है। व्यंजना शब्द-शक्ति तथा रजोगुणी वृत्तिपरक है। गुणवाचक विशेषण तथा नीतिपरक वैचारिक शक्ति से अभावग्रस्त संदर्भ का परिचायक है। प्राणिवाचक तथा सार्वकालिक है।

दूसरा उदाहरण अर्थ-हानि से उत्पन्न नकारात्मक स्थितिपरक है। अभिधा शब्द-शक्ति तथा रजोगुणी वृत्तिपरक है। गुणवाचक विशेषण तथा अकस्मात् अर्थ हानि से उत्पन्न परिणामजनक व्यापारिक संदर्भ का है। प्राणिवाचक तथा वर्तमानकालिक है।

अकिंचन—स्वयं को अकिंचन कहना छोड़ दो।

प्रस्तुत उदाहरण आत्मगौरव की भावना जनित मानसिक स्थिति का नकारात्मक रूप है। अभिधा शब्द-शक्ति तथा रजोगुणी वृत्तिपरक है। गुणवाचक विशेषण तथा नीति विषयक संदर्भ का परिचायक है। प्राणिवाचक तथा सार्वकालिक है।

बेचारा— स्वयं को बेचारा मत कहो।

बेचारा व्यापारी ठगा गया था।

पहला उदाहरण आत्मविश्वास हीनतापरक नकारात्मक स्थिति का द्योतक है। व्यंजना शब्द-शक्ति तथा रजोगुणी वृत्तिपरक है। गुणवाचक विशेषण तथा हीन ग्रंथि से उबरने संबंधी उपदेशात्मक संदर्भ का परिचायक है। प्राणिवाचक तथा सार्वकालिक है।

दूसरा उदाहरण व्यक्तिनिष्ठ उपदेशात्मक मानसिक नकारात्मक स्थितिपरक है। व्यंजना शब्द-शक्ति तथा रजोगुणी वृत्ति का द्योतक है। गुणवाचक विशेषण तथा आर्थिक संदर्भ का परिचायक है। प्राणिवाचक तथा भूतकालिक है।

विशेष

निर्धन और दरिद्र समान अर्थी समूह के होते हुए भी प्रयोग के आधार पर भिन्न हैं। जो निर्धन है (धन की कमी), वह दरिद्र नहीं हो सकता। दरिद्रता सभी वस्तुओं के अभाव की स्थिति होती है। कोई गरीब केवल धन के अभाव में ही होता है, लेकिन निर्धन का प्रयोग विचारों के लिए भी होता है। अच्छे विचारों के अभाव में धनवान भी दरिद्र और कंगाल हो सकता है। बेचारा विशेषण निरूपाय तथा बुद्धि के अभाव दोनों रूपों में प्रयुक्त होता है।

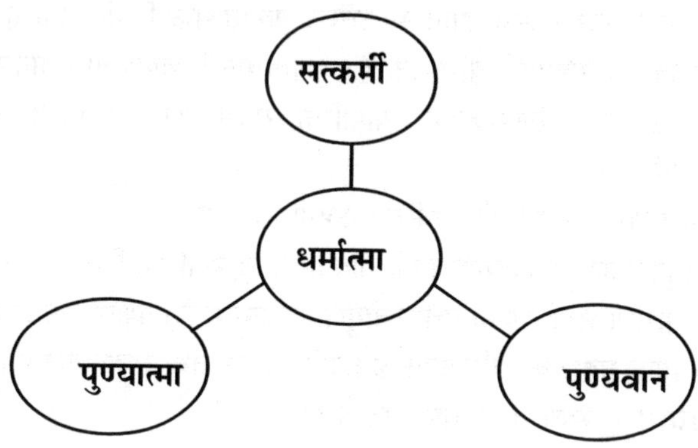

धर्मात्मा—सेठ धर्मात्मा थे। उन्होंने यात्रियों की सुविधा के लिए धर्मशाला बनवाई।

धर्मात्मा महिला ने अन्न और कंबल बाँटे।

पहला उदाहरण परोपकार जनित मानसिक स्थिति का सकारात्मक रूप है। व्यक्तिनिष्ठ है। अभिधा शब्द-शक्ति तथा सत्त्वगुणी वृत्तिपरक है। गुणवाचक विशेषण तथा सदाचारी आचरण संबंधी नैतिक संदर्भ का परिचायक है। प्राणिवाचक तथा भूतकालिक है।

दूसरा उदाहरण दयालु मानसिकता की सकारात्मक स्थिति है। अभिधा शब्द-शक्ति तथा सत्त्वगुणी वृत्तिपरक है। गुणवाचक विशेषण है तथा लोकोपकरी धार्मिक संदर्भ का परिचायक है। प्राणिवाचक तथा भूतकालिक है।

सत्कर्मी—सत्कर्मी मनुष्य का साथ बड़ी कठिनाई से मिलता है।

प्रस्तुत उदाहरण अच्छे कर्म/आचरण/विचार/कथन आदि से प्रभावित मानसिक/शारीरिक सकारात्मक स्थिति का द्योतक है। व्यंजना शब्द-शक्ति तथा सत्त्वगुणी वृत्तिपरक है। गुणवाचक विशेषण तथा समाज द्वारा स्वीकृत/मान्य आचरण संबंधी नैतिक संदर्भ का द्योतक है। प्राणिवाचक तथा सार्वकालिक है।

पुण्यवान—पुण्यवान मनुष्य की आशीष सदा फलती है।

प्रस्तुत उदाहरण शुभ कर्म के प्रतिफल संबंधी सकारात्मक मानसिक स्थितिपरक है। अभिधा शब्द-शक्ति तथा सत्त्वगुणी वृत्ति का द्योतक है। गुणवाचक विशेषण तथा मंगलकारी वचनों के प्रतिफलित संबंधी नैतिक संदर्भ का परिचायक है। प्राणिवाचक तथा सार्वकालिक है।

पुण्यात्मा—पिता पुण्यात्मा थे, इसीलिए पुत्र दुर्घटना में बच गया।

प्रस्तुत उदाहरण शुभ कर्म जनित सकारात्मक मानसिक स्थिति का है। व्यंजना शब्द-शक्ति तथा सत्त्वगुणी वृत्तिपरक है। गुणवाचक विशेषण तथा मुखिया द्वारा किए गए अच्छे कार्य/आचरण का प्रतिफल संबंधी सामाजिक/धार्मिक संदर्भ का परिचायक है। प्राणिवाचक तथा भूतकालिक है।

विशेष

धर्मात्मा विशेषण धर्मभीरु के लिए प्रयुक्त होता है तथा सत्कर्मी सत्य आचरण/व्यवहार के लिए प्रयोग करते हैं। पुण्यवान वही है, जो लोकोपकार तथा परोपकार के हित के लिए शुभ कर्म करके उसका अच्छा फल प्राप्त करते हैं। पुण्यात्मा वह है, जो शुद्ध आत्मा है। सत्कर्म में जिसकी रुचि होती है।

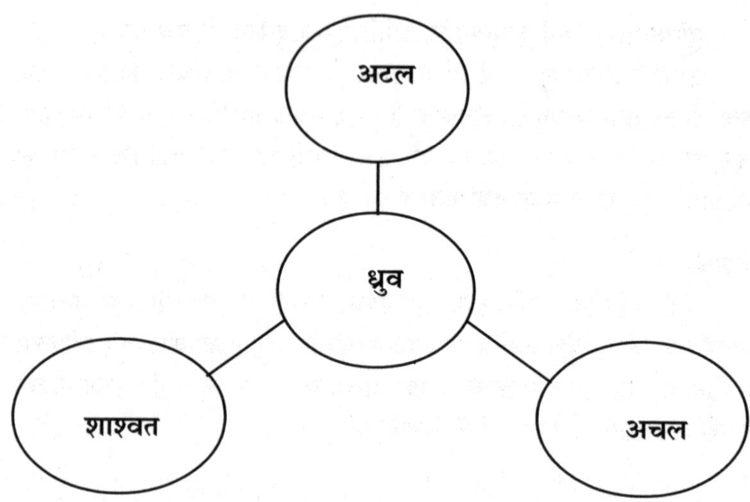

ध्रुव—भीष्म ने ध्रुव प्रतिज्ञा की और उसका निर्वाह भी किया।

प्रस्तुत उदाहरण दृढतापरक सकारात्मक मानसिक स्थिति का है। व्यंजना शब्द-शक्ति तथा सत्त्वगुणी वृत्तिपरक है। गुणवाचक विशेषण तथा मानसिक दृढता संबंधी पौराणिक संदर्भ का द्योतक है। प्राणिवाचक तथा भूतकालिक है।

अटल—अटल विश्वास रखो, भारत अक्षुण्ण है।

प्रस्तुत उदाहरण विश्वासपरक सकारात्मक मानसिक स्थिति का है। अभिधा शब्द-शक्ति तथा सत्त्वगुणी वृत्तिपरक है। गुणवाचक विशेषण तथा स्थायित्व संबंधी राष्ट्रीय संदर्भ का द्योतक है। प्राणिवाचक तथा सार्वकालिक है।

अचल—हिमालय अचल है।

प्रस्तुत उदाहरण स्थिर स्थिति का सकारात्मक रूप है। अभिधा शब्द-शक्ति तथा रजोगुणी वृत्तिपरक है। गुणवाचक विशेषण तथा पर्वतीय संदर्भ का द्योतक है। अप्राणिवाचक तथा सार्वकालिक है।

शाश्वत—धर्म शाश्वत है।

प्रस्तुत उदाहरण स्थायित्व, स्थितिपरक, सकारात्मक है। अभिधा शब्द-शक्ति तथा सत्त्वगुणी वृत्तिपरक है। गुणवाचक विशेषण तथा धार्मिक संदर्भ का द्योतक है। प्राणिवाचक तथा सार्वकालिक है।

विशेष

ध्रुव विशेषण पौराणिक काल के एक पात्र की अटल, अविचल भक्ति के कारण किंवदंती बना शब्द है, जो ध्रुव सत्य (अटल, अविचल) के रूप में प्रयुक्त होता है, किंतु इसे हिमाचल ध्रुव नहीं कह सकते; क्योंकि जो चलायमान नहीं है जैसे—पर्वत, वहाँ अचल विशेषण का ही प्रयोग विवेकपूर्ण कहलाता है।

अटल विश्वास के स्थान पर भी ध्रुव विश्वास या अचल विश्वास प्रयुक्त नहीं होता। स्थिति को टाल सकते हैं, किंतु विश्वास चलता नहीं या टाला नहीं जाता। इसी प्रकार जो चिरंतन है, वही शाश्वत है। अतः धर्म को हम ध्रुव धर्म, अटल धर्म या अचल धर्म नहीं कहते। धर्म शाश्वत कहलाता है।

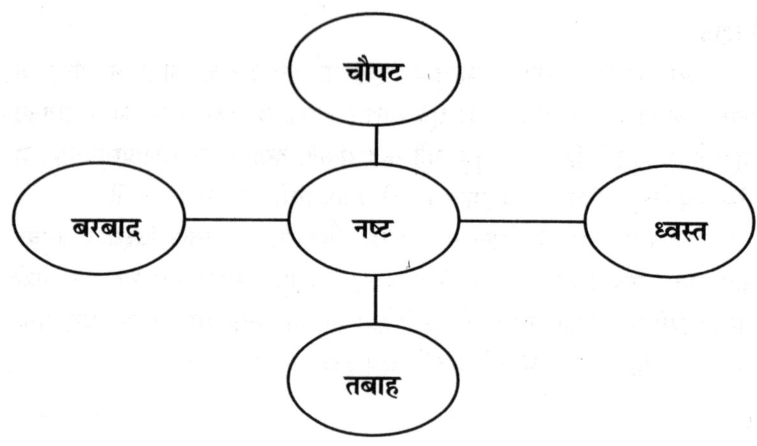

नष्ट—नष्ट फसल किसान की बरबादी का कारण बन गई।

प्रस्तुत उदाहरण हानिकारक नकारात्मक स्थिति का है। अभिधा शब्द-शक्ति तथा रजोगुणी वृत्तिपरक है। गुणवाचक विशेषण तथा कृषि संदर्भ का द्योतक है। प्राणिवाचक तथा भूतकालिक है।

चौपट—व्यापार तो चौपट हो गया है। अब क्या करोगे?

प्रस्तुत उदाहरण स्थितिपरक नकारात्मक स्थिति का है। व्यंजना शब्द-शक्ति तथा रजोगुणी वृत्ति का द्योतक है। गुणवाचक विशेषण तथा अनिश्चय जनक आर्थिक संदर्भ का परिचायक है। अप्राणिवाचक तथा भविष्यकालिक है।

ध्वस्त—ध्वस्त शहर अपनी कहानी कह रहा है।

प्रस्तुत उदाहरण निराशा, आहत नकारात्मक स्थिति का है। व्यंजना शब्द-शक्ति तथा तमोगुणी वृत्ति का द्योतक है। गुणवाचक विशेषण तथा मानवीकरण संबंधी कला संदर्भ का सूचक है। अप्राणिवाचक तथा वर्तमानकालिक है।

तबाह—तबाह फैक्टरी किसी साजिश की देन है।

प्रस्तुत उदाहरण विनष्ट नकारात्मक स्थितिपरक है। व्यंजना शब्द-शक्ति तथा तमोगुणी वृत्ति संबंधी है। गुणवाचक विशेषण तथा षड्यंत्रकारी विनाशक संदर्भ का परिचायक है। अप्राणिवाचक तथा वर्तमानकालिक है।

बरबाद—जिंदगी बरबाद मत करो। अच्छा सोचो।

प्रस्तुत उदाहरण अनुचित मार्ग संबंधी नकारात्मक स्थिति का है। व्यंजना शब्द-शक्ति तथा रजोगुणी वृत्तिपरक है। गुणवाचक विशेषण तथा नष्टप्राय स्थिति संबंधी परामर्श सामाजिक संदर्भ का परिचायक है। प्राणिवाचक तथा वर्तमानकालिक है।

विशेष

नष्ट विशेषण निष्फल करने, अस्तित्वहीन करने, व्यर्थ करने आदि के लिए प्रयुक्त होता है। ध्वस्त विशेषण टूटने-फूटने, खँडहर आदि में बदलने का रूप होता है। बरबाद विशेषण से किसी भी कारण/कार्य/कथन/आचरण को पूरी तरह बेकार कर देने का अर्थ ध्वनित होता है। बरबाद और नष्ट होने में सूक्ष्म अंतर है। नष्ट होने में पहचान चिह्न आदि सभी समाप्त हो जाते हैं, जबकि बरबादी में नष्ट होने पर भी प्रयास से आबाद होने के लक्षण दृष्टिगोचर होते हैं। नष्ट वर्ग के सभी पर्यायवाची मानसिक/स्थिति तथा स्थितिपरक नकारात्मक गुण के होते हैं तथा संदर्भ के अनुसार रजोगुणी तथा तमोगुणी वृत्तिपरक होते हैं, किंतु सूक्ष्म अंतर (निकृष्ट कोटि) के कारण एक जैसा संदर्भ होने पर भी अर्थ के संबंध में एक जैसे नहीं होते।

चौपट विशेषण किए-कराए पर पानी फेरने का अर्थ ध्वनित करता है। जो चौपट है, वह ध्वस्त नहीं हो सकता। जो ध्वस्त है, वह तबाह का अर्थ नहीं दे सकता। जो नष्ट है, वह चौपट का अर्थ नहीं दे पाता। तबाह विशेषण प्रकृति की विनाशक शक्ति का चरम है और मानसिक निराशा का चरम रूप दरशाता है।

बरबाद विशेषण का प्रयोग विकृत रूप दरशाने के लिए किया जाता है, जहाँ जीवन, वस्तु, सौंदर्य सभी कुछ भयावह और विकृत रूप लिये रह जाता है। मनुष्य द्वारा की गई बरबादी विकृत मानसिकता कहलाती है। किंतु प्रकृति अपने रौद्र रूप से सभी कुछ धूल-धूसरित कर देती है। अवशेष भी टूटे-फूटे रह जाते हैं, तबाह विशेषण इसी का सूचक है। नष्ट विशेषण से नीरसता तथा हीनता का भाव जन्म लेता है, फिर मोहासक्त मन:स्थिति दोबारा अवशेषों पर नया सृजन करने का प्रयास करती है।

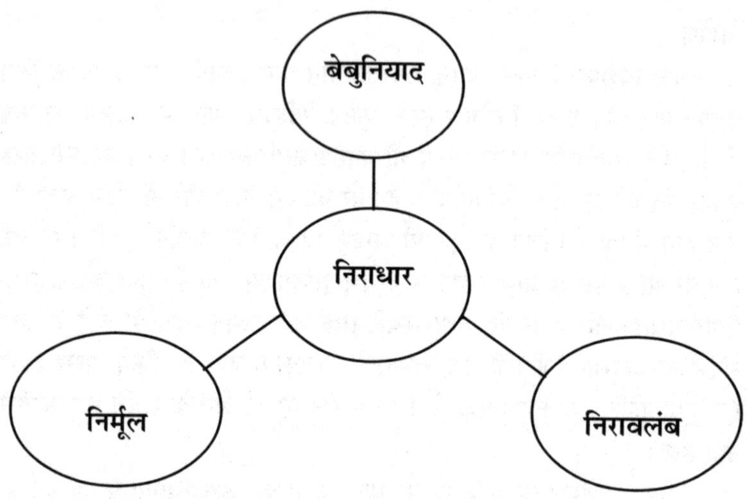

निराधार—निराधार कल्पनाओं का महल टूट ही जाता है।

प्रस्तुत उदाहरण स्वप्निल संसार से संबंधित मानसिक स्थिति का नकारात्मक रूप है। व्यंजना शब्द-शक्ति तथा रजोगुणी वृत्तिपरक है। गुणवाचक विशेषण तथा कल्पित जगत् के कलात्मक संदर्भ का परिचायक है। प्राणिवाचक तथा वर्तमानकालिक है।

बेबुनियाद—पड़ोसी पर बेबुनियाद आरोप मत लगाओ।

प्रस्तुत उदाहरण दोषारोपण संबंधी नकारात्मक मानसिक स्थिति का है। व्यंजना शब्द-शक्ति तथा तमोगुणी वृत्ति का सूचक है। गुणवाचक विशेषण तथा आधारहीन दोषारोपण की वृत्ति को हतोत्साहित करने संबंधी सामाजिक संदर्भ का द्योतक है। प्राणिवाचक तथा वर्तमानकालिक है।

निरावलंब—निरावलंब लता नीचे गिर गई।

प्रस्तुत उदाहरण आश्रयहीन शारीरिक वस्तुपरक नकारात्मक स्थिति का है। अभिधा शब्द-शक्ति तथा रजोगुणी वृत्ति का है। गुणवाचक विशेषण तथा निराशाजनक प्राकृतिक संदर्भ का द्योतक है। प्राणिवाचक तथा भूतकालिक है।

निर्मूल—अंततः आपका संदेह निर्मूल निकला।

प्रस्तुत उदाहरण संदेहजनित मानसिक नकारात्मक स्थिति का है। व्यंजना शब्द-शक्ति तथा रजोगुणी वृत्ति संबंधी सामाजिक संदर्भ का द्योतक है। प्राणिवाचक तथा भूतकालिक है।

विशेष

निराधार विशेषण का प्रयोग ऐसे स्थान पर किया जाता है, जिसकी सच्चाई स्थिति, कथन, विचार आदि तर्कों पर आधारित नहीं होती। बेबुनियाद विशेषण के प्रयोग में किसी ठोस कारण का अभाव होता है। निरावलंब का प्रयोग किसी सहारे के बिना का अर्थ देता है तथा निर्मूल विशेषण संदेह/शंका रहित, प्रमाण रहित आदि का अर्थ देता है।

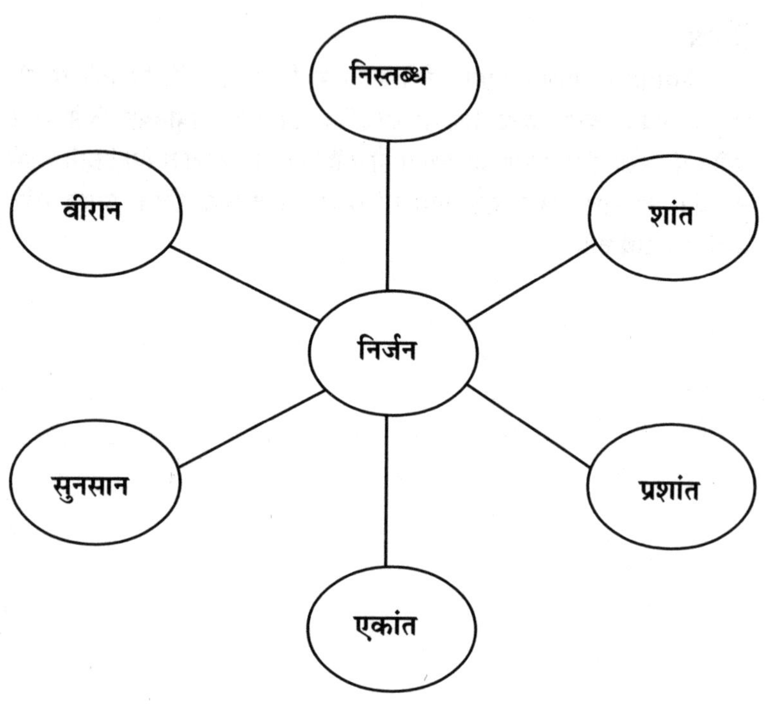

निर्जन—निर्जन वन में तपस्वी बैठे हैं।

निर्जन का अर्थ है प्राणी रहित, मनुष्य से विहीन। प्रस्तुत उदाहरण स्थितिपरक सकारात्मक है। अभिधा शब्द-शक्ति तथा सत्त्वगुणी वृत्तिपरक है। गुणवाचक विशेषण तथा तपस्या हेतु उपलब्ध शांत वातावरण संबंधी धार्मिक संदर्भ का परिचायक है। प्राणिवाचक तथा वर्तमानकालिक है।

निस्तब्ध —निस्तब्ध वातावरण है।

—रात्रि निस्तब्ध थी।

निस्तब्ध अर्थात् स्थिर, गतिहीन, शब्दहीन। पहला उदाहरण वातावरण मूलक, स्थितिपरक सकारात्मक/नकारात्मक है। लक्षणा शब्द-शक्ति तथा रजोगुणी वृत्तिपरक है। गुणवाचक विशेषण तथा प्राकृतिक संदर्भ का सूचक है। निर्जन विशेषण जनहीन स्थान का अर्थ देता है तथा निस्तब्ध में किसी तरह की भी ध्वनि नहीं होती।

उपरोक्त उदाहरण अप्राणिवाचक तथा वर्तमानकालिक है। दूसरा उदाहरण समय सूचक सकारात्मक/नकारात्मक स्थिति है। लक्षणा शब्द-शक्ति तथा रजोगुणी

वृत्तिपरक है। गुणवाचक विशेषण तथा प्राकृतिक संदर्भ का परिचायक है। अप्राणिवाचक तथा भूतकालिक है।

शांत—दादाजी शांत बैठे हैं।

शांत अर्थात् तन-मन अचंचल। प्रस्तुत उदाहरण व्यक्तिनिष्ठ है। शारीरिक स्थिति का सकारात्मक गुण है। अभिधा शब्द-शक्ति तथा सत्त्वगुणी वृत्तिपरक है। गुणवाचक विशेषण तथा सामाजिक/धार्मिक संदर्भ का सूचक है। प्राणिवाचक तथा वर्तमानकालिक है।

प्रशांत—प्रशांत सागर अद्‌भुत लग रहा था।

प्रस्तुत उदाहरण उर्मियों रहित सागर का गांभीर्य स्थितिपरक सकारात्मक रूप है। लक्षणा शब्द-शक्ति तथा सत्त्वगुणी वृत्तिपरक है। गुणवाचक विशेषण तथा सुंदर वृत्तिपरक प्राकृतिक संदर्भ का सूचक है। प्राणिवाचक तथा भूतकालिक है।

एकांत—दादीजी एकांत में क्यों बैठी हैं?

एकांत का अर्थ अकेला के रूप में प्रयुक्त होता है। प्रस्तुत एकांत विशेषण का प्रयोग स्थितिपरक सकारात्मक है। अभिधा शब्द-शक्ति तथा सत्त्वगुणी वृत्तिपरक है। गुणवाचक विशेषण तथा चिंतनशील संदर्भ का परिचायक है। प्राणिवाचक तथा वर्तमानकालिक है।

सुनसान—सुनसान खँडहर भयानक लग रहे थे।

सुनसान अर्थात् जहाँ कोई भी न हो। प्रस्तुत उदाहरण स्थानमूलक नकारात्मक स्थितिपरक है। व्यंजना शब्द-शक्ति तथा तमोगुणी वृत्तिपरक है। गुणवाचक विशेषण तथा कालसंबंधी स्थल जन्यशिल्प कला का परिचायक है। अप्राणिवाचक तथा भूतकालिक है।

वीरान—वीरान जीवन से मैं ऊब गया हूँ।

वीरान अर्थात् उजाड़/उजड़ा हुआ/बरबाद हुआ। प्रस्तुत उदाहरण अर्थहीन जीवन के प्रति विमोहपरक नकारात्मक मानसिक स्थिति का द्योतक है। व्यंजना शब्द-शक्ति तथा रजोगुणी वृत्ति परिचायक है। गुणवाचक विशेषण तथा गंभीर चिंतन संबंधी वीतरागी संदर्भ संकेतित है। प्राणिवाचक तथा वर्तमानकालिक है।

विशेष

शांत विशेषण का प्रयोग मानव वृत्ति/वातावरण के लिए होता है। एकांत का प्रयोग जैसे भीड़ होने पर भी मन की स्थिरता एकांत का आभास देती है। वास्तव में कोई भी स्थल जीव रहित नहीं होता। एकांत की स्थिति मन/विचार के अनुसार

रहती है। प्रशांत विशेषण अधिक शक्तिशाली होने पर भी कभी-कभी अचंचल नहीं रह पाता। जैसे—एकांत वीरान नहीं, निस्तब्ध निर्जन नहीं, सुनसान वीरान नहीं, शांत प्रशांत नहीं। मनुष्य शांत होता है, प्रशांत नहीं तथा निर्जन एकांत नहीं होता। विज्ञजन सूक्ष्म अंतर समझकर भाषा की उपयोगिता तथा उसके समृद्ध रूप का प्रयोग करते हैं।

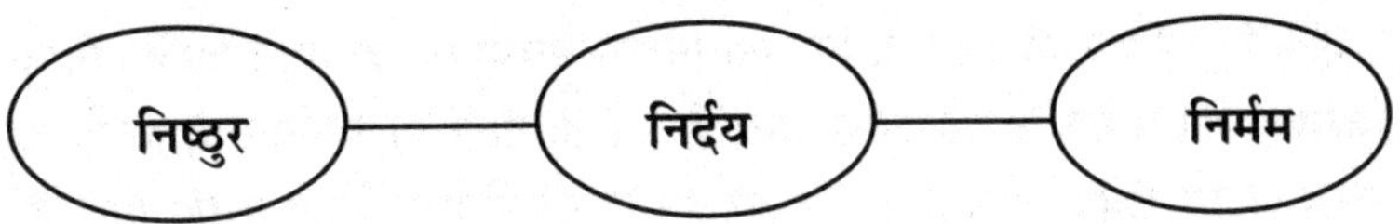

निर्दय—निर्दय व्यक्ति को कोई नहीं चाहता।

निर्दय वृत्ति समाज को अस्वीकार्य होते हुए मानसिक असंतुलन दूर होने पर स्वीकार्य हो जाती है। हाँ, किसी अपराधी को दंड देने की स्थिति में दयाविहीन मानसिक स्थिति समाज को सकारात्क दिशा देती है।

उपरोक्त उदाहरण में दयाविहीन व्यक्ति का समाज में कोई स्थान न होनेवाली प्रशंसात्मक स्थिति का अभाव एवं नकारात्मकता है। अभिधा शब्द-शक्ति तथा रजोगुणी वृत्तिपरक है। गुणवाचक विशेषण तथा समाज द्वारा तिरस्कृत भावना संबंधी सामाजिक संदर्भ है। प्राणिवाचक तथा सार्वकालिक है।

निष्ठुर—निष्ठुर व्यवहार से सभी दुखी होते हैं।

निष्ठुर व्यक्ति करुणा/मोह/संवेदनशीलता आदि मनोभावों के होते हुए भी नकारात्मक वृत्तियों की सक्रियता के कारण व्यवहार में अपेक्षित परिवर्तन नहीं ला पाता। निष्ठुर शब्द जड़ पदार्थ के लिए प्रयुक्त नहीं होता। हम निष्ठुर भवन या चट्टान नहीं कह सकते। हाँ, निष्ठुर धरती अवश्य कह सकते हैं; क्योंकि धरती में उत्पादन क्रिया की प्रतिक्रिया होती है।

प्रस्तुत उदाहरण मानसिक/शारीरिक नकारात्मक स्थितिपरक है। लक्षणा शब्द-शक्ति तथा रजोगुणी वृत्तिपरक है। गुणवाचक विशेषण तथा असामाजिक व्यवहारपरक सामाजिक संदर्भ का द्योतक है। प्राणिवाचक तथा सार्वकालिक है।

निर्मम—आतंकवादी ने महिला की निर्मम हत्या कर दी।

निर्मम शब्द में अनुराग, दया, करुणा सभी का अभाव होता है। कर्ता की प्रत्येक क्रिया में घृणा की पराकाष्ठा होती है। हृदयहीनता इसका मुख्य लक्षण होती है।

प्रस्तुत उदाहरण में हिंसक अमानवीय प्रवृत्ति संबंधी नकारात्मक स्थिति है। अभिधा शब्द-शक्ति तथा तमोगुणी वृत्तिपरक है। गुणवाचक विशेषण तथा घृणित, अलगावादी सामाजिक संदर्भ का परिचायक है। प्राणिवाचक तथा भूतकालिक है। जीवन में भटकाव इसका मुख्य कारण है।

विशेष

निर्दय विशेषण दया से हीन वृत्ति/कार्य/आचरण/कथन आदि अर्थ देता है,

जबकि निर्मम शब्द में दूसरे के प्रति आत्मीयता/संबंधपरक अभाव होता है। निष्ठुर विशेषण का प्रयोग कठोरताजन्य होता है। यूँ तो तीनों ही पर्यायवाची शब्दों का मुख्य लक्षण संवेदनशीलता का अभाव है। निष्ठुर में हृदयहीनता प्रमुख होती है। निर्दय विशेषण का प्रयोग प्रयोक्ता अपेक्षित परिणाम का भूखा होता है और निर्मम विशेषण में क्रूरता तथा हिंसा का समावेश होता है।

निर्दोष—निर्दोष व्यक्ति को मत पकड़ो।

प्रस्तुत उदाहरण दोष-रहित शारीरिक/मानसिक सकारात्मक स्थिति का द्योतक है। अभिधा शब्द-शक्ति तथा रजोगुणी वृत्तिपरक है। गुणवाचक विशेषण तथा सामाजिक न्यायिक संदर्भ का परिचायक है। प्राणिवाचक तथा वर्तमानकालिक है।

निरपराध—बिना किसी प्रमाण के निरपराध व्यक्ति को दंड मत दो।

निरपराध विशेषण का प्रयोग दोष तथा कसूर से अधिक संगीन, गहरा होता है, इसके लिए सजा/दंड होता है। प्रस्तुत उदाहरण साक्ष्य के अभाव में अपराध सिद्ध न होने पर सकारात्मक मानसिक स्थिति का है। अभिधा शब्द-शक्ति तथा रजोगुणी वृत्तिपरक है। गुणवाचक विशेषण तथा न्यायिक प्रक्रिया के चुनौतीपूर्ण संदर्भ का द्योतक है। प्राणिवाचक तथा सार्वकालिक है।

बेकसूर—बेकसूर बालक को मत मारो।

प्रस्तुत उदाहरण बिना गलत काम करनेवाली मानसिक/शारीरिक सकारात्मक स्थिति का है। अभिधा शब्द-शक्ति तथा रजोगुणी वृत्तिपरक है। गुणवाचक विशेषण तथा चेतावनीपरक दंड-प्रक्रिया का परिचायक है। प्राणिवाचक तथा वर्तमानकालिक है।

विशेष

दोष का अर्थ बुराई अथवा कमी के रूप में लिया जाता है, जिसका निराकरण संभव है। बेकसूर शब्द निर्दोष तथा निरपराध से इतर होता है। कोई भी गलती अनजाने करने पर कसूर माना जाता है, जो क्षमा के योग्य होता है। अपराध में क्रूरता, दूसरे को हानि पहुँचाने की भावना निहित होती है, जिसके लिए कानून में भी दंड का विधान है। दोष पश्चात्ताप से अथवा कोई विशेष कमी को दूर करने से धुल सकता है।

नीरोग—मन और शरीर को नीरोग रखो।

प्रस्तुत उदाहरण शारीरिक/मानसिक स्वास्थ्य संबंधी स्थितिपरक है। अभिधा शब्द-शक्ति तथा सत्त्वगुणी वृत्ति का द्योतक है। गुणवाचक विशेषण स्वस्थ तन-मन संबंधी योग संदर्भ का परिचायक है। प्राणिवाचक तथा सार्वकालिक है।

स्वस्थ—स्वस्थ शरीर में स्वस्थ मन रहता है।

प्रस्तुत उदाहरण शरीर तथा मन संबंधी सकारात्मक स्थितिपरक है। अभिधा शब्द-शक्ति तथा रजोगुणी वृत्ति का द्योतक है। गुणवाचक विशेषण तथा स्वास्थ्य संबंधी योग संदर्भ है। प्राणिवाचक तथा सार्वकालिक है।

चंगा—रोगी चंगा हो गया है।

प्रस्तुत उदाहरण स्वास्थ्य लाभ संबंधी सकारात्मक स्थिति का है। अभिधा शब्द-शक्ति तथा सत्त्वगुणी वृत्तिपरक है। गुणवाचक विशेषण तथा स्वास्थ्य लाभ संबंधी चिकित्सा संदर्भ का परिचायक है। प्राणिवाचक तथा वर्तमानकालिक है।

विशेष

नीरोग और स्वस्थ में अत्यंत सूक्ष्म अंतर होता है। कोई भी मनुष्य नीरोग होने पर भी स्वस्थ हो, आवश्यक नहीं। स्वस्थ शरीर होने पर भी मानसिक रूप से रोगी हो सकता है। मानसिक रूप से स्वस्थ होने पर शरीर रोगी हो सकता है। विरोधाभास की यह स्थिति अकसर देखने में आती है। चंगा शब्द द्विअर्थी है। चंगा विशेषण शारीरिक रूप से ठीक होने पर प्रयुक्त किया जाता है तथा चंगा शब्द का प्रयोग चारित्रिक रूप से/आचरण में अच्छा होने पर भी किया जाता है। यह शब्द वस्तुपरक भी हो सकता है, स्थितिपरक भी हो सकता है। यथा—कमीज चंगी है, घर चंगा है, हालात चंगे हैं आदि-आदि। उपरोक्त उदाहरणों में स्वस्थ तथा नीरोग शब्दों का प्रयोग नहीं किया जा सकता।

पराधीन— पराधीन व्यक्ति कभी सुखी नहीं रहता।
पराधीन देश का नागरिक होना लज्जाजनक है।

पहला उदाहरण व्यक्तिनिष्ठ है तथा मानसिक स्थिति का नकारात्मक रूप है। व्यंजना शब्द-शक्ति तथा रजोगुणी/तमोगुणी वृत्तिपरक है। गुणवाचक विशेषण तथा सामाजिक राष्ट्रीय संदर्भ का द्योतक है। देशाभिमान से अनुप्राणित है। प्राणिवाचक तथा सार्वकालिक है।

दूसरा उदाहरण भावना प्रधान नकारात्मक मानसिक स्थिति का है। व्यंजना शब्द-शक्ति तथा तमोगुणी वृत्ति का परिचायक है। गुणवाचक विशेषण तथा राष्ट्रीय संदर्भ का द्योतक है। प्राणिवाचक तथा सार्वकालिक है।

पराश्रय—वृद्धावस्था में पराश्रय विवशता है।

प्रस्तुत उदाहरण नकारात्मक शारीरिक/मानसिक स्थितिपरक है। व्यंजना शब्द-शक्ति तथा रजोगुणी वृत्तिपरक है। गुणवाचक विशेषण तथा वर्णाश्रम संबंधी सामाजिक संदर्भ का परिचायक है।

मातहत—मातहत कर्मचारियों ने विद्रोह कर दिया।

प्रस्तुत उदाहरण नकारात्मक मानसिक स्थिति का परिणामजन्य रूप है। अभिधा शब्द-शक्ति तथा रजोगुणी वृत्तिपरक है। गुणवाचक विशेषण तथा क्रांति-संबंधी प्रशासनिक संदर्भ का द्योतक है। प्राणिवाचक तथा वर्तमानकालिक है।

विशेष

पराधीन विशेषण व्यक्ति/देश/नौकरी आदि के लिए प्रयुक्त होता है, किंतु पराश्रय सभी जीवधारी के लिए प्रयोग किया जाता है। जैसे—शेर का स्वभाव स्वतंत्र रहना होता है हाँ, किन्हीं स्थितियों में वह पिंजरे में रहता है। ऐसी स्थिति उसके लिए पराश्रय जैसी होती है। पालतू पशु मातहत नहीं कहलाते। पराश्रय विशेषण उनके लिए उपयुक्त रहता है। मातहत विशेषण किसी मुखिया के साथ इतर पद पर आदेशानुसार काम करने की विशेषता दरशाता है।

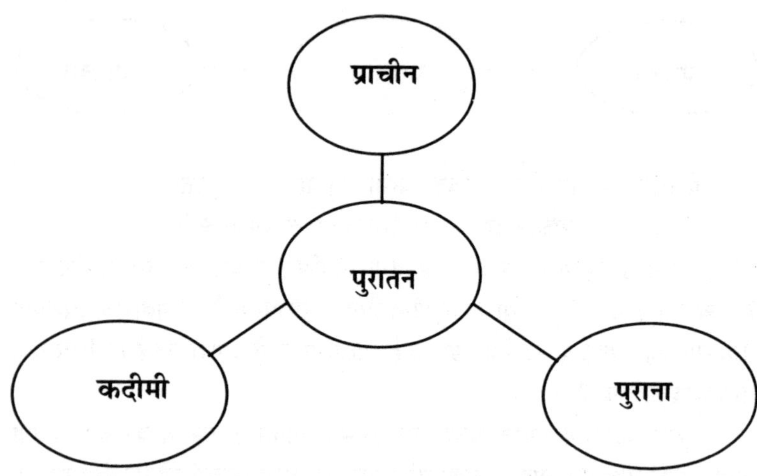

पुरातन—पुरातन काल से ही भारतीय सभ्यता भव्य है।

प्रस्तुत उदाहरण काल संबंधी सकारात्मक शारीरिक/मानसिक स्थिति का है। व्यंजना शब्द-शक्ति तथा सत्त्वगुणी वृत्तिपरक है। गुणवाचक विशेषण तथा भव्य भारतीय सभ्यता संबंधी काल सूचक संदर्भ है। प्राणिवाचक तथा सार्वकालिक है।

प्राचीन—प्राचीन काल में भारत सोने की चिड़िया कहलाता था।

प्रस्तुत उदाहरण ऐश्वर्य-संपदा से पूर्ण सकारात्मक स्थिति का है। व्यंजना शब्द-शक्ति तथा रजोगुणी वृत्ति का परिचायक है। गुणवाचक विशेषण तथा वैभवशाली अतीत संबंधी ऐतिहासिक संदर्भ का परिचायक है। अप्राणिवाचक तथा भूतकालिक है।

पुराना— गावस्कर पुराना खिलाड़ी है।
मंदिर पुराना है।
पुराना राग मत अलापो। वर्तमान में जियो।

पहला उदाहरण व्यक्तिनिष्ठ है। सकारात्मक शारीरिक/मानसिक स्थिति का है। अभिधा शब्द-शक्ति तथा रजोगुणी वृत्तिपरक है। गुणवाचक विशेषण तथा क्रीडा जगत् संबंधी विश्वसनीयता संदर्भ का परिचायक है। प्राणिवाचक तथा वर्तमानकालिक है।

दूसरा उदाहरण शिल्प संबंधी सकारात्मक स्थिति का है। अभिधा शब्द-शक्ति तथा सत्त्वगुणी वृत्तिपरक है। गुणवाचक विशेषण तथा शिल्प-कला संबंधी संदर्भ का परिचायक है। अप्राणिवाचक तथा वर्तमानकालिक है।

तीसरा उदाहरण उमंगयुक्त परामर्श संबंधी मानसिक/शारीरिक स्थिति का सकारात्मक रूप है। व्यंजना शब्द-शक्ति तथा रजोगुणी वृत्ति का परिचायक है। गुणवाचक विशेषण तथा जीवन-कला संबंधी संदर्भ का द्योतक है। प्राणिवाचक तथा वर्तमानकालिक है।

विशेष

पुरातनकाल अथवा वस्तुएँ/सभ्यता सभी कुछ प्राचीन विशेषण से पहले की हैं। प्राचीन काल गणना में आसानी से आता है, जबकि पुरातन अतिप्राचीन कहलाता है। पुरातन और प्राचीन जहाँ भी जुड़ जाता, वहीं धरोहर बन जाती है। गर्व का कारण बन जाती/जाता है, फिर चाहे वह सभ्यता, संस्कृति हो, विचारधारा अथवा ग्रंथ हो, तीर्थ हो अथवा अन्य कोई स्थान, महामानव (योद्धा, संत, लेखक, दार्शनिक, वैचारिक, वैज्ञानिक) या प्राचीन वस्तुएँ हों।

प्राचीन और पुरातन शब्द में ऐसा जादू है, जिसके प्रति हम भारतीय गर्व से भर जाते हैं। पुराना विशेषण कभी-कभी सकारात्मक तो अकसर नकारात्मक गुण रखता है। पुरानी यादें (चाहे अच्छी हों या बुरी) अकसर याद आती हैं। स्मृति के झरोखे से झाँकती रहती हैं, किंतु कुछ चीजें बेकार लगने लगती हैं। कदीमी शब्द कुछ अलग अर्थ में भी प्रयुक्त होता है। जैसे कदीमी घर है। बहुत सी यादें जुड़ी हैं, यानी पीढ़ी-दर-पीढ़ी से यह घर जुड़ा है। इसे हम कदीमी सभ्यता नहीं कह सकते। पुराना घर कहते ही अर्थ निकलता है, टूटा-फूटा अथवा वर्तमान समय की आवश्यकताओं के अनुकूल नहीं है। सुंदरता का अभाव, जबकि प्राचीन खँडहरों से भी मोह होता है। अतः एक अर्थ वाले भिन्न शब्द सूक्ष्म अंतर होने के कारण भिन्न-भिन्न भावाभिव्यक्ति देते हैं।

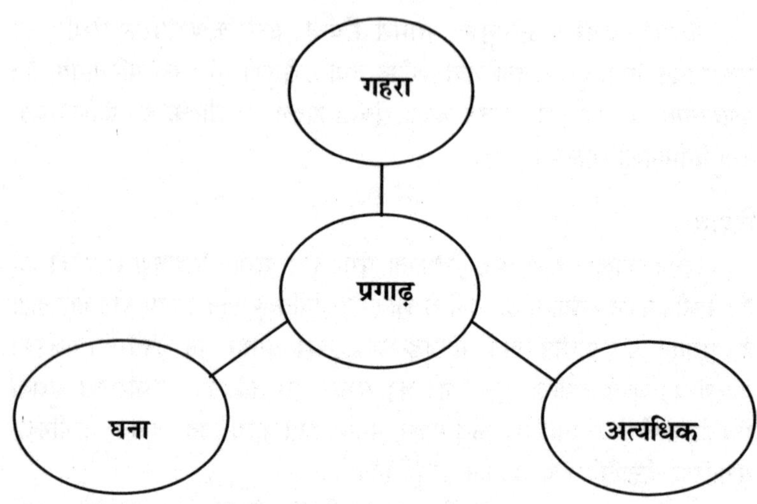

प्रगाढ़—प्रगाढ़ मित्रता भाग्य से मिलती है।

प्रस्तुत उदाहरण मित्रता संबंधी सकारात्मक स्थिति का है। व्यंजना शब्द-शक्ति तथा सत्त्वगुणी वृत्तिपरक है। गुणवाचक विशेषण तथा मैत्रीजन्य सामाजिक तथा अन्य सभी संदर्भों का परिचायक है। प्राणिवाचक तथा सार्वकालिक है।

गहरा—कुआँ गहरा है।

प्रस्तुत उदाहरण स्थितिपरक सकारात्मक नकारात्मक है। व्यंजना शब्द-शक्ति तथा रजोगुणी वृत्तिपरक है। गुणवाचक विशेषण तथा गहनतापरक प्राकृतिक संदर्भ का परिचायक है। अप्राणिवाचक तथा वर्तमानकालिक है।

अत्यधिक—अत्यधिक आतिथ्य कष्टदायी होता है।

प्रस्तुत उदाहरण स्थितिपरक सकारात्मक नकारात्मक है। व्यंजना शब्द-शक्ति तथा रजोगुणी वृत्तिपरक है। गुणवाचक विशेषण तथा कार्य-कारण संबंधी मानसिक संताप एवं सामाजिक संदर्भ का परिचायक है। अप्राणिवाचक तथा सार्वकालिक है।

घना—घना कोहरा है। गाड़ी धीरे चलाओ।

प्रस्तुत उदाहरण प्राकृतिक दृश्य संबंधी सकारात्मक नकारात्मक स्थिति का है। अभिधा शब्द-शक्ति तथा रजोगुणी वृत्तिपरक है। गुणवाचक विशेषण तथा वातावरण संबंधी मौसमी संदर्भ का परिचायक है। अप्राणिवाचक तथा वर्तमानकालिक है।

विशेष

यहाँ प्रगाढ़ तथा गहरा शब्दों में सूक्ष्म अंतर है। प्रगाढ़ संबंध होते हैं, किंतु गहरा शब्द माप इत्यादि में भी प्रयुक्त होता है। गहरी बात का सांकेतिक अर्थ कुछ सार्थक, किसी अन्य ओर संकेत करती हुई, कुछ अन्य प्रयोजनों को स्पष्ट करती हुई, की ओर रहेगा। किंतु यदि हम कहेंगे गहरी खुदाई या किसी स्थल को खोदने के बाद नापने के अर्थ में गहरा कहने के स्थान पर प्रगाढ़ कहना अशुद्ध होगा। अत्यधिक शब्द में मात्रा प्रथम दृष्टव्य रहेगी। जैसे—अत्यधिक सर्दी, अत्यधिक धुआँ को हम प्रगाढ़ सर्दी या प्रगाढ़ धुआँ नहीं कह सकते। इसी प्रकार घना शब्द में भी प्रथम दृष्टव्य मात्रा का ही बोध होता है।

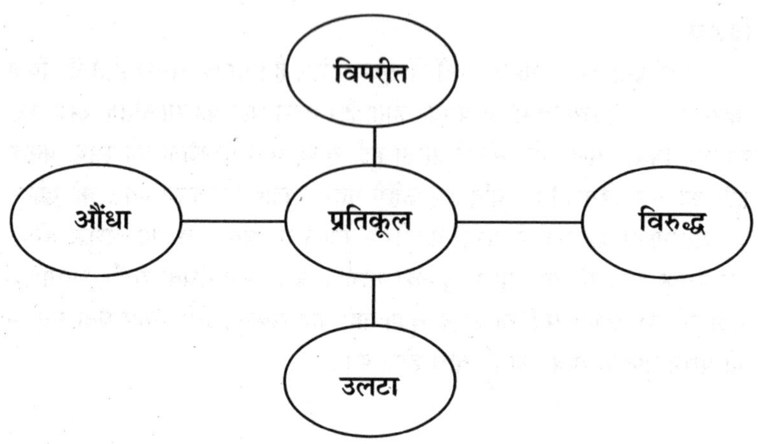

प्रतिकूल—प्रतिकूल धारा में नौका नहीं चल पाएगी।

प्रस्तुत उदाहरण नकारात्मक स्थिति का द्योतक है। व्यंजना शब्द-शक्ति तथा रजोगुणी वृत्तिपरक है। गुणवाचक विशेषण तथा प्राकृतिक संदर्भ का परिचायक है। प्राणिवाचक तथा भविष्यकालिक है।

विपरीत—पिता के विपरीत मत जाओ।

प्रस्तुत उदाहरण नकारात्मक स्थितिपरक है। व्यंजना शब्द-शक्ति तथा रजोगुणी वृत्ति का परिचायक है। गुणवाचक विशेषण तथा संस्कारहीन आचरण संबंधी सामाजिक संदर्भ है। प्राणिवाचक तथा उपदेशात्मक सार्वकालिक है।

विरुद्ध—मेरे विरुद्ध शर्त जीत नहीं पाओगे।

प्रस्तुत उदाहरण विश्वस्त सकारात्मक मानसिक स्थिति का है। व्यंजना शब्द-शक्ति तथा रजोगुणी वृत्ति का द्योतक है। गुणवाचक विशेषण तथा आत्मविश्वास संबंधी सामाजिक संदर्भ का परिचायक है। प्राणिवाचक तथा भविष्यकालिक है।

उलटा—पुस्तक उलटी मत रखो।

प्रस्तुत उदाहरण स्थितिपरक नकारात्मक रूप का है। अभिधा शब्द-शक्ति तथा रजोगुणी वृत्तिपरक है। गुणवाचक विशेषण तथा कार्य-कारण संबंधी सामाजिक तथा नैतिक संदर्भ का परिचायक है। अप्राणिवाचक तथा वर्तमानकालिक है।

—उलटे बोल मत बोलो।

प्रस्तुत उदाहरण सीख संबंधी सकारात्मक स्थिति का है। व्यंजना शब्द-शक्ति तथा रजोगुणी वृत्ति का परिचायक है। गुणवाचक विशेषण तथा नैतिक शिक्षा संबंधी संदर्भ का द्योतक है। प्राणिवाचक तथा सार्वकालिक है।

औंधा— बरतन औंधा है। इसे ठीक कर दो।
सच सामने आने पर औंधे मुँह गिरोगे।

पहला उदाहरण स्थितिपरक नकारात्मक है। अभिधा शब्द-शक्ति तथा रजोगुणी वृत्तिपरक है। गुणवाचक विशेषण तथा व्यवस्था संबंधी सामाजिक संदर्भ है। अप्राणिवाचक तथा वर्तमानकालिक है।

दूसरा उदाहरण सीख संबंधी मानसिक स्थिति का है। व्यंजना शब्द-शक्ति तथा रजोगुणी वृत्ति से संबंधित है। गुणवाचक विशेषण तथा नीतिपरक संदर्भ से संबंधित है। प्राणिवाचक तथा सार्वकालिक है।

विशेष

प्रतिकूल आचरण, कार्य, कारण, कथन आदि के लिए प्रयुक्त होता है, जबकि औंधा शब्द स्थितिपरक है। जैसे—मेरे प्रतिकूल मत चलो। मेरे औंधे नहीं। मेरे विपरीत जो बात कही गई है, वह मेरे उलट या उलटे जो बात कही गई है, में उलट/उलटा सही प्रयोग नहीं है। चित्र उलटा है को चित्र प्रतिकूल है, विपरीत है, विरुद्ध है, नहीं कह सकते।

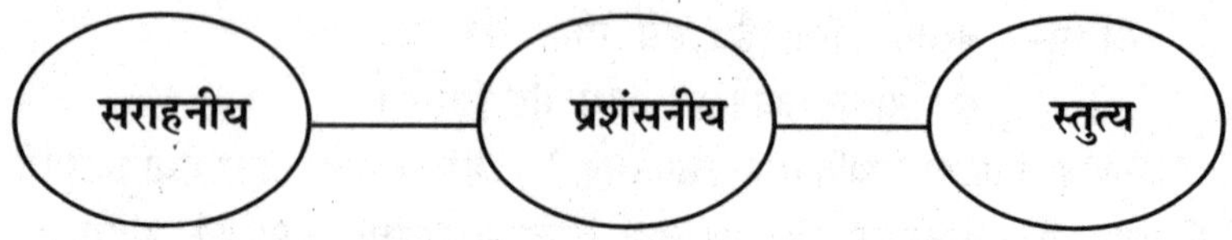

प्रशंसनीय—योजना प्रशंसनीय थी।

प्रस्तुत उदाहरण कार्य संबंधी शारीरिक/मानसिक सकारात्मक स्थिति का है। लक्षणा शब्द-शक्ति तथा रजोगुणी वृत्तिपरक है। गुणवाचक विशेषण तथा सामाजिक व अन्य सभी संदर्भों का परिचायक है। अप्राणिवाचक तथा भूतकालिक है।

सराहनीय—वार्त्ता सराहनीय रही।

प्रस्तुत उदाहरण वाणी कौशल संबंधी सकारात्मक शारीरिक स्थिति का है। व्यंजना शब्द-शक्ति तथा सत्त्वगुणी/रजोगुणी वृत्तिपरक है। गुणवाचक विशेषण तथा कलात्मक संवाद शैली संबंधी सामाजिक संदर्भ का परिचायक है। अप्राणिवाचक तथा भूतकालिक है।

स्तुत्य—प्रवचन स्तुत्य था।

प्रस्तुत उदाहरण सदाचार संबंधी सकारात्मक वाणीपरक स्थिति का है। व्यंजना शब्द-शक्ति तथा सत्त्वगुणी वृत्ति संबंधी है। गुणवाचक विशेषण तथा नैतिक आचरण संबंधी धार्मिक संदर्भ का परिचायक है। प्राणिवाचक तथा भूतकालिक है।

विशेष

यूँ तो प्रशंसनीय विशेषण लगभग सभी संदर्भों में प्रयुक्त होता है, किंतु इसमें सराहना का भाव नहीं होता। दोनों में एक सूक्ष्म अंतर है। सराहना में आंतरिक प्रसन्नता निहित होती है। हम किसी भी अच्छे काम/बातें/मनुष्य की प्रशंसा उसके परिणाम के अनुसार कर देते हैं, किंतु उस काम/बात/मनुष्य के कार्यों से किसी अन्य को लाभ/सहायता/प्रसन्नता/संतोष आदि मिलता है तो वही स्थिति सराहनीय हो जाती है। प्रशंसा स्वयं की अच्छाइयों के लिए भी मिल जाती है, किंतु सराहना में परहित विशेष रूप से रहता है।

स्तुत्य विशेषण प्रशंसा और सराहना से अधिक श्रेष्ठ भाव है। जहाँ कर्ता अपनी अस्मिता को भुलाकर सच्चे हृदय से सेवा-भाव में डूब जाता है, वहाँ स्तुत्य विशेषण अपनी उपस्थिति दरशाता है। यह विशेषण भावना प्रधान मन:स्थिति का परिचायक है। जहाँ मन और अंत:करण एकाकार होकर विशुद्ध सात्त्विक भावना

में डूबकर अपनी प्रतिक्रिया व्यक्त करते हैं, जैसे—अर्णव का स्तुत्य कार्य अभी समाप्त हुआ है। इन तीनों विशेषणों में सत्त्वगुणी वृत्ति प्रधान होती है।

प्रशंसनीय से सराहनीय का भाव थोड़ा गहरा और सराहनीय से स्तुत्य भाव (विशेषण) अत्यंत गहरा होता है। संक्षेप में हम कह सकते हैं, प्रशंसनीय विशेषण अच्छा विशेषण से उच्चकोटि का होता है, किंतु सराहनीय से इतर होता है। स्तुत्य विशेषण का प्रयोग वंदनीय के स्थान पर होता है।

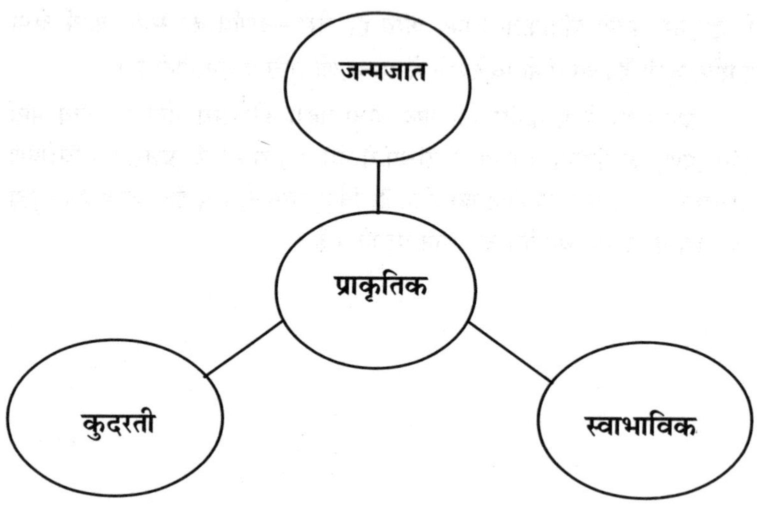

प्राकृतिक—प्राकृतिक दृश्य मनोहर है।

प्रस्तुत उदाहरण नैसर्गिक दृश्य संबंधी सकारात्मक स्थिति का है। अभिधा शब्द-शक्ति तथा सत्त्वगुणी वृत्तिपरक है। गुणवाचक विशेषण तथा नैसर्गिक सौंदर्य संबंधी प्राकृतिक संदर्भ का द्योतक है। प्राणिवाचक तथा वर्तमानकालिक है।

जन्मजात—राघव जन्मजात साधु प्रकृति का है।

प्रस्तुत उदाहरण सात्त्विक प्रकृति की सकारात्मक स्थिति का है। व्यंजना शब्द-शक्ति तथा सत्त्वगुणी वृत्तिपरक है। गुणवाचक विशेषण तथा सदाचारी वृत्ति संबंधी धार्मिक संदर्भ का द्योतक है। प्राणिवाचक तथा वर्तमानकालिक है।

स्वाभाविक—स्वाभाविक सरलता कहीं-कहीं देखी जाती है।

प्रस्तुत उदाहरण वृत्तिपरक सकारात्मक मानसिक/शारीरिक स्थिति का है। व्यंजना शब्द-शक्ति तथा सत्त्वगुणी वृत्तिपरक है। गुणवाचक विशेषण तथा सहज-गुण वृत्ति संबंधी सामाजिक संदर्भ का परिचायक है। प्राणिवाचक तथा सार्वकालिक है।

कुदरती—कुदरती चट्टान टेढ़ी है।

प्रस्तुत उदाहरण प्रकृति संबंधी सौंदर्यपरक स्थिति का सकारात्मक रूप है। अभिधा शब्द-शक्ति तथा रजोगुणी वृत्ति का द्योतक है। गुणवाचक विशेषण तथा अद्‌भुत प्राकृतिक शिल्प-सौंदर्य संबंधी संदर्भ का परिचायक है। अप्राणिवाचक तथा वर्तमानकालिक है।

विशेष

प्राकृतिक विशेषण कुदरत से संबंधित तो है ही, साथ ही प्रकृति/स्वभाव का अर्थ भी देता है। जन्मजात शब्द अर्थात् जन्म से ही मनुष्योचित/जीवधारी गुण-अवगुण के लिए प्रयुक्त होता है। स्वाभाविक शब्द प्रकृति/वृत्ति, स्वभाव/आचरण आदि को व्यक्त करता है। कुदरती प्रकृति की देन अर्थ प्रकट करता है। जैसे-कुदरती चट्टान टेढ़ी है को हम जन्मजात टेढ़ी नहीं कह सकते। स्वाभाविक टेढ़ी भी नहीं कह सकते, क्योंकि चट्टान अप्राणिवाचक है।

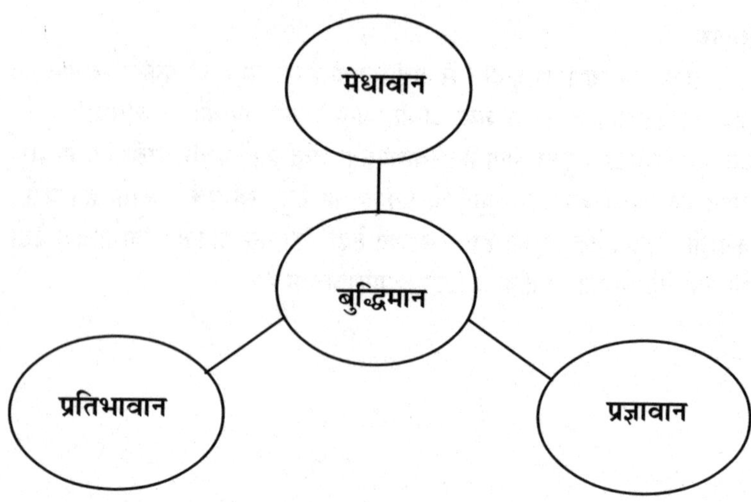

बुद्धिमान—व्यापारी बुद्धिमान है।

प्रस्तुत विशेषण कौशलपरक सकारात्मक मानसिक स्थिति का है। अभिधा शब्द-शक्ति तथा रजोगुणी वृत्तिपरक है। गुणवाचक विशेषण तथा व्यापार-कला संबंधी संदर्भ का परिचायक है। सभी जीवधारियों के लिए प्रयुक्त होता है। प्राणिवाचक तथा वर्तमानकालिक है। बुद्धिमान होना व्यावहारिक लक्षण है।

मेधावान—डॉ. कलाम मेधावान थे।

उपरोक्त उदाहरण में मेधा अर्थात् बुद्धि का प्रयोग अत्यंत कुशलता से किया गया है। जिससे किसी विशेष निश्चित परिणाम की प्राप्ति होती है। यह विशेषण समान रूप से बाह्य एवं आंतरिक गुणों की पूर्णता से संपन्न होता है। व्यंजना शब्द-शक्ति तथा सत्त्वगुणी वृत्तिपरक है। गुणवाचक विशेषण तथा शिक्षा संबंधी संदर्भ का परिचायक है। प्राणिवाचक तथा वर्तमानकालिक है।

प्रज्ञावान—महर्षि व्यास प्रज्ञावान थे।

उपरोक्त उदाहरण में प्रज्ञा विशेषण बौद्धिक ऊँचाई के लिए प्रयुक्त हुआ है, जो विशेषकर आभ्यांतरिक गुण है, जिससे प्रज्ञावान अपने संपर्क में आनेवाले को विशिष्ट ज्ञान देने में समर्थ होता है। व्यंजना शब्द-शक्ति तथा सत्त्वगुणी वृत्तिपरक है। गुणवाचक विशेषण तथा पौराणिक संदर्भ का परिचायक है। आंतरिक सजगता मिश्रित मानसिक स्थिति का सकारात्मक रूप है। प्राणिवाचक तथा भूतकालिक है।

प्रतिभावान—प्रतिभावान छात्रों की सुनो।

उपरोक्त विशेषण तीव्र बुद्धिपरक सकारात्मक मानसिक स्थिति का है। व्यंजना शब्द-शक्ति तथा सत्त्वगुणी वृत्तिपरक है। गुणवाचक विशेषण तथा शैक्षिक संदर्भ का परिचायक है। प्राणिवाचक तथा सार्वकालिक है।

विशेष

बुद्धिमान विशेषण का प्रयोग परिश्रम से ज्ञानार्जन कर बुद्धि-कौशल का प्रदर्शन करने के अर्थ में प्रयुक्त होता है। मेधावान शब्द कुछ अपर स्थिति का है। इस विशेषण का प्रयोग समान रूप से बाह्य एवं आंतरिक गुणों की संपन्नता के रूप में होता है। साधारण से हटकर कुछ नए परिणाम देने का सामर्थ्य होता है। प्रज्ञावान अपने संपर्क में आनेवाले को पारलौकिक ज्ञान देने की अलौकिक क्षमता रखता है। यह विशेषण केवल सात्त्विक ज्ञानार्थी के लिए प्रयुक्त होता है। प्रतिभावान विशेषण में सर्जनात्मक क्रिया-कलाप का संयोग होता है। प्रतिभावान बुद्धिमान हो, यह आवश्यक है। बुद्धि अर्जित की जाती है, जबकि प्रतिभा जन्मजात होती है। प्रतिभा हर क्षेत्र में अपनी निजता का परिचय देती है। मेधावान जन्मजात तथा अर्जित ज्ञान के लिए प्रयुक्त होता है। मेधावान नवीन प्रयोगों को निश्चित परिणाम तक ले जाता है।

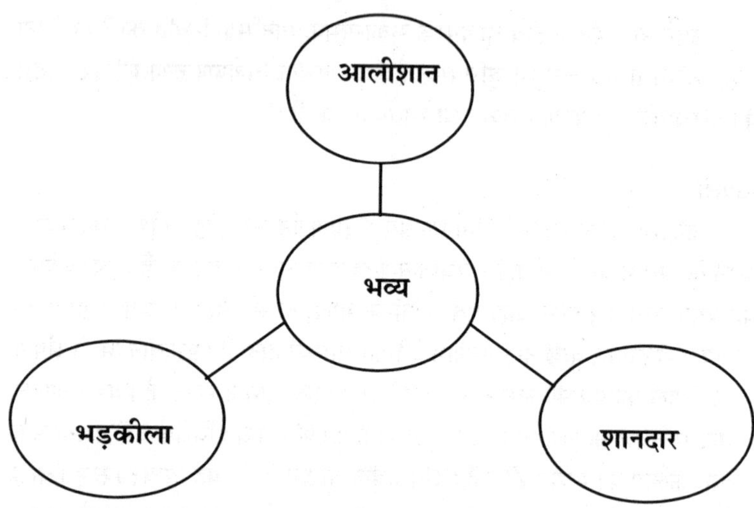

भव्य—भव्य दर्शन करना चाहते हो? सिद्ध मंदिर की ओर चले जाओ।

प्रस्तुत उदाहरण नेत्र संबंधी शारीरिक सकारात्मक स्थिति का है। लक्षणा शब्द-शक्ति तथा सत्त्वगुणी वृत्ति का द्योतक है। गुणवाचक विशेषण तथा ईश दर्शन की अभिलाषा संबंधी धार्मिक संदर्भ का परिचायक है। प्राणिवाचक तथा वर्तमानकालिक है।

आलीशान—क्या शानदार हार पहना है।

प्रस्तुत उदाहरण सुंदर आभूषण संबंधी सकारात्मक वस्तुपरक स्थिति का है। अभिधा शब्द-शक्ति तथा रजोगुणी वृत्तिपरक है। गुणवाचक विशेषण तथा स्वर्णाभूषण-कला संबंधी संदर्भ का परिचायक है। अप्राणिवाचक तथा वर्तमानकालिक है।

भड़कीले—भड़कीले वस्त्र रात को ही अच्छे लगते हैं।

प्रस्तुत उदाहरण विशेष वस्त्र संबंधी सकारात्मक स्थिति का है। व्यंजना शब्द-शक्ति तथा रजोगुणी वृत्तिपरक है। गुणवाचक विशेषण तथा फैशनकला संबंधी सामाजिक संदर्भ का द्योतक है। अप्राणिवाचक तथा सार्वकालिक है।

विशेष

भव्य विशेषण मनुष्य, ललित कलाएँ, मकान, जुलूस आदि के लिए प्रयुक्त होता है। वस्त्र के लिए शानदार और भड़कीला विशेषण अधिक उपयुक्त है। भव्य

इमारत, भव्य चित्र, भव्य जुलूस आदि तो कह सकते हैं, किंतु भव्य वस्त्र कहकर कर्ता अपना मंतव्य प्रेषित नहीं कर पाता। आलीशान घर/इमारत/बाग, आदि प्रयुक्त हो सकता है। पर आलीशान मनुष्य है, कहना उचित न होगा। शानदार, भव्य व्यक्तित्व हो सकता है, आलीशान महिला नहीं। भड़कीला वस्त्र होता है, भड़कीला घर, भड़कीला व्यक्ति नहीं।

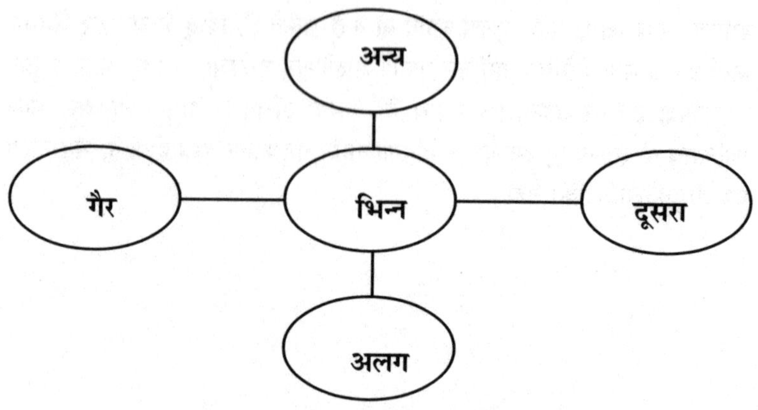

भिन्न—दावत में भिन्न व्यंजन खाकर आनंद मिला।

प्रस्तुत उदाहरण विविधतापरक खाद्य संबंधी सकारात्मक स्थिति का है। व्यंजना शब्द-शक्ति तथा रजोगुण वृत्ति संबंधी है। गुणवाचक विशेषण तथा स्वाद की विविधतापरक स्वादेंद्रिय संदर्भ का द्योतक है। अप्राणिवाचक तथा भूतकालिक है।

अन्य—मंत्री अन्य लोगों के साथ आए।

प्रस्तुत उदाहरण सहायक संबंधी सकारात्मक शारीरिक स्थिति का है। अभिधा शब्द-शक्ति तथा रजोगुणी वृत्तिपरक है। गुणवाचक विशेषण तथा आश्वस्त मनःस्थिति संबंधित राजनीतिक संदर्भ का परिचायक है। प्राणिवाचक तथा भूतकालिक है।

दूसरा—दूसरा युवक क्रोधी था।

प्रस्तुत उदाहरण उत्तेजनाजनक मानसिक नकारात्मक स्थिति का है। अभिधा शब्द-शक्ति तथा तमोगुणी वृत्तिपरक है। संख्यावाचक, गुणवाचक विशेषण तथा प्रवृत्ति संबंधी सामाजिक संदर्भ का परिचायक है। प्राणिवाचक तथा भूतकालिक है।

अलग—पुस्तक अलग स्थान पर रखो।

प्रस्तुत उदाहरण स्थान विशेष विषय सकारात्मक स्थितिपरक है। अभिधा शब्द-शक्ति तथा रजोगुणी वृत्ति संबंधी है। गुणवाचक विशेषण तथा कार्य कुशलता संबंधी सामाजिक संदर्भ का परिचायक है। अप्राणिवाचक तथा वर्तमानकालिक है।

गैर—गैर-आदमी को समान मत सौंपो।

प्रस्तुत उदाहरण अपरिचित के प्रति अविश्वसनीयता संबंधी नकारात्मक मानसिक स्थिति का है। अभिधा शब्द-शक्ति तथा रजोगुणी वृत्तिपरक है। गुणवाचक

विशेषण तथा अस्वाभाविक संदेहजनित सामाजिक संदर्भ का परिचायक है। प्राणिवाचक तथा सार्वकालिक है।

विशेष

भिन्न शब्द अलग प्रकार का अर्थ देता है तथा अन्य शब्द किसी दूसरे के लिए प्रयुक्त होता है। दूसरा व्यक्ति/वस्तु/स्थान/आचरण आदि के लिए प्रयुक्त होता है। वैसे दूसरा संख्यावाची भी होता है। पहला, दूसरा आदमी या अन्य कोई। दूसरा अन्य अर्थ में परिचित अथवा अपरिचित का अर्थ भी देता है। अलग विशेषण सबसे भिन्न आचरण/आकृति/वृत्ति/रंग-रूप/स्वभाव आदि में भी प्रयुक्त होता है। गैर-विशेषण जिसे देखा-सुना न हो, जानते ही नहीं, जिसमें या जिसके लिए विश्वसनीयता और अपनत्व की भावना न हो, प्रयुक्त किया जाता है। गैर हमेशा ही अलग-थलग नहीं होते। कभी-कभी गैर भी अपने बन जाते हैं। यहाँ व्यवहार कुशलता अपेक्षित होती है।

अन्य स्थान होता है] गैर-स्थान नहीं। दूसरा काम/कारण/व्यक्ति/स्थान हो सकता है। अन्य विशेषण का प्रयोग सभी कुछ अनिश्चितता में लिपटा होता है। अलग विशेषण घटित कार्य/कारण/स्थान/व्यक्ति से हट कर किसी अन्य ओर संकेत करता है। गैर-विशेषण में अपरिचितता/अविश्वसनीयता तथा कभी-कभी उत्सुकता का अंश भी रहता है।

मलिन —मन मलिन मत करो।
—मलिन वस्त्र बदल लो।

पहला उदाहरण उपदेशात्मक नकारात्मक मानसिक स्थिति का है। व्यंजना शब्द-शक्ति तथा रजोगुणी वृत्तिपरक है। गुणवाचक विशेषण तथा नैतिक संदर्भ का परिचायक है। प्राणिवाचक तथा सार्वकालिक है।

दूसरा उदाहरण परामर्श जन्य नकारात्मक स्थिति का है। अभिधा शब्द-शक्ति तथा रजोगुणी वृत्तिपरक है। गुणवाचक विशेषण तथा स्वास्थ्य संबंधी सामाजिक संदर्भ का परिचायक है। अप्राणिवाचक तथा वर्तमानकालिक है।

मैला—मैली कमीज मत पहनो।

प्रस्तुत उदाहरण वस्तुपरक नकारात्मक स्थिति का है। अभिधा शब्द-शक्ति तथा रजोगुणी वृत्तिपरक है। गुणवाचक विशेषण तथा सामाजिक संदर्भ का परिचायक है। अप्राणिवाचक तथा सार्वकालिक है।

गंदी —गंदी नीयत हमेशा दु:ख देती है।
—गंदा कमरा साफ करो।

पहला उदाहरण वृत्तिपरक नकारात्मक स्थिति का है। व्यंजना शब्द-शक्ति तथा तमोगुणी/रजोगुणी वृत्तिपरक है। गुणवाचक विशेषण तथा सामाजिक मान्यताओं के विरुद्ध मनोविज्ञान संबंधी संदर्भ का परिचायक है। प्राणिवाचक तथा सार्वकालिक है।

दूसरा उदाहरण नकारात्मक स्थितिपरक है। अभिधा शब्द-शक्ति तथा रजोगुणी वृत्तिपरक है। गुणवाचक विशेषण तथा स्वास्थ्य संबंधी संदर्भ का परिचायक है। अप्राणिवाचक तथा वर्तमानकालिक है।

विशेष

मलिन वस्त्र होते हैं, विचार आचरण होते हैं, किंतु मैला विचार नहीं होता। वाणी के लिए गंदा शब्द प्रयुक्त होता है। मैली वाणी नहीं कहलाती। मैला आचरण नहीं होता। आचरण के लिए उपयुक्त गंदा शब्द होता है। मैला आँचल व्यंग्यार्थ में दुराचरण के लिए (सामाजिक मान्यताओं के लिए विपरीत आचरण के अर्थ में) प्रयुक्त होता है, उसे हम मलिन आँचल या गंदा आँचल नहीं कह सकते। गंदा विशेषण का प्रयोग स्वच्छता के अभाव में अधिकतर होता है। गंदी वाणी होती है, मैली वाणी नहीं। गंदे या मलिन विचार होते हैं, मैले विचार नहीं।

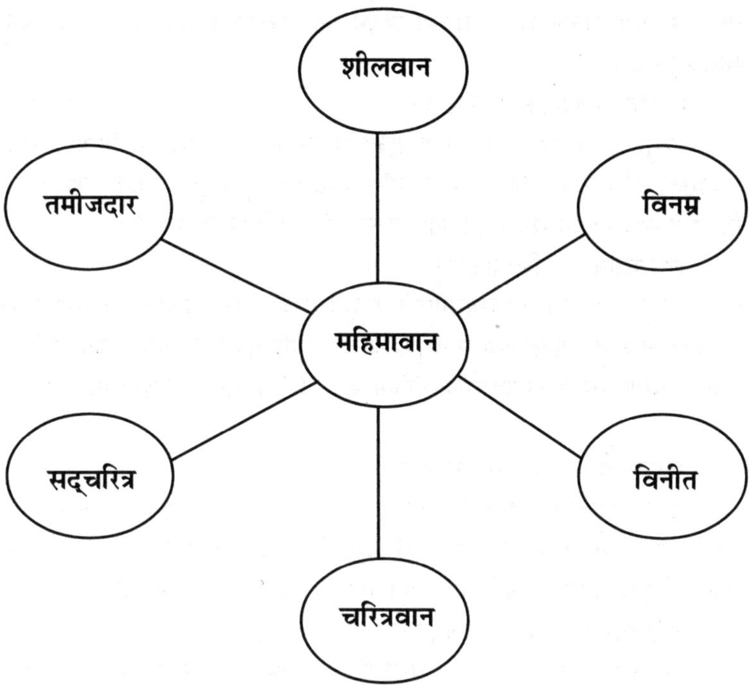

महिमावान—पुजारी महिमावान है।

प्रस्तुत उदाहरण मनुष्य के गुणात्मक घनत्व संबंधी सकारात्मक स्थिति का है। अभिधा शब्द-शक्ति तथा सत्त्वगुणी वृत्तिपरक है। गुणवाचक विशेषण तथा प्रशंसनीय गुण संबंधी धार्मिक संदर्भ का परिचायक है। प्राणिवाचक तथा वर्तमानकालिक है।

शीलवान—युवक शीलवान है।

प्रस्तुत उदाहरण सभ्य समाज द्वारा स्वीकृत आचरण की सकारात्मक स्थिति का है। अभिधा शब्द-शक्ति तथा सत्त्वगुणी वृत्ति का द्योतक है। गुणवाचक विशेषण तथा नैतिक आचरण संबंधी संदर्भ का परिचायक है। प्राणिवाचक तथा वर्तमानकालिक है।

विनम्र—विनम्र व्यक्ति बनो।

प्रस्तुत उदाहरण आचरण और व्यवहार में सभ्य समाज तथा स्वीकृत सकारात्मक स्थिति का प्रतीक है। व्यंजना शब्द-शक्ति तथा सत्त्वगुणी वृत्तिपरक है। गुणवाचक

विशेषण तथा नैतिक शिक्षा संबंधी संदर्भ का परिचायक है। प्राणिवाचक तथा सार्वकालिक है।

विनीत—बालिका विनीत है।

प्रस्तुत उदाहरण सुशील गुण युक्त मानसिक एवं शारीरिक क्रिया संबंधी सकारात्मक स्थिति है। व्यंजना शब्द-शक्ति तथा सत्त्वगुणी वृत्तिपरक है। गुणवाचक विशेषण तथा नैतिक संदर्भ है। प्राणिवाचक तथा वर्तमानकालिक है।

चरित्रवान—चरित्रवान मनुष्य बनो।

प्रस्तुत उदाहरण शारीरिक/मानसिक सद्चरित्र संबंधी सकारात्मक स्थिति का है। अभिधा शब्द-शक्ति तथा सत्त्वगुणी वृत्ति का परिचायक है। गुणवाचक विशेषण तथा आचरण संबंधी उपदेशात्मक नैतिक संदर्भ है। प्राणिवाचक तथा सार्वकालिक है।

सद्चरित्र—युवक सद्चरित्र है।

प्रस्तुत उदाहरण सदाचारी वृत्तिपरक मानसिक स्थिति का सकारात्मक रूप है। अभिधा शब्द-शक्ति तथा सत्त्वगुणी वृत्तिपरक है। गुणवाचक विशेषण तथा सद्वृत्ति संबंधी नैतिक संदर्भ का परिचायक है। प्राणिवाचक तथा वर्तमानकालिक है।

तमीजदार—युवक तमीजदार है।

प्रस्तुत उदाहरण व्यवहार, आचरण संबंधी सकारात्मक स्थिति का है। अभिधा शब्द-शक्ति तथा सत्त्वगुणी वृत्ति का द्योतक है। गुणवाचक विशेषण तथा उचित व्यवहार संबंधी नैतिक संदर्भ है। प्राणिवाचक तथा वर्तमानकालिक है।

विशेष

महिमावान में विभिन्न प्रशंसात्मक आचरणों का समावेश होता है तथा शीलवान विशेषण का प्रयोग व्यक्ति विशेष में निहित सदाचरण का निवास होता है। महिमा का अर्थ है, अच्छे कार्य से फलित शुभ लक्षणों का प्राकट्य तथा शीलवान का अर्थ आचरण और व्यवहार में नीतिपरक गुणों का होना। विनम्र वाणी होती है। विनीत वाणी नहीं, स्वभाव होता है। सद्चरित्र विशेषण सदाचारी आचरण के रूप में प्रयुक्त होता है। जैसे—अच्छा आचरण, सदाचारी आचरण, विनम्र आचरण आदि। जबकि चरित्रवान वह है, जिसने उपरोक्त सभी वृत्तियों को अपने जीवन में मनसा, वाचा, कर्मणा अपना लिया है। एक का अर्थ है, गुणवाले बनो। दूसरे का अर्थ है, गुणशील बनो। तमीजदार का अर्थ है, शिष्ट आचरण युक्त व्यवहार करना सीखो।

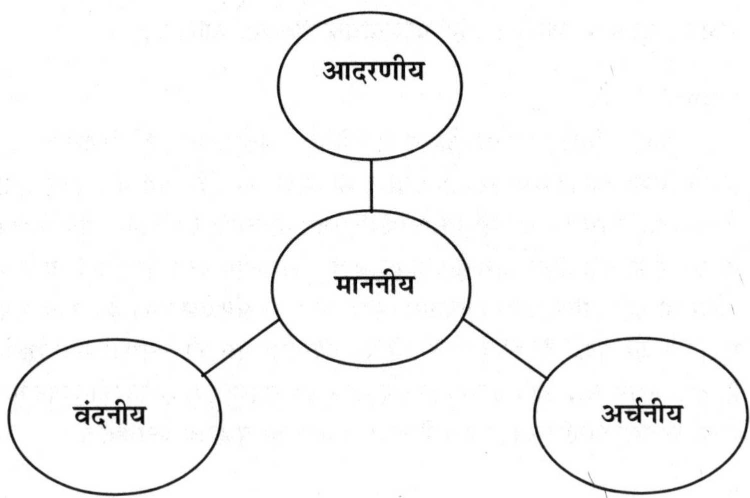

माननीय—माननीय अतिथि आनेवाले हैं।

प्रस्तुत उदाहरण समाज के विशेष्ट वर्ग से संबंधित मानसिक सकारात्मक मन:स्थिति का है। अभिधा शब्द-शक्ति तथा सत्त्वगुणी वृत्तिपरक है। गुणवाचक विशेषण तथा उच्च पदस्थ व्यक्ति विशेष से संबंधित सामाजिक संदर्भ का परिचायक है। प्राणिवाचक तथा वर्तमानकालिक है।

आदरणीय—आदरणीय स्थान पाने के लिए शुभ कर्म करो।

प्रस्तुत उदाहरण अच्छे आचरणजनित मानसिक/शारीरिक सकारात्मक स्थिति का है। व्यंजना शब्द-शक्ति तथा सत्त्वगुणी वृत्तिपरक है। गुणवाचक विशेषण तथा शुभ कर्मजनित सदाचार संबंधी सामाजिक संदर्भ का परिचायक है। अप्राणिवाचक तथा वर्तमानकालिक है।

अर्चनीय—परमेश्वर अर्चनीय है।

प्रस्तुत गुणातीत ईश्वर की अर्चना संबंधी मानसिक/शारीरिक सकारात्मक स्थिति का है। अभिधा शब्द-शक्ति तथा सत्त्वगुणी वृत्तिपरक है। गुणवाचक विशेषण तथा श्रद्धा एवं निष्ठा भाव जनित धार्मिक संदर्भ का परिचायक है। प्राणिवाचक तथा सार्वकालिक है।

वंदनीय—भारतमाता वंदनीय है।

प्रस्तुत उदाहरण राष्ट्रीय मातृ-भक्ति संबंधी मानसिक सकारात्मक स्थिति का है। अभिधा शब्द-शक्ति तथा सत्त्वगुणी वृत्तिपरक है। गुणवाचक विशेषण तथा

राष्ट्रप्रेम संदर्भ का परिचायक है। प्राणिवाचक तथा सार्वकालिक है।

विशेष

माननीय विशेषण सम्मानजनक अर्थ में प्रयोग किया जाता है। आदरणीय का प्रयोग किसी व्यक्ति/वस्तु/स्थान/आचरण का आदर करने के अर्थ में प्रयुक्त होता है। वास्तव में सम्मान का फलित रूप आदरणीय कहलाता है। वंदनीय गुण विशेष के कारण होता है, किंतु अर्चनीय और पूजनीय का प्रयोग उच्च गुणों के लिए मात्र आदर ही नहीं अपितु श्रद्धा, विश्वास और निष्ठा का समावेश होता है। वंदना हम गुणों की कर सकते हैं, किंतु अर्चना में प्रेम और विश्वास की अनुभूति साथ रहती है, तभी उसमें श्रद्धा भाव उत्पन्न होता है और हम मनुष्य उस शक्ति को/स्थान को मानवेतर और पारलौकिक संपदा से परिपूर्ण मान कर पूजनीय बना देते हैं।

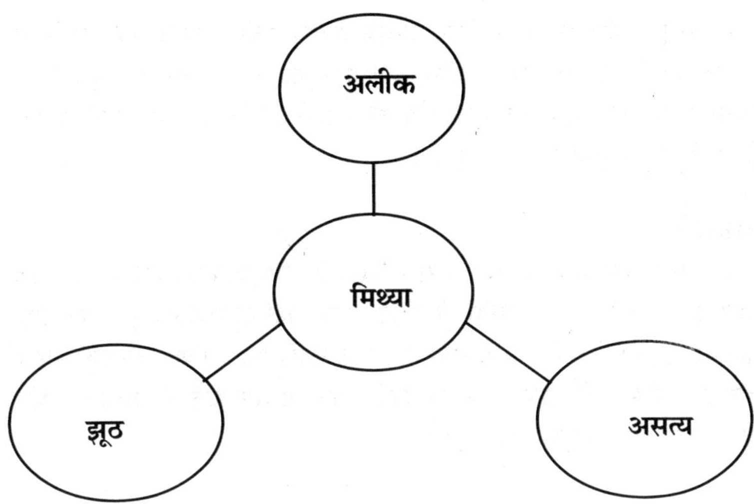

मिथ्या—मिथ्या आरोप मत लगाओ।

प्रस्तुत उदाहरण चेतावनीपरक नकारात्मक मानसिक स्थिति का है। अभिधा शब्द-शक्ति तथा रजोगुणी वृत्तिपरक है। गुणवाचक विशेषण तथा दोषारोपण से पूर्व सत्य/असत्य की पहचान संबंधी सामाजिक संदर्भ का द्योतक है। प्राणिवाचक तथा वर्तमानकालिक है।

अलीक— जो अलीक लीक है,
सुविज्ञ बन सुधार दो।

प्रस्तुत उदाहरण अमान्य/मिथ्या बातें सुधार हेतु प्रार्थनीय मानसिक नकारात्मक स्थिति का है। व्यंजना शब्द-शक्ति तथा रजोगुणी वृत्तिपरक है। गुणवाचक विशेषण तथा कारण/कार्य/आचरण/स्थिति-परिस्थितिजनक शैक्षिक/नैतिक सामाजिक संदर्भ का परिचायक है। अप्राणिवाचक तथा वर्तमानकालिक है।

असत्य—असत्य वचन क्लेश देते हैं।

प्रस्तुत उदाहरण वाणी संबंधी नकारात्मक शारीरिक स्थिति का है। अभिधा शब्द-शक्ति तथा रजोगुणी वृत्तिपरक है। गुणवाचक विशेषण तथा असंयत वाणी संबंधी नैतिक संदर्भ का परिचायक है। प्राणिवाचक तथा सार्वकालिक है।

झूठ— साँच बराबर तप नहीं,
झूठ बराबर पाप।

प्रस्तुत उदाहरण अवास्तविक असत्य स्थिति संबंधी नकारात्मक मानसिक स्थिति का है। अभिधा शब्द-शक्ति तथा तमोगुणी वृत्ति संबंधी है। गुणवाचक विशेषण तथा अपराध से भी गुरुतर पाप की संज्ञा से अभिहित संदर्भ का परिचायक है। प्राणिवाचक तथा सार्वकालिक है।

विशेष

मिथ्या और झूठा विशेषण में सूक्ष्म अंतर है। मिथ्या वचन/बातें/बहाने आदि हो सकते हैं, पर किसी जीवधारी के लिए प्रयुक्त नहीं हो सकता। झूठा जीवधारी के लिए प्रयुक्त होता है : जैसे—मिथ्या व्यक्ति नहीं, झूठा व्यक्ति। अलीक कारण होते हैं, व्यक्ति नहीं। असत्य कारण/कार्य/कथन/आचरण होते हैं, अलीक कथन या कार्य के लिए प्रयुक्त नहीं किया जाता।

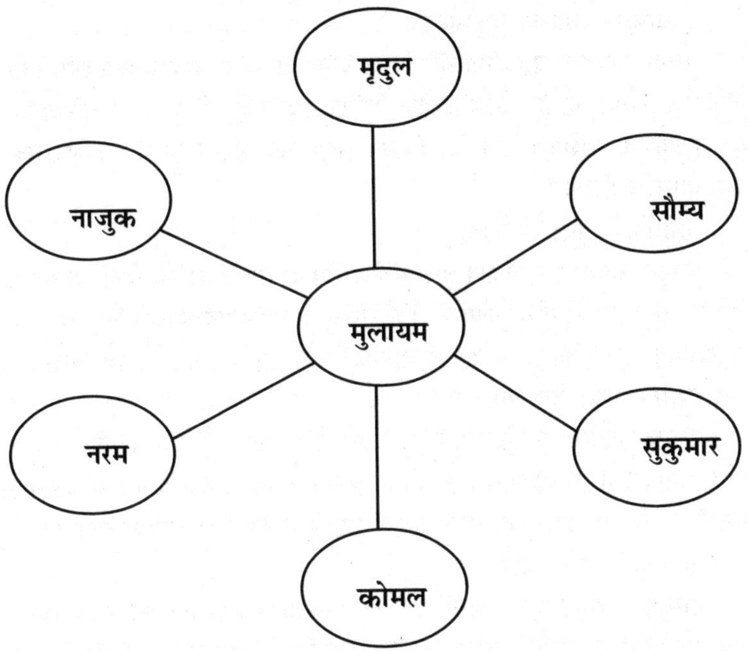

मुलायम—रजाई मुलायम है।

प्रस्तुत उदाहरण वस्तुनिष्ठ सकारात्मक स्थितिपरक है। अभिधा शब्द-शक्ति तथा रजोगुण वृत्ति संबंधी है। गुणवाचक विशेषण तथा वस्त्र-व्यापार संबंधी संदर्भ का परिचायक है। अप्राणिवाचक तथा वर्तमानकालिक है।

मृदुल—मृदुल स्वभाव सभी को भाता है।

प्रस्तुत उदाहरण स्वभावगत विशेषता संबंधी सकारात्मक मानसिक स्थिति है। लक्षणा शब्द-शक्ति तथा सत्त्वगुणी वृत्तिपरक है। गुणवाचक विशेषण तथा प्रशंसनीय वृत्ति संबंधी मनोवैज्ञानिक संदर्भ का परिचायक है। प्राणिवाचक तथा सार्वकालिक है।

सौम्य—युवती सौम्य है।

प्रस्तुत उदाहरण स्निग्ध/शांत/सुशील दर्शना का शारीरिक/मानसिक सकारात्मक स्थिति का है। लक्षणा शब्द-शक्ति तथा सत्त्वगुणी वृत्तिपरक है। गुणवाचक विशेषण तथा देहगुण जनित लक्षणों से संबंधित मानवीय संदर्भ का द्योतक है। प्राणिवाचक तथा वर्तमानकालिक है।

सुकुमार—बालक सुकुमार है।

प्रस्तुत उदाहरण देहजनित सौंदर्य तथा कोमलता जनित सकारात्मक शारीरिक/ मानसिक स्थिति का है। अभिधा शब्द-शक्ति तथा रजोगुणी वृत्ति का परिचायक है। गुणवाचक विशेषण तथा देह-विज्ञान संदर्भ का परिचायक है। प्राणिवाचक तथा वर्तमानकालिक है।

कोमल—फूल कोमल है।

प्रस्तुत उदाहरण जन्मजात वृत्ति संबंधी सकारात्मक शारीरिक स्थितिपरक है। अभिधा शब्द-शक्ति तथा रजोगुणी वृत्ति संबंधी है। गुणवाचक विशेषण तथा पुष्प के नैसर्गिक गुणजनित संदर्भ का परिचायक है। प्राणिवाचक तथा सार्वकालिक है।

नरम—नरम दिल बनो।

प्रस्तुत उदाहरण स्वभावजनित मानसिक सकारात्मक स्थिति का है। व्यंजना शब्द-शक्ति तथा सत्त्वगुणी वृत्तिपरक है। गुणवाचक विशेषण तथा मनुष्योचित गुण संबंधी मानव-धर्म संदर्भ का परिचायक है। प्राणिवाचक तथा सार्वकालिक है।

नाजुक—आँखें नाजुक हैं।

प्रस्तुत उदाहरण दृष्टि जन्य शारीरिक सकारात्मक स्थिति का है। अभिधा शब्द-शक्ति तथा रजोगुणी वृत्तिपरक है। गुणवाचक विशेषण तथा शरीर विज्ञान संदर्भ का परिचायक है। प्राणिवाचक तथा सार्वकालिक है।

विशेष

स्वभाव मृदुल होता है, सुकुमार नहीं। सुकुमार अंग होते हैं, मृदुल अथवा सौम्य नहीं। नरम दिल तथा कुछ अंग अथवा वस्तु होती है, नरम आँखें नहीं। वस्तु सुकुमार, मृदुल सौम्य नहीं होती। नाजुक स्थिति होती है, मुलायम नहीं। मुलायम वस्तु/शरीर के कुछ अंग आदि कहलाते हैं जैसे, हाथ बहुत मुलायम हैं, पर आँखें बहुत मुलायम हैं कहना अशुद्ध होगा। नाजुक स्थिति को मृदुल/सुकुमार तथा कोमल स्थिति नहीं कहा जा सकता।

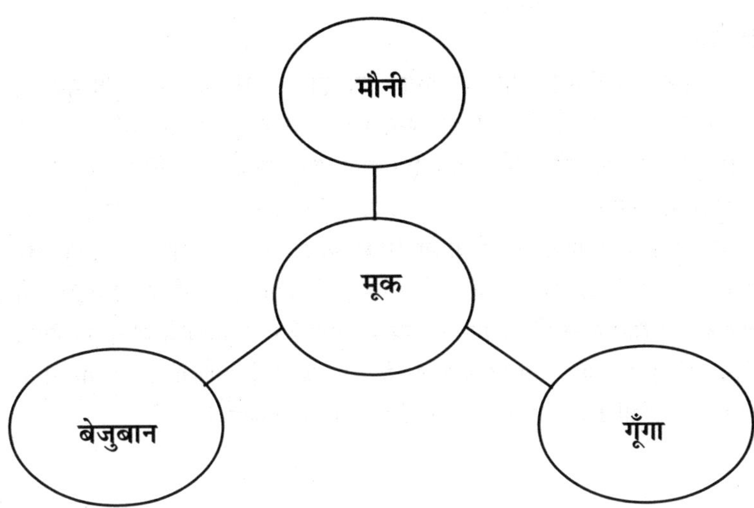

मूक—मूक पशु को मत मारो।

प्रस्तुत उदाहरण वाणी विहीन नकारात्मक स्थिति का है। अभिधा शब्द-शक्ति तथा सत्त्वगुणी वृत्तिपरक है। गुणवाचक विशेषण तथा नीतिपरक संदर्भ का परिचायक है। प्राणिवाचक तथा सार्वकालिक है।

मौनी—मौनी संत पधारे हैं।

प्रस्तुत उदाहरण किसी व्रत की पूर्ति हेतु सकारात्मक स्थितिपरक है। लक्षणा शब्द-शक्ति तथा सत्त्वगुणी वृत्तिपरक है। गुणवाचक विशेषण तथा संयम संदर्भ का परिचायक है। प्राणिवाचक तथा वर्तमानकालिक है।

गूँगा—भिखारी गूँगा है।

प्रस्तुत उदाहरण शारीरिक अक्षमता संबंधी नकारात्मक स्थिति का है। अभिधा शब्द-शक्ति तथा रजोगुणी वृत्तिपरक है। गुणवाचक विशेषण तथा रजोगुणी वृत्तिपरक है। गुणवाचक विशेषण तथा वाणी-विहीन असमर्थता संबंधी शारीरिक संदर्भ का परिचायक है। प्राणिवाचक तथा वर्तमानकालिक है।

बेजुबान—बेजुबान युवक को भीड़ ने पीट दिया।

प्रस्तुत उदाहरण सरल स्वभाव/मितभाषी अथवा विवशतावश चुप्पी साधने संबंधी नकारात्मक शारीरिक/मानसिक स्थिति का है। व्यंजना शब्द-शक्ति तथा रजोगुणी वृत्तिपरक है। गुणवाचक विशेषण तथा स्वभावगत वृत्ति संबंधी एवं विपरीत परिस्थितिजन्य सामाजिक संदर्भ का परिचायक है। प्राणिवाचक तथा भूतकालिक है।

विशेष

मूक और गूँगा विशेषण का प्रयोग एक ही अर्थ में नहीं होता। जो मूक है, वह सायास है और जो गूँगा है, वह जन्मजात है। कभी–कभी परिस्थिति वश मूक और गूँगा होना भी संभव होता है। गूँगा होना शारीरिक दोष है, किंतु जब उत्तर–प्रत्युत्तर में असमर्थता का भाव रहता है तब गूँगा/मूक हो गया प्रयुक्त होता है। कभी–कभी आकस्मिक शारीरिक/मानसिक आघात से भी वाणी की शक्ति छिन जाती है। अत्यधिक प्रसन्नता में वाणी अवरुद्ध हो जाती है। मौनी का प्रयोग किसी व्रत के हेतु सायास वाणी पर नियंत्रण किया जाता है। व्यंजनार्थ में मौनी का प्रयोग मितभाषी के रूप में भी किया जाता है। बेजुबान का प्रयोग शारीरिक असमर्थता के लिए अथवा बुद्धि कौशल के अभाव में प्रयुक्त किया जाता है।

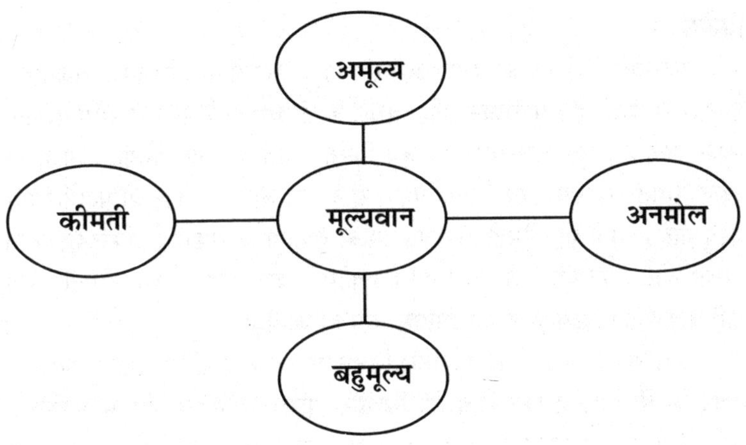

मूल्यवान—मूल्यवान विचारों की कद्र करो।

प्रस्तुत उदाहरण श्रेष्ठ विचारजन्य सकारात्मक मानसिक स्थिति का है। व्यंजना शब्द-शक्ति तथा सत्त्वगुणी वृत्तिपरक है। गुणवाचक विशेषण तथा मनुष्योचित नैतिक विचार संबंधी सामाजिक संदर्भ का द्योतक है। प्राणिवाचक तथा सार्वकालिक है।

कीमती और मूल्यवान एक ही सिक्के के दो पहलू हैं; जैसे—मूल्यवान विचार, इसी प्रकार कीमती ख्यालात, मूल्यवान वस्तु, कीमती चीज आदि।

अमूल्य—जीवन अमूल्य है।

प्रस्तुत उदाहरण जीवन क्रय-विक्रय शक्ति से परे सकारात्मक देहजनित स्थिति का है। अभिधा शक्ति तथा सत्त्वगुणी वृत्ति का द्योतक है। गुणवाचक विशेषण तथा मानवेतर शक्ति द्वारा प्रदत्त प्राणचेतना संबंधी पारलौकिक/धार्मिक संदर्भ का परिचायक है। प्राणिवाचक तथा सार्वकालिक है।

अनमोल—ममता अनमोल है।

प्रस्तुत उदाहरण मातृशक्ति की गरिमाजन्य मानसिक/शारीरिक सकारात्मक स्थिति का है। व्यंजना शब्द-शक्ति तथा सत्त्वगुणी वृत्ति का द्योतक है। गुणवाचक विशेषण तथा मातृशक्ति संदर्भ का परिचायक है। प्राणिवाचक तथा सार्वकालिक है।

बहुमूल्य—हीरा बहुमूल्य है।

प्रस्तुत उदाहरण उच्च कोटि का धातु होने के कारण अत्यधिक मूल्य संबंधी सकारात्मक वस्तु स्थितिपरक है। अभिधा शब्द-शक्ति तथा रजोगुणी वृत्ति का द्योतक है। गुणवाचक विशेषण तथा अधिकतम क्रय-विक्रय संबंधी धातु संदर्भ का परिचायक है। अप्राणिवाचक तथा सार्वकालिक है।

विशेष

मूल्यवान विशेषण का प्रयोग अर्थ (धन) के रूप में तथा विचार (व्यंजनार्थ) के रूप में करते हैं। मूल्यवान यदि विचार हैं तो व्यक्ति समाज में सम्मानजनक स्थान पाता है। मूल्यवान विशेषण जब किसी पदार्थ के लिए किया जाता है तो उसके समतुल्य मूल्य देकर उसकी प्राप्ति सुलभ हो जाती है। कोई भी पदार्थ/चित्र/वस्तु चाहे कितनी भी कीमती हो उसका मूल्य चुकाया जा सकता है, किंतु मूल्यवान विचार जीवन की दिशा ही बदल देते हैं। कीमती वक्त कहकर हम कीमती समय नहीं कह पाते। इससे भाषा की मिठास कम हो जाती है।

अमूल्य/अनमोल विशेषण आचार/विचार/व्यवहार/पद/गरिमा/श्रेष्ठता/शालीनता आदि के लिए ही प्रयुक्त होता है। विचारों/आचरण तथा व्यवहार में गुणात्मक घनत्व तथा सत्त्वगुण से आवृत्त होने के कारण अनमोल/अमूल्य विशेषण का प्रयोग होता है। इसके प्रयोग से व्यक्ति सत्त्व गुण की उच्चतम श्रेणी में आ खड़ा होता है। जहाँ से आगे कुछ नहीं होता। इस श्रेणी के विचार/पदार्थ/वस्तु/आचरण तथा व्यवहार आदि सभी कुछ सात्त्विक होते हैं तथा सब काल/स्थान में मनुष्यों को प्रिय लगते हैं। इस विशेषण की तुलना भौतिक वस्तु से नहीं की जाती। हाँ, इससे प्रेरणा लेकर मनुष्य साधारण से असाधारण अवश्य बन जाता है। अनमोल/अमूल्य विशेषण की श्रेणी में उपहार/प्यार/पुस्तक/विचार/संपदा पदार्थ आदि आते हैं।

बहुमूल्य विशेषण बहुत अधिक संपदा देकर प्राप्त होनेवाली वस्तु के लिए प्रयुक्त होता है। मूल्यवान शब्द साधारण से अधिक मूल्य देकर प्राप्त कर सकते हैं, किंतु मूल्यवान शब्द बहुमूल्य से इतर है।

बहुमूल्य विशेषण का प्रयोग विचार/परामर्श आदि के लिए जब प्रयुक्त होता है तो सब प्रचार/विचार/परामर्श का सम्मान करते हैं।

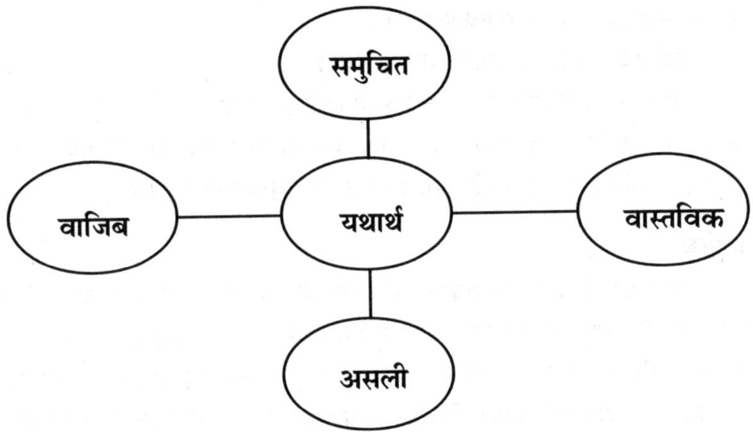

यथार्थ—यथार्थ घटना ही विश्वास के योग्य है।

प्रस्तुत उदाहरण सकारात्मक स्थितिपरक है। अभिधा शब्द-शक्ति तथा रजोगुणी वृत्ति का द्योतक है। गुणवाचक विशेषण तथा परिस्थिति जन्य विचारणीय सामाजिक संदर्भ का परिचायक है। प्राणिवाचक तथा वर्तमानकालिक है।

समुचित—समुचित मालाएँ लेकर आना।

प्रस्तुत उदाहरण स्वागत/पूजन-अर्चना संबंधी सकारात्मक स्थिति का है। अभिधा शब्द-शक्ति तथा सत्त्वगुणी वृत्तिपरक है। गुणवाचक विशेषण तथा आदेशात्मक धार्मिक संदर्भ का परिचायक है। अप्राणिवाचक तथा वर्तमानकालिक है।

वास्तविक—वास्तविक दृश्य भयानक है।

प्रस्तुत उदाहरण कल्पना से परे सत्यता की नकारात्मक स्थिति का है। अभिधा शब्द-शक्ति तथा तमोगुणी वृत्तिपरक है। गुणवाचक विशेषण तथा वीभत्स दृश्य संबंधी अपराध जगत् का सामाजिक संदर्भ है। अप्राणिवाचक तथा वर्तमानकालिक है।

असली—असली सोना है।

प्रस्तुत उदाहरण धातु की वास्तविकता संबंधी सकारात्मक स्थिति का है। अभिधा शब्द-शक्ति तथा रजोगुणी वृत्तिपरक है। गुणवाचक विशेषण तथा मूल्यवान धातु संबंधी व्यापारिक संदर्भ का परिचायक है। अप्राणिवाचक तथा वर्तमानकालिक है।

असली सोना है, कथन को हम सच्चा आदमी के रूप में भी ले सकते हैं। तब इसका विश्लेषण भिन्न होगा। किसी-किसी व्यक्ति के चरित्र/आचरण संबंधी सकारात्मक स्थितिपरक है। व्यंजना/लक्षणा शब्द-शक्ति तथा सत्त्वगुणी वृत्ति का परिचायक है। गुणवाचक विशेषण तथा सदाचारजनित नैतिक संदर्भ का परिचायक

है। प्राणिवाचक तथा वर्तमानकालिक है।

वाजिब—वाजिब बात तो माननी पड़ेगी।

प्रस्तुत उदाहरण उचित–कथनपरक सकारात्मक स्थिति का है। अभिधा शब्द–शक्ति तथा रजोगुणी वृत्तिपरक है। गुणवाचक विशेषण तथा औचित्यपूर्ण कथन संबंधी सामाजिक संदर्भ का है। प्राणिवाचक तथा वर्तमानकालिक है।

विशेष

जो यथार्थ है वह सत्यपरक है। समुचित और वास्तविक में सबसे बड़ा अंतर मात्रा का है। समुचित विशेषण समयानुसार/कथनानुसार/कार्यानुसार उचित मात्रा की ओर संकेत करता है, जबकि वास्तविक जस का तस की ओर संकेतित होता है। असली विशेषण में अवास्तविकता का कोई स्थान नहीं होता। वाजिब विशेषण के प्रयोग में मान्य भावना स्वीकार्य होती है। वाजिब भावपरक है। वाजिब बात होती है सोना, चाँदी नहीं।

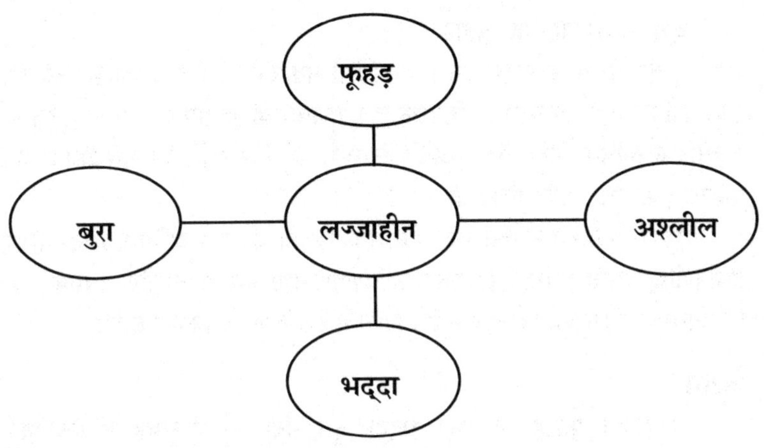

लज्जाहीन—लज्जाहीन आचरण अक्षम्य है।

प्रस्तुत उदाहरण नकारात्मक स्थितिपरक है। व्यंजना शब्द-शक्ति तथा तमोगुण वृत्ति का सूचक है। गुणवाचक विशेषण तथा सामाजिक/राजनैतिक/ऐतिहासिक/धार्मिक आदि सभी संदर्भों में अनुपयोगी है। प्राणिवाचक तथा सार्वकालिक है।

फूहड़— फूहड़ योजना बनी है।
बालिका फूहड़ है। कोई काम ठीक से नहीं कर पाती।

पहला उदाहरण बुद्धि-कौशल के अभाव संबंधी नकारात्मक स्थिति है। व्यंजना शब्द-शक्ति तथा रजोगुणी वृत्तिपरक है। गुणवाचक विशेषण तथा सामाजिक संदर्भ का परिचायक है। अप्राणिवाचक तथा वर्तमानकालिक है। दूसरा उदाहरण कार्य-कुशलता संबंधी नकारात्मक मानसिक/शारीरिक स्थितिपरक है। अभिधा शब्द-शक्ति तथा रजोगुणी वृत्ति संबंधी है। गुणवाचक विशेषण तथा कार्य कौशल संदर्भ का परिचायक है। प्राणिवाचक तथा वर्तमानकालिक है।

भद्दा—चित्र भद्दा है। दीवार से उतार दो।

प्रस्तुत उदाहरण वस्तुपरक नकारात्मक स्थिति का है। व्यंजना शब्द-शक्ति तथा रजोगुणी/तमोगुणी वृत्ति का सूचक है। गुणवाचक विशेषण तथा व्यंग्यार्थ में असभ्य/सामाजिक निषेधों से युक्त संदर्भ का द्योतक है। अभिधेयार्थ में असुंदर, कला विहीन, बिगड़ा हुआ है। तब अभिधा शब्द-शक्ति तथा रजोगुणी वृत्ति का परिचायक होगा। कला जगत् का नकारात्मक स्थितिपरक होगा तथा गुणवाचक विशेषण तथा कला जगत् संदर्भ का द्योतक और अप्राणिवाचक तथा प्रसंगानुसार भूत, भविष्य, वर्तमान काल का परिचायक एवं अप्राणिवाचक होगा।

बुरा—बुरी बात मत सुनो।

प्रस्तुत प्रथम उदाहरण आचरण संबंधी नकारात्मक स्थिति का है। व्यंजना शब्द-शक्ति तथा तमोगुणी वृत्तिपरक है। गुणवाचक विशेषण तथा सामाजिक/राजनैतिक/धार्मिक/ऐतिहासिक आदि लगभग सभी संदर्भों का परिचायक है। प्राणिवाचक तथा सार्वकालिक है।

दूसरा उदाहरण नकारात्मक शारीरिक स्थिति का है। अभिधा शब्द-शक्ति तथा रजोगुणी वृत्ति संबंधी है। गुणवाचक विशेषण तथा अमान्य/अस्वीकार्य सामाजिक निषेधात्मक संदर्भ का परिचायक है। प्राणिवाचक तथा सार्वकालिक है।

विशेष

लज्जाहीन, फूहड़, अश्लील, भद्दा, बुरा, गंदा एक ही समूह के शब्द होने पर भी प्रयोग में अर्थांतर होने के कारण समान अर्थी नहीं हैं। लज्जाहीन विशेषण का प्रयोग भाव/आचरण/प्रदर्शन आदि के लिए प्रयुक्त होता है, जबकि अश्लील शब्द सामाजिक निषेधों से युक्त, मान्यताओं एवं वर्जनाओं में बँधे प्रदर्शन/आचरण/कथन में निम्नतर कोटि का माना जाता है। भद्दा विशेषण का प्रयोग अरुचिकर/कलाविहीन सभ्य समाज के लिए अनुपयुक्त, सौंदर्य विहीन होता है। गंदा वही है, जो स्वच्छ नहीं है। स्वच्छ वही है, जो उसी रूप में सर्वमान्य है। चादर गंदी है में गंदा शब्द अस्वच्छता का अर्थ देता है, किंतु जब हम काम अथवा बात के लिए कहते हैं, जो गंदा शब्द अनैतिक सामाजिक मान्यताओं में निषेधकारी अहितकारी अर्थ देता है। वस्तु को गंदा कहने से वस्तु की कोटि, उसकी स्थिति (दशा) आदि कहते हैं। फूहड़ शब्द का प्रयोग कथन/आचरण प्रदर्शन/प्रबंधन आदि में होता है, जो प्रसंगानुसार योजनाबद्ध नहीं होता। समयानुकूल या स्थिति/परिस्थिति के अनुकूल नहीं होता। कलाविहीन होता है तथा समयानुकूल नहीं होता।

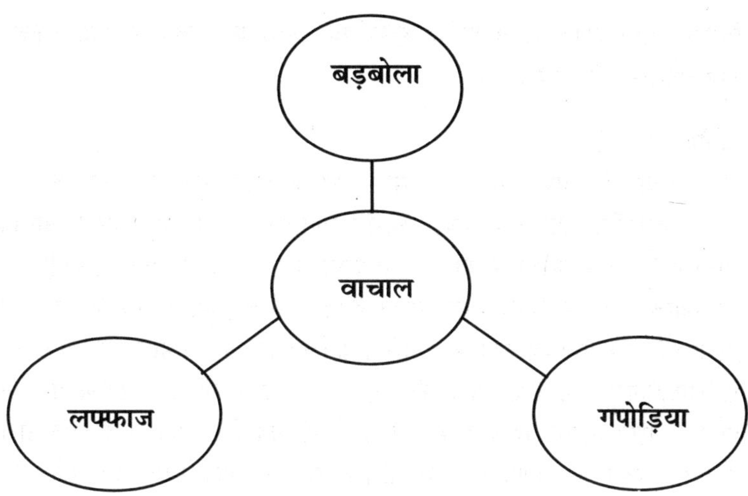

वाचाल—वाचाल युवक ने दादाजी की हर बात काट दी।

प्रस्तुत उदाहरण वाणी संबंधी नकारात्मक स्थितिपरक है। व्यंजना शब्द-शक्ति तथा रजोगुणी वृत्ति का परिचायक है। गुणवाचक विशेषण तथा अनियंत्रित वाणी प्रयोग संबंधी सामाजिक संदर्भ का परिचायक है। प्राणिवाचक तथा भूतकालिक है।

बड़बोला—बड़बोला व्यक्ति हँसी का पात्र होता है।

प्रस्तुत उदाहरण अविश्वसनीय बातों संबंधी मानसिक/शारीरिक नकारात्मक स्थिति का है। व्यंजना शब्द-शक्ति तथा रजोगुणी वृत्ति का द्योतक है। गुणवाचक विशेषण तथा व्यंग्य का पात्र व्यक्ति-विशेष संबंधी सामाजिक/नैतिक संदर्भ का परिचायक है। प्राणिवाचक तथा सार्वकालिक है।

गपोड़िया—गपोड़िया व्यक्ति विश्वसनीय नहीं होता।

प्रस्तुत उदाहरण अर्थहीन बातों संबंधी नकारात्मक मानसिक स्थिति का है। व्यंजना शब्द-शक्ति तथा रजोगुणी वृत्तिपरक है। गुणवाचक विशेषण तथा अविश्वसनीय स्थितिपरक सामाजिक/नैतिक संदर्भ का परिचायक है। प्राणिवाचक तथा सार्वकालिक है।

लफ्फाज—सुरेश लफ्फाज है।

प्रस्तुत उदाहरण बड़ी-बड़ी अर्थहीन बातें संबंधी नकारात्मक मानसिक स्थिति का है। व्यंजना शब्द-शक्ति तथा रजोगुणी वृत्ति का परिचायक है। गुणवाचक

विशेषण तथा वाणी चातुर्य संबंधी सामाजिक संदर्भ का द्योतक है। प्राणिवाचक तथा वर्तमानकालिक है।

विशेष

वाचाल विशेषण असंभव को संभव कर दिखाने में गुणी व्यक्तियों के बीच अपनी गहरी पैठ प्रदर्शित करने के अर्थ में प्रयुक्त होता है। बड़बोला व्यक्ति अत्यंत साधारण स्थिति/ज्ञान/सामर्थ्य होने पर भी प्रकट में स्वयं को सामर्थ्यवान, ज्ञानी तथा हर स्थिति का सामना करने योग्य दरशाता है। हर वर्ग के लोगों के समकक्ष स्वयं को दरशाता है। यह विशेषण सभी जीवधारियों के लिए प्रयुक्त नहीं होता। केवल मनुष्य के लिए होता है। गपोड़िया व्यक्ति की हर बात असंभव को संभव करने तथा अर्थहीन होती है। ऐसा व्यक्ति यथार्थ से हटकर सपनों में जीता है। मिथ्या व कल्पित बातों से मन बहलाता है। लफ्फाज व्यक्ति केवल शब्दों का जाल पिरोता है। बातों-ही-बातों में करोड़ों का व्यापार, अत्यधिक लाभ अकल्पनीय सामर्थ्य/साहस/चातुर्य दरशाता है। संक्षेप में हम कह सकते हैं कि लफ्फाज केवल बातों की खाता है।

लफ्फाज व्यक्ति का वाणी चातुर्य कलात्मक होता है। ऐसा व्यक्ति घुमा-फिराकर अपनी बात मनवाने में सफल हो जाता है। बड़बोला विशेषण अपनी महानता प्रदर्शन के लिए बड़ी-बड़ी अनहोनी बातें करता है। वाचाल स्वयं को बुद्धिमान समझते हुए सबकी बातों में दोष/कमियाँ निकालने में नहीं चूकता। गपोड़ी विश्वसनीय बातें/प्रकरण/स्थिति की उपस्थिति दरशाकर प्रभावित करने की चेष्टा करता है।

उपरोक्त सभी विशेषण समाज द्वारा स्वीकृत मान्यताओं पर खरे नहीं समझे जाते।

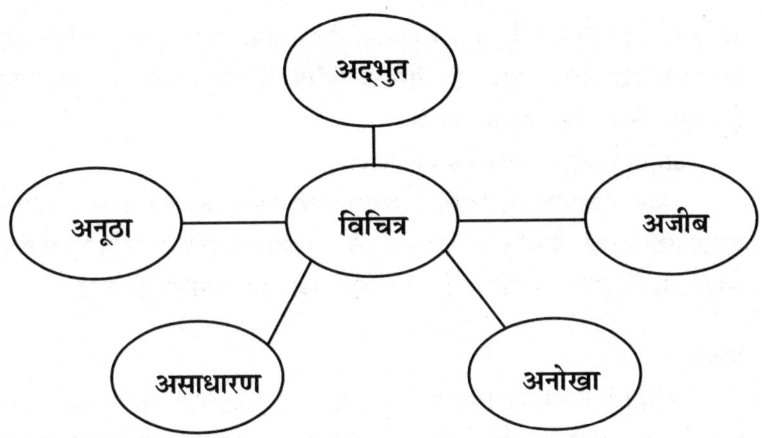

विचित्र—विचित्र जीव को देखकर सभी हैरान थे।

प्रस्तुत उदाहरण आश्चर्यमिश्रित शारीरिक सकारात्मक स्थिति का है। लक्षणा शब्द-शक्ति तथा रजोगुणी वृत्तिपरक है। गुणवाचक विशेषण तथा वैचित्र्य रूप संबंधी जीवविज्ञान संदर्भ का द्योतक है। प्राणिवाचक तथा भूतकालिक है।

अद्‌भुत—अद्‌भुत प्राणी दिखाई दिया है। शायद दूसरी दुनिया से आया है।

प्रस्तुत उदाहरण वैचित्र्य जीव संबंधी सकारात्मक शारीरिक स्थिति का है। लक्षणा शब्द-शक्ति तथा रजोगुणी वृत्तिपरक है। गुणवाचक विशेषण तथा दृष्टि वैचित्र्य संबंधी अंतरिक्ष संदर्भ का परिचायक है। प्राणिवाचक तथा वर्तमानकालिक है।

अजीब—अजीब पहाड़ी है। मिट्‌टी से बनी है।

प्रस्तुत उदाहरण दृश्यपरक सकारात्मक स्थिति का है। लक्षणा शब्द-शक्ति तथा रजोगुणी वृत्तिपरक है। गुणवाचक विशेषण तथा प्राकृतिक संदर्भ का परिचायक है। अप्राणिवाचक तथा वर्तमानकालिक है।

अनोखी—पोशाक अनोखी है। कहाँ से खरीदी?

प्रस्तुत उदाहरण लीक से हट कर डिजाइन संबंधी वस्तुपरक नकारात्मक/सकारात्मक स्थितिपरक है। व्यंजना शब्द-शक्ति तथा रजोगुणी वृत्तिपरक है। गुणवाचक विशेषण तथा कलात्मक संदर्भ का परिचायक है। अप्राणिवाचक तथा वर्तमानकालिक है।

असाधारण—असाधारण व्यक्तित्व चमत्कृत करता है।

प्रस्तुत उदाहरण विशिष्ट शारीरिक/मानसिक चारीत्रिक विशेषता संबंधित

सकारात्मक स्थितिपरक है। व्यंजना शब्द-शक्ति तथा सत्त्वगुणी वृत्ति का परिचायक है। गुणवाचक विशेषण तथा दृष्टि वैचित्र्य संबंधी सामाजिक संदर्भ का परिचायक है। प्राणिवाचक तथा सार्वकालिक है।

अनूठा—अनूठा चित्र किसने बनाया?

प्रस्तुत उदाहरण कला संबंधी सकारात्मक स्थिति का है। अभिधा शब्द-शक्ति तथा सत्त्वगुणी वृत्ति का परिचायक है। गुणवाचक विशेषण तथा कलात्मक सौंदर्य संबंधी संदर्भ का द्योतक है। अप्राणिवाचक तथा वर्तमानकालिक है।

विशेष

विचित्र विशेषण मानसिक/शारीरिक स्थिति का आश्चर्य उत्पन्न करनेवाला सकारात्मक नकारात्मक गुण है। यह जड़-चेतन, दृश्य, पदार्थ, मनोविकार सबके लिए प्रयुक्त होता है। असाधारण विशेषण व्यक्तित्व/शौर्य/सहनशीलता/विशिष्ट मन:स्थितिपरक सभी-जीवधारियों के लिए प्रयुक्त होता है।

असाधारण और विचित्र एक ही वर्ग के समान अर्थी होते हुए एक ही अर्थ में प्रयुक्त नहीं होते। असाधारण में समता का अभाव है तो विचित्र में आश्चर्य तथा वैचित्र्य गुण है। विचित्र चट्टान, असाधारण चट्टान नहीं हो सकती। असाधारण चरित्र, विचित्र व्यक्तित्व के अर्थ में नहीं हो सकता। अजीब और अनोखा एक ही अर्थ में नहीं होता यथा—अजीब पक्षी है, अनोखा पक्षी है, अजीब में नकारात्मक गुण भी हो सकता है, जबकि अनोखा में आश्चर्यमिश्रित सकारात्मक गुण होता है।

अनूठा—अद्भुत में भी सूक्ष्म अंतर है। अनूठा सौंदर्य युक्त है तथा अद्भुत में लीक से हटकर वैचित्र्य होता है।

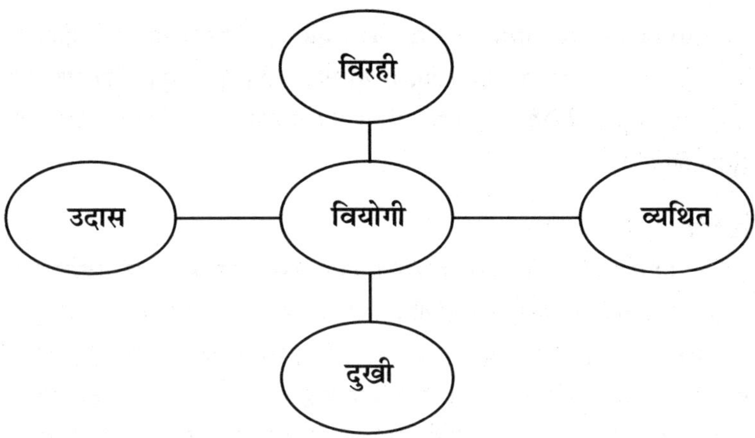

वियोगी—वियोगी नायिका मूर्छित हो गई।

वियोगी का अर्थ है साथ में न रहना। वि + योग अर्थात् संग-साथ का अभाव। प्रस्तुत उदाहरण पीड़ाजनित नकारात्मक मानसिक स्थिति का है। व्यंजना शब्द-शक्ति तथा रजोगुणी वृत्तिपरक है। गुणवाचक विशेषण तथा श्रृंगार रस के वियोगजनित भाव संदर्भ का परिचायक है। प्राणिवाचक तथा भूतकालिक है।

विरही—विरही युवक विक्षिप्त हो गया।

प्रस्तुत उदाहरण विरहजन्य शारीरिक/मानसिक नकारात्मक स्थिति का है। अभिधा शब्द-शक्ति तथा रजोगुणी वृत्तिपरक है। गुणवाचक विशेषण तथा प्रिय से दूर रहने की स्थिति के कारण स्वास्थ्य संबंधी नकारात्मक सामाजिक संदर्भ का परिचायक है। प्राणिवाचक तथा भूतकालिक है।

व्यथित—व्यथित वृद्धा कुछ भी नहीं बोल पाई।

प्रस्तुत उदाहरण शारीरिक/मानसिक नकारात्मक स्थिति का है। व्यंजना शब्द-शक्ति तथा रजोगुणी वृत्तिपरक है। गुणवाचक विशेषण तथा पीड़ा का घनत्व संबंधी शारीरिक संदर्भ का परिचायक है। प्राणिवाचक तथा भूतकालिक है।

दुखी—दुखी बच्चा अचानक रोने लगा।

प्रस्तुत उदाहरण अकस्मात् स्मृतिजन्य वेदना के कारण नकारात्मक शारीरिक/मानसिक स्थिति का है। व्यंजना शब्द-शक्ति तथा रजोगुणी वृत्तिपरक है। गुणवाचक विशेषण तथा मनोविज्ञान संदर्भ का परिचायक है। प्राणिवाचक तथा भूतकालिक है।

उदास—उदास दादी एकाएक रोने लगीं।

प्रस्तुत उदाहरण परिस्थितिजन्य नकारात्मक शारीरिक/मानसिक स्थितिपरक है। अभिधा शब्द-शक्ति तथा रजोगुणी वृत्तिपरक है। गुणवाचक विशेषण तथा पीड़ा का घनत्व संबंधी मनोविज्ञान संदर्भ का परिचायक है। प्राणिवाचक तथा भूतकालिक है।

विशेष

वियोग विशेषण में अलगाव स्थिति का प्राधान्य रहता है। विरही विशेषण में स्मृति के कारण होनेवाली टीस होती है। व्यथित में पीड़ा का घनत्व है, जो हृदय को मथता रहता है। दुखी अभाव से उत्पन्न भाव जो उपरोक्त तीनों विशेषणों से इतर है। उदास स्थिति को अपने चारों ओर कुछ भी अच्छा नहीं सुहाता। किसी वस्तु/पदार्थ/व्यक्ति/कारण/कार्य/कथन/आचरण आदि के मनोनुकूल न होने की स्थिति में दु:ख होता है। उदासी की भावना दु:ख से इतर है। उदासी सतही और क्षणिक होती है, किंतु दु:ख में विचलित होने का भाव होता है।

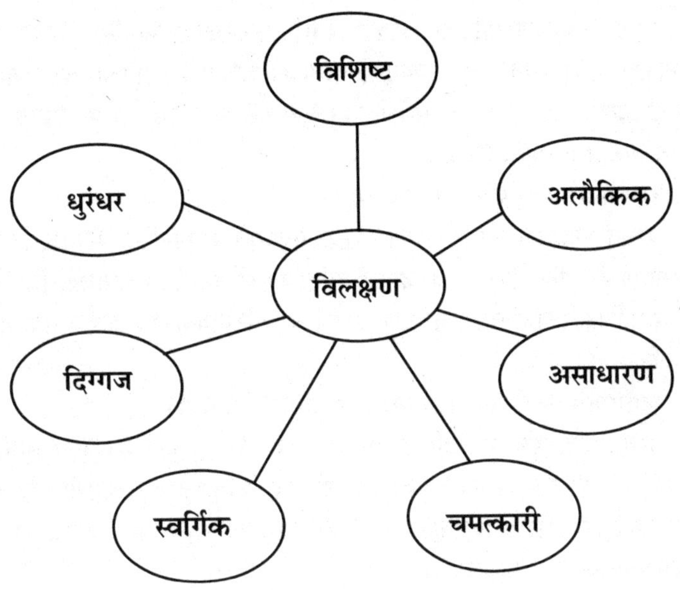

विलक्षण—विलक्षण बालक है।

प्रस्तुत उदाहरण असाधारण मानसिक/शारीरिक सकारात्मक स्थिति का है। व्यंजना शब्द-शक्ति तथा सत्त्वगुणी/रजोगुणी वृत्ति का द्योतक है। गुणवाचक विशेषण तथा गुणात्मक घनत्व संबंधी मनोविज्ञान संदर्भ का परिचायक है। प्राणिवाचक तथा सार्वकालिक है।

विशिष्ट—विशिष्ट अतिथि का स्वागत करो।

प्रस्तुत उदाहरण विशेष योग्यता संबंधी उच्च पदस्थ अथवा कारण विशेष संबंधी सकारात्मक शारीरिक/मानसिक स्थिति का है। अभिधा शब्द-शक्ति तथा रजोगुणी वृत्ति का द्योतक है। गुणवाचक विशेषण तथा प्रतिष्ठामूलक सामाजिक संदर्भ का सूचक है। प्राणिवाचक तथा सार्वकालिक है।

अलौकिक—अलौकिक प्रतिमा के दर्शन कर लो।

प्रस्तुत उदाहरण भौतिक जगत् से प्राप्त अनुभवों से परे सकारात्मक मानसिक स्थिति का है। व्यंजना शब्द-शक्ति तथा सत्त्वगुणी वृत्तिपरक है। गुणवाचक विशेषण तथा अद्भुत वास्तुकला संबंधी संदर्भ का परिचायक है। अप्राणिवाचक तथा सार्वकालिक है।

असाधारण—असाधारण प्रतिभा किसी-किसी को ही मिलती है।

प्रस्तुत उदाहरण बौद्धिक योग्यता संबंधी सकारात्मक मानसिक स्थिति का है। लक्षणा शब्द-शक्ति तथा रजोगुणी वृत्ति का द्योतक है। गुणवाचक विशेषण तथा बौद्धिक गुणों का घनत्व संबंधी जन्मजात प्रतिभा संदर्भ का परिचायक है। प्राणिवाचक तथा सार्वकालिक है।

चमत्कारी—भाषण चमत्कारी था।

प्रस्तुत उदाहरण वाणी कौशल संबंधी सकारात्मक मानसिक स्थिति का है। अभिधा शब्द-शक्ति तथा सत्त्वरजोगुणी वृत्ति का द्योतक है। गुणवाचक विशेषण तथा सामाजिक/राजनैतिक/प्रशासनिक संदर्भ का परिचायक है। प्राणिवाचक तथा भूतकालिक है।

स्वर्गिक—स्वर्गिक आनंद पाओ। प्रकृति से प्रेम करो।

प्रस्तुत उदाहरण पारलौकिक आनंद/सुख अर्थात् अतींद्रिय सुख संबंधी सकारात्मक मानसिक स्थिति का है। व्यंजना शब्द-शक्ति तथा सत्त्वगुणी वृत्ति का परिचायक है। गुणवाचक विशेषण तथा पारलौकिक सुख संबंधी संदर्भ का परिचायक है। प्राणिवाचक तथा सार्वकालिक है।

दिग्गज—दिग्गज कलाकार से मिलना आनंद की बात है।

प्रस्तुत उदाहरण श्रेष्ठतम शारीरिक/मानसिक प्रतिभा संबंधी सकारात्मक शारीरिक/मानसिक स्थिति का है। व्यंजना शब्द-शक्ति तथा सत्त्वगुणी वृत्ति का गुणवाचक विशेषण तथा कला जगत् संदर्भ का परिचायक है। प्राणिवाचक सार्वकालिक है।

धुरंधर—धुरंधर विद्वान् की बात सुनना आनंद देता है।

प्रस्तुत उदाहरण शिक्षा संबंधी सकारात्मक मानसिक स्थिति का द्योतक है। शब्द-शक्ति तथा सत्त्वगुणी वृत्ति का द्योतक है। गुणवाचक विशेषण तथा संबंधी संदर्भ का परिचायक है।

विशेष

से अर्थ ध्वनित होता है, विरल गुण। ऐसा मनुष्य सोच/विचार/कारण/कार्य/आचरण/कथन आदि सभी में कुछ अपर कोटि का होता है। विशिष्ट विशेषण व्यक्तिगत/सामाजिक प्रतिष्ठा तथा बुद्धि/व्यवहार कुशलता के लिए प्रयुक्त होता है। स्वर्गिक सुख/आनंद भौतिक जगत् से काल्पनिक सुख के लिए प्रयुक्त होता है, जहाँ आनंद और आत्मिक शांति की प्राप्ति होती है। असाधारण व्यक्ति/कार्य/कथन/आचरण सभी के लिए प्रयुक्त होता है। आलौकिक प्राणी/सुख/आनंद

आदि के लिए प्रयुक्त होता है। दिग्गज कार्य-कुशलता और धुरंधर गुरुत्व को प्राप्त प्रवीण का अर्थ देता है। चमत्कार शब्द से असंभव को संभव बनाने की शक्ति का पता चलता है।

विलक्षण गुणवाला मनुष्य सामान्य या साधारण नहीं। इसकी प्रकृति, प्रवृत्ति, गुण, लक्षण, क्रिया-कलाप ऐसी ओर संकेत करते हैं, जिनमें निरालापन पाया जाता है।

विशिष्ट विशेषण समाज में उच्च मान-सम्मान दरशाता है। संपूर्ण व्यक्तित्व में गुणात्मक घनत्व/समाज में आदर/उच्च मान-सम्मान, पद, धन-ऐश्वर्य, कलात्मक विचार-धारा तथा मानसिक दृष्टिकोण विरल होता है। विलक्षणता किसी भी जीवधारी, जड़ पदार्थ, भूमि, वास्तुकला, प्राकृतिक दृश्य आदि में पाई जाती है, किंतु विशिष्ट किसी जीवधारी के लिए ही प्रयुक्त होता है। विशिष्ट पर्व, सभा आदि के लिए भी प्रयुक्त होता है।

दिग्गज और धुरंधर विशेषण केवल मनुष्य जाति के लिए प्रयुक्त होता है। कलात्मक तथा शारीरिक, मानसिक ऊँचाइयों तक पहुँचने की ओर संकेत करता है। ऊँचाई भी ऐसी, जिसके आगे और कुछ नहीं होता।

अलौकिक भौतिक जगत् से परे मिलनेवाला सुख ही नहीं, अपितु संतोष भी है। क्योंकि वह क्षणभंगुर नहीं, अपितु स्थायी होता है। ऐसे सुख की समता किसी अन्य से नहीं होती।

स्वर्गिक सुख/आनंद भी भौतिक जगत् से परे होता है। यूँ तो स्वर्ग किसने देखा है हाँ, कल्पना में मिलने वाले अतुलनीय सुख से ही आनंदित हो जाते हैं। स्वर्गिक सुख एक निश्चित अवधि के बाद समाप्त हो जाता है। किंतु अलौकिक सुख स्थायी ही नहीं, चिरस्थायी रहता है। हम दोनों का सूक्ष्म अंतर ऐसे स्पष्ट करते हैं। स्वर्गिक सुख/आनंद मन से जुड़ा है और अलौकिक आनंद अंतःकरण/आत्मा से जुड़ा होता है।

चमत्कार में आश्चर्यमिश्रित परिणाम होता है। जो होता है, वह दिखाई नहीं देता और जो नहीं होता, वह अकस्मात् प्रकट हो जाता है। जो चमत्कारी है वह असाधारण हो सकता है, पर जो असाधारण है, वह चमत्कारी नहीं होता। असाधारण में गुण-विशेष निहित हैं, जिससे निश्चित सफलता मिलती है, किंतु चमत्कार अचानक उपस्थिति दरशाकर आश्चर्यचकित कर देता है, चाहे स्थिति अनुकूल न भी हो। असाधारण उत्तमावस्था से भी परे माना जाता है।

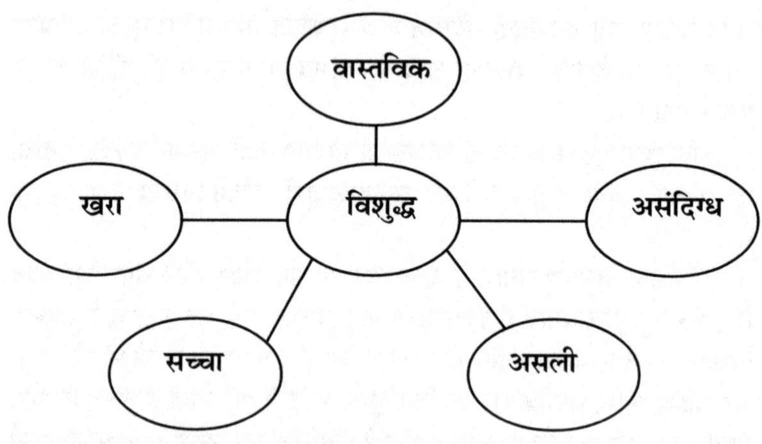

विशुद्ध—विशुद्ध चाँदी का गिलास है।

उपरोक्त उदाहरण वस्तुनिष्ठ सकारात्मक स्थिति का है। अभिधा शब्द-शक्ति तथा रजोगुणी वृत्तिपरक है। गुणवाचक विशेषण तथा वस्तुपरक गुणवत्ता संबंधी संदर्भ का द्योतक है। अप्राणिवाचक तथा वर्तमानकालिक है।

वास्तविक—वसीयत वास्तविक है।

प्रस्तुत उदाहरण वस्तुपरक सकारात्मक स्थिति का है। लक्षणा शब्द-शक्ति तथा रजोगुणी वृत्ति संबंधी है। गुणवाचक विशेषण तथा कानून संबंधी संदर्भ का परिचायक है। अप्राणिवाचक तथा वर्तमानकालिक है।

असंदिग्ध—निर्णय असंदिग्ध है, मानना ही पड़ेगा।

प्रस्तुत उदाहरण संदेह से परे नकारात्मक/सकारात्मक स्थिति का है। लक्षणा शब्द-शक्ति तथा रजोगुणी वृत्ति संबंधी है। गुणवाचक विशेषण तथा कानूनी संदर्भ का परिचायक है। प्राणिवाचक तथा वर्तमानकालिक है।

असली—असली हीरों का हार है।

प्रस्तुत उदाहरण वस्तुपरक सकारात्मक स्थिति का है। अभिधा शब्द-शक्ति तथा रजोगुणी वृत्ति का परिचायक है। गुणवाचक विशेषण तथा गुणवत्ता संबंधी संदर्भ का द्योतक है। अप्राणिवाचक तथा वर्तमान काल का द्योतक है।

सच्चा—सच्चा आदमी किसी से नहीं डरता।

प्रस्तुत उदाहरण व्यक्तिनिष्ठ सकारात्मक स्थिति का है। अभिधा शब्द-शक्ति तथा सत्त्वगुणी वृत्तिपरक है। गुणवाचक विशेषण तथा सत्य कथन/आचरण संबंधी सामाजिक संदर्भ का परिचायक है। प्राणिवाचक तथा सार्वकालिक है।

खरा—खरी बात बुरी नहीं लगनी चाहिए।

प्रस्तुत उदाहरण मानसिक स्थिति संबंधी सकारात्मक स्थिति का है। व्यंजना शब्द-शक्ति तथा सत्त्वगुणी वृत्तिपरक है। गुणवाचक विशेषण तथा साहसिक/ सामाजिक संदर्भ का परिचायक है। प्राणिवाचक तथा सार्वकालिक है।

विशेष

विशुद्ध तथा असली एक ही परिवार के समान अर्थी शब्द हैं, फिर भी एक सूक्ष्म अंतर है। जैसे—विशुद्ध शाकाहारी तथा असली बात। बात विशुद्ध नहीं कहलाती। ऐसे ही असली माता-पिता, विशुद्ध माता-पिता नहीं कहलाते।

सच्चा तथा खरा लगभग एक ही अर्थ के हैं, पर प्रयोग में भिन्नता है। जैसे—सच्ची बात सभी मानते हैं तथा खरी बात सभी मानते हैं। एक ही अर्थ नहीं देते। खरा सोना सच्चा सोना नहीं प्रयुक्त होता। असंदिग्ध और वास्तविक एक ही अर्थ ध्वनित नहीं करते। वास्तविक 'सही अर्थों में' के लिए प्रयुक्त होता है और असंदिग्ध, जिसमें संदेह की कुछ भी गुंजाइश न हो के लिए प्रयोग किया जाता है। स्वप्न सच्चा कहलाता है, खरा नहीं, असंदिग्ध नहीं, वास्तविक भी नहीं, विशुद्ध भी नहीं।

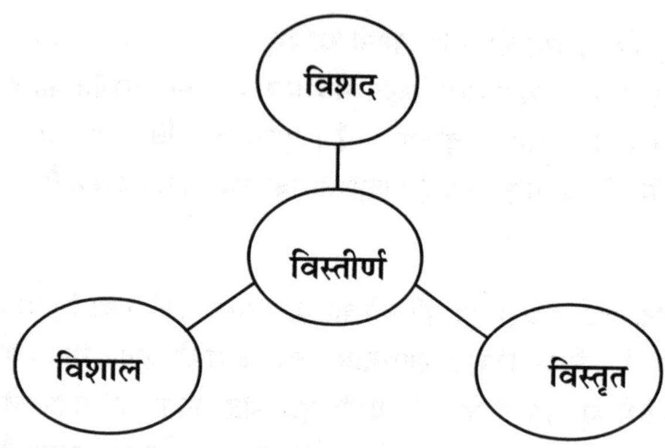

विस्तीर्ण—विस्तीर्ण आकाश अबोल था।

प्रस्तुत उदाहरण विरोधाभासी अर्थपरक नकारात्मक मानसिक स्थिति का द्योतक है। व्यंजना शब्द-शक्ति तथा रजोगुणी वृत्ति का परिचायक है। गुणवाचक विशेषण तथा दार्शनिक संदर्भ का परिचायक है। अप्राणिवाचक तथा भूतकालिक है।

विशद—पर्वतों का विशद वर्णन भव्य है।

प्रस्तुत उदाहरण प्राकृतिक सौंदर्य संबंधी शारीरिक सकारात्मक स्थिति का द्योतक है। व्यंजना शब्द-शक्ति तथा सत्त्वगुणी वृत्तिपरक है। गुणवाचक विशेषण तथा प्रकृति संबंधी संदर्भ का द्योतक है। अप्राणिवाचक तथा सार्वकालिक है।

विस्तृत—विस्तृत जलराशि चहुँओर थी।

प्रस्तुत उदाहरण आश्चर्यमिश्रित सकारात्मक शारीरिक स्थिति का द्योतक है। व्यंजना शब्द-शक्ति तथा सत्त्वगुणी वृत्तिपरक है। गुणवाचक विशेषण तथा अद्‌भुत प्राकृतिक दृश्य संबंधी संदर्भ है। प्राणिवाचक तथा भूतकालिक है।

विशाल—विशाल हृदय रखो। क्षमा करना भी सीखो।

प्रस्तुत उदाहरण सदाचरण रूपी सकारात्मक मानसिक स्थिति का द्योतक है। लक्षणा शब्द-शक्ति तथा सत्त्वगुणी वृत्ति का परिचायक है। गुणवाचक विशेषण तथा नीतिपरक उपदेशात्मक भौतिक संदर्भ का द्योतक है। प्राणिवाचक तथा सार्वकालिक है।

विशेष

विस्तीर्ण और विस्तृत में सूक्ष्म अंतर है। विस्तीर्ण आकाश, जलराशि तो होता है, किंतु विस्तृत वर्णन को हम विस्तीर्ण वर्णन नहीं कह सकते। इसी प्रकार विशद वर्णन, गाथा के स्थान पर विस्तीर्ण गाथा या वर्णन नहीं होता। विशाल हृदय होता है, विस्तृत अथवा विस्तीर्ण हृदय भी नहीं।

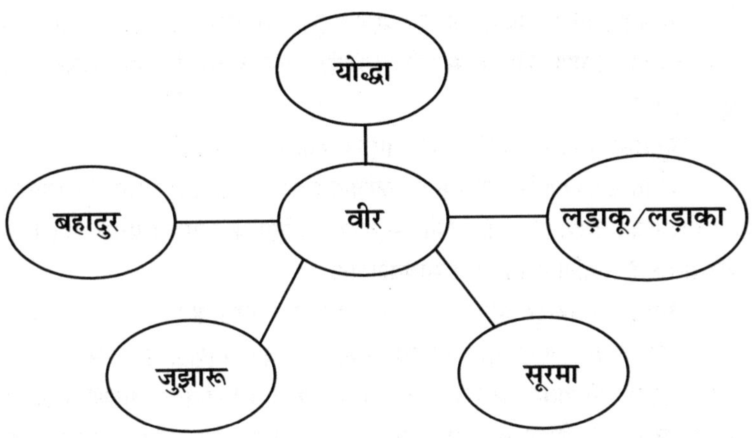

वीर—भारतीय वीर अद्‌भुत हैं।

प्रस्तुत उदाहरण शारीरिक/मानसिक सकारात्मक स्थिति का है। अभिधा शब्द-शक्ति तथा रजोगुणी वृत्तिपरक है। गुणवाचक विशेषण तथा राष्ट्रीय संदर्भ का सूचक है। प्राणिवाचक तथा सार्वकालिक है।

योद्धा—भारतीय योद्धा जान पर खेल कर देश की रक्षा करते हैं।

प्रस्तुत उदाहरण युद्ध-कौशल संबंधी शारीरिक/मानसिक सकारात्मक स्थिति का है। लक्षणा शब्द-शक्ति तथा रजोगुणी वृत्तिपरक है। गुणवाचक विशेषण तथा राष्ट्रीय सैन्य-बल संबंधी संदर्भ का परिचायक है। प्राणिवाचक तथा सार्वकालिक है।

लड़ाकू/लड़ाका —लड़ाकू विमान युद्ध में काम आते हैं।
—लड़ाका व्यक्ति से सभी दूर रहते हैं।

पहला उदाहरण वस्तुपरक सकारात्मक स्थिति का है। अभिधा शब्द-शक्ति तथा रजोगुणी वृत्ति संबंधी है। गुणवाचक विशेषण तथा राष्ट्रीय सैन्य बलपरक संदर्भ का द्योतक है। अप्राणिवाचक तथा सार्वकालिक है।

दूसरा उदाहरण व्यक्तिपरक है तथा शारीरिक/मानसिक नकारात्मक स्थिति का है। अभिधा शब्द-शक्ति तथा तमोगुणी वृत्ति संबंधी है। गुणवाचक विशेषण तथा दुष्ट वृत्ति संबंधी सामाजिक संदर्भ का परिचायक है। प्राणिवाचक तथा वर्तमानकालिक है।

सूरमा—सूरमा महाराणा प्रताप रणनीति में कुशल थे।

प्रस्तुत उदाहरण रणबाँकुरे संबंधी युद्धकला में निपुण शारीरिक सकारात्मक

स्थितिपरक है। अभिधा शब्द-शक्ति तथा रजोगुणी वृत्तिपरक है। गुणवाचक विशेषण तथा व्यक्ति- विशेष सैनिक संबंधी राजनीति जन्य संदर्भ है। प्राणिवाचक तथा भूतकालिक है।

जुझारू—जुझारू व्यक्ति के लिए समस्या होती ही नहीं है।

प्रस्तुत उदाहरण स्थितिपरक है। व्यंजना शब्द-शक्ति तथा रजोगुणी वृत्तिपरक है। गुणवाचक विशेषण तथा अपने अनुकूल स्थितिपरक समस्या प्रधान संदर्भ का परिचायक है। प्राणिवाचक तथा सार्वकालिक है।

बहादुर—बहादुर बच्चों को सरकार पुरस्कृत करती है।

प्रस्तुत उदाहरण प्रतिकूल समस्यापरक घटना को अनुकूल बनाने में मानसिक तथा शारीरिक सकारात्मक स्थिति का है। अभिधा शब्द-शक्ति तथा रजोगुणी वृत्तिपरक है। गुणवाचक विशेषण तथा साहसपूर्ण करतब संबंधी राष्ट्रीय पुरस्कार वितरण संदर्भ का द्योतक है। प्राणिवाचक तथा सार्वकालिक है।

विशेष

वीर विशेषण कारण/कार्य/कथन/आचरण/स्थिति विशेष आदि में प्रयुक्त होता है। योद्धा शब्द व्यक्तिपरक है, जो युद्ध करने में अत्यंत कुशल है। शारीरिक शक्तिबल प्रयोग से शत्रु को हराने में कुशल होता है। लड़ाकू/लड़ाका विशेषण मनुष्य तथा अन्य जीवधारियों के लिए भी प्रयुक्त होता है। लड़ाई अस्त्र-शस्त्रों से ही नहीं होती, जबानी लड़ाई (शब्दों वाली) भी होती है। लड़ाका होना मानसिक बीमारी भी होती है। बात-बात पर चिढ़ना और लड़ाई करनेवाला भी लड़ाका कहलाता है। सूरमा शूरवीर के लिए प्रयुक्त होता है; जो शौर्यशाली है, पराक्रमी है और बहादुर है। जुझारू विशेषण बाधाओं से बिना घबराए लगातार अपने लक्ष्य तक पहुँचने का यत्न करता है। बहादुर शब्द सतही है। किसी भी तरह के भय से डरे बिना आगे बढ़ता रहता है।

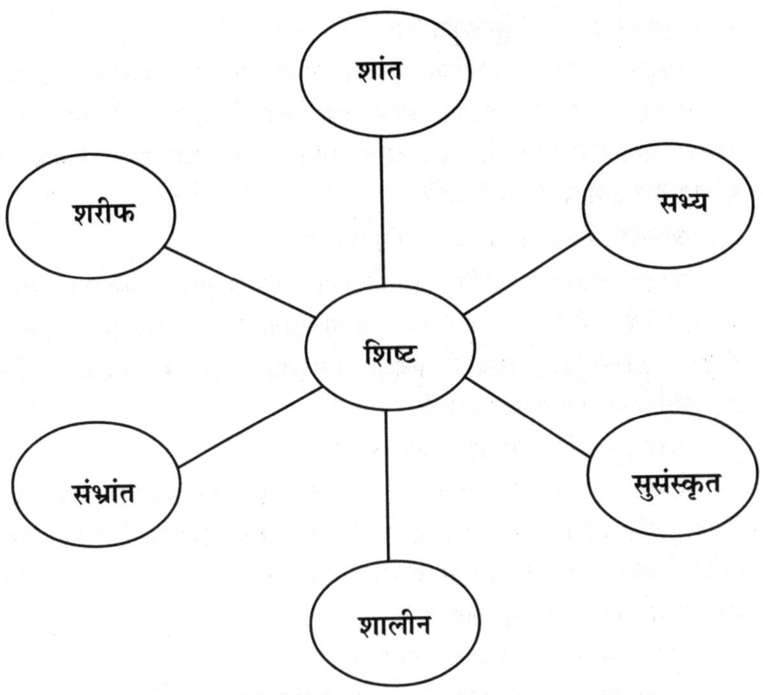

शिष्ट—शिष्ट युवती सभी को खुश कर देती है।

प्रस्तुत उदाहरण सलीकेदार मानसिक स्थिति तथा आचरण संबंधी शारीरिक स्थिति का सकारात्मक रूप है। व्यक्तिनिष्ठ है। व्यंजना शब्द-शक्ति तथा सत्त्वगुणी वृत्तिपरक है। गुणवाचक विशेषण तथा व्यवहार एवं मनोवृत्ति संबंधी नैतिक संदर्भ का परिचायक है। प्राणिवाचक तथा सार्वकालिक है।

शांत—इस समय बालक शांत है।

प्रस्तुत उदाहरण मनोवृत्ति संबंधी शारीरिक तथा मानसिक सकारात्मक स्थिति का है। अभिधा शब्द-शक्ति तथा रजोगुणी वृत्ति का द्योतक है। गुणवाचक विशेषण तथा बाल-वृत्ति संबंधी संदर्भ का परिचायक है। प्राणिवाचक तथा वर्तमानकालिक है।

सभ्य—सभ्य समाज का आदर होता है।

प्रस्तुत उदाहरण सम्मानपूर्ण सामाजिक स्थिति का सकारात्मक रूप है। लक्षणा शब्द-शक्ति तथा सत्त्वगुणी वृत्तिपरक है। गुणवाचक विशेषण तथा गुणों के प्रशंसात्मक सामाजिक संदर्भ का परिचायक है। प्राणिवाचक तथा सार्वकालिक है।

सुसंस्कृत—छात्र सुसंस्कृत है।

प्रस्तुत उदाहरण व्यक्तिनिष्ठ है तथा आचार-विचार, व्यवहार आदि का सकारात्मक रूप है। व्यंजना शब्द-शक्ति तथा सत्त्वगुणी वृत्तिपरक है। गुणवाचक विशेषण तथा परिष्कृत वाणी एवं आचरण संबंधी नैतिक संदर्भ का परिचायक है। प्राणिवाचक तथा वर्तमानकालिक है।

शालीन—अफसर का व्यवहार शालीन है।

प्रस्तुत उदाहरण व्यक्तिनिष्ठ तथा मर्यादित आचरण वाला सकारात्मक स्थिति का है। व्यंजना शब्द-शक्ति तथा सत्त्वगुणी वृत्तिपरक है। गुणवाचक विशेषण तथा संतुलित आचरणवाला व्यवहार संबंधी सामाजिक संदर्भ का परिचायक है। प्राणिवाचक तथा वर्तमानकालिक है।

संभ्रांत—महिला संभ्रांत परिवार की है।

प्रस्तुत उदाहरण प्रतिष्ठित परिवार की महिला संबंधी सकारात्मक स्थिति का है। व्यक्तिनिष्ठ है। व्यंजना शब्द-शक्ति तथा सत्त्वगुणी वृत्तिपरक है। गुणवाचक विशेषण तथा सम्मानित परिवार संबंधी सामाजिक संदर्भ का परिचायक है। प्राणिवाचक तथा वर्तमानकालिक है।

शरीफ—शरीफ व्यक्ति की तारीफ होती है।

प्रस्तुत उदाहरण व्यक्तिनिष्ठ है। स्वच्छ मनोवृत्ति एवं पवित्र आचरण संबंधी सकारात्मक स्थिति का द्योतक है। अभिधा शब्द-शक्ति तथा सत्त्वगुणी वृत्ति का परिचायक है। गुणवाचक विशेषण है तथा गुणों के पारखी संबंधी सामाजिक संदर्भ का परिचायक है। प्राणिवाचक तथा सार्वकालिक है।

विशेष

शिष्ट, सुसंस्कृत, शालीन, संभ्रांत आदि सभी शब्द जीवधारियों विशेषकर मानव जाति के लिए प्रयुक्त किए जाते हैं। शिष्ट आचरण एवं विचारधारा, सुसंस्कृत वाणी एवं विचार, शालीन व्यवहार तथा संभ्रांत पारिवारिक पृष्ठभूमि के लिए प्रयोग किए जाते हैं। शांत शब्द वृत्तिपरक भावपरक होता है। शालीन वाणी नहीं है। संभ्रांत आचरण नहीं हो सकता। शांत पारिवारिक पृष्ठभूमि नहीं कहलाती। सभ्य संभ्रांत हो, आवश्यक नहीं। शरीफ सुसंस्कृत हो, यह भी आवश्यक नहीं। शिष्ट और सुसंस्कृत के लिए संभ्रांत परिवार होना आवश्यक नहीं। वहाँ केवल विचार पावित्र्य तथा आचरण में शुचिता की आवश्यकता होती है।

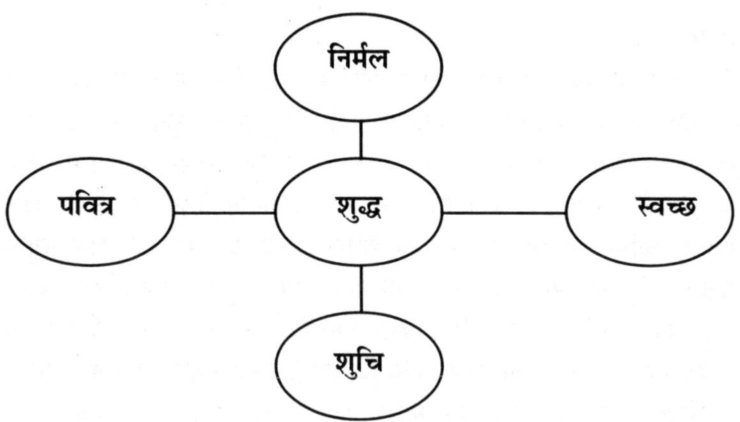

शुद्ध—शुद्ध स्थान पर पूजा करो।

प्रस्तुत उदाहरण सकारात्मक स्थान संबंधी स्थिति का है। अभिधा शब्द-शक्ति तथा सत्त्वगुणी वृत्तिपरक है। गुणवाचक विशेषण तथा धार्मिक संदर्भ का परिचायक है। अप्राणिवाचक तथा सार्वकालिक है।

निर्मल—निर्मल विचारों से आदर मिलता है।

प्रस्तुत उदाहरण नैतिक सकारात्मक मानसिक स्थिति का है। व्यंजना शब्द-शक्ति तथा सत्त्वगुणी वृत्तिपरक है। गुणवाचक विशेषण तथा नैतिक संदर्भ का परिचायक है। प्राणिवाचक तथा सार्वकालिक है।

स्वच्छ—स्वच्छ जल पीना चाहिए।

प्रस्तुत उदाहरण सकारात्मक स्थिति का है। व्यंजना शब्द-शक्ति तथा सत्त्वगुणी/रजोगुणी वृत्तिपरक है। गुणवाचक विशेषण तथा स्वास्थ्य संबंधी संदर्भ का परिचायक है। प्राणिवाचक तथा सार्वकालिक है।

शुचि—शुचि आचरण रखो।

प्रस्तुत उदाहरण सकारात्मक शारीरिक/मानसिक स्थिति का है। व्यंजना शब्द-शक्ति तथा सत्त्वगुणी वृत्तिपरक है। गुणवाचक विशेषण तथा वैचारिक पावित्र्य संबंधी नैतिक संदर्भ का परिचायक है। प्राणिवाचक तथा सार्वकालिक है।

पवित्र—पवित्र बोधिवृक्ष की पूजा करो।

प्रस्तुत उदाहरण स्थान पावित्र्य संबंधी सकारात्मक स्थिति का है। अभिधा शब्द-शक्ति सत्त्वगुणी वृत्तिपरक है। गुणवाचक विशेषण तथा धार्मिक संदर्भ का परिचायक है। प्राणिवाचक तथा सार्वकालिक है।

विशेष

शुद्ध विशेषण साफ/स्वच्छ/जूठन रहित/रसायन रहित अथवा मिलावट रहित होने का भाव देता है। निर्मल गंदगी रहित है, किंतु इसका शुद्ध होना आवश्यक नहीं। जो स्वच्छ है वह शुद्ध हो, यह भी आवश्यक नहीं। जैसे—बालटी में स्वच्छ जल रखा है, पर पीने योग्य नहीं है। स्वच्छ वस्त्र अर्थात् जिसमें मैल नहीं, गंदगी नहीं है। धार्मिक मान्यताओं तथा पूज्य भावना होने के अर्थ में पवित्र शब्द प्रयुक्त होता है। गंगाजल अस्वच्छ होने पर भी पवित्रभावना पूज्य भावना होने के कारण पवित्र कहलाता है। ऐसे ही पवित्र विचार होते हैं, स्वच्छ विचार नहीं होते, पवित्र बोधिवृक्ष होता है स्वच्छ या निर्मल बोधिवृक्ष नहीं कहलाता। शुचि आचरण कहलाता है, पवित्र आचरण भी कहा जा सकता है, किंतु स्वच्छ आचरण नहीं कहलाता।

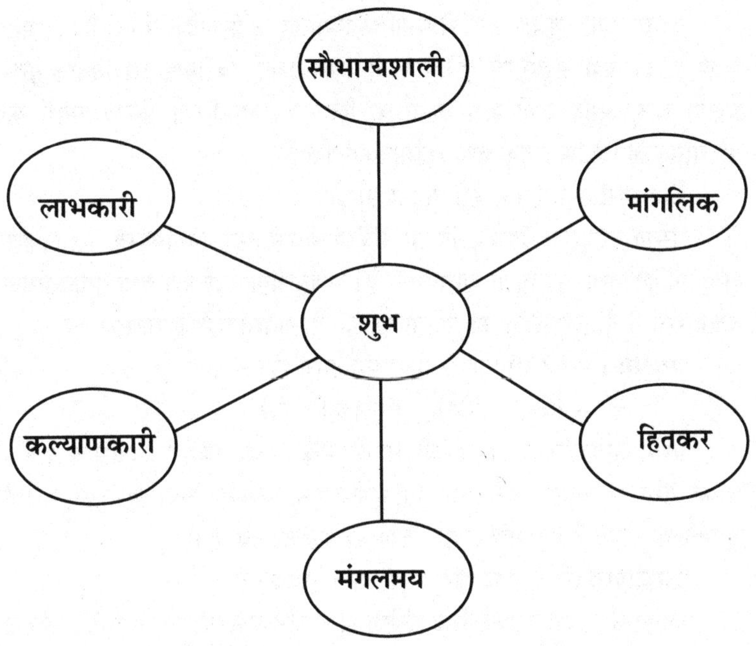

शुभ—शुभ घड़ी आई है। काम आरंभ करो।

—शुभ नक्षत्रों में बालक जन्मा है।

पहला उदाहरण समय सूचक सकारात्मक स्थितिपरक है। लक्षणा शब्द-शक्ति तथा सत्त्वगुणी वृत्तिपरक है। गुणवाचक विशेषण तथा कार्यारंभ हेतु उपयुक्त समय सूचक सामाजिक संदर्भ का द्योतक है। प्राणिवाचक तथा वर्तमानकालिक है।

दूसरा उदाहरण ज्योतिष-विद्या संबंधी सकारात्मक स्थिति का है। व्यंजना शब्द-शक्ति तथा सत्त्वगुणी वृत्तिपरक है। गुणवाचक विशेषण तथा नक्षत्र-विद्या संबंधी ज्योतिष संदर्भ का परिचायक है। प्राणिवाचक तथा वर्तमानकालिक है।

सौभाग्यशाली—व्यापारी सौभाग्यशाली था, तभी खोया धन वापस मिल गया।

प्रस्तुत उदाहरण अच्छे भाग्य वाली सकारात्मक स्थिति का द्योतक है। व्यंजना शब्द-शक्ति तथा रजोगुणी वृत्ति संबंधी है। गुणवाचक विशेषण तथा भाग्यवादी सामाजिक संदर्भ का द्योतक है। प्राणिवाचक तथा भूतकालिक है।

मांगलिक—मांगलिक मुहूर्त में गृह-प्रवेश करो।

प्रस्तुत उदाहरण शुभ ग्रहों से प्रभावित स्थितिपरक फलादेश संबंधी है। अभिधा शब्द-शक्ति तथा सत्त्वगुणी वृत्तिपरक है। गुणवाचक विशेषण तथा नवीन गृह-प्रवेश, जन्म आदि सभी शुभ कार्यों के लिए ज्योतिष-विद्या संबंधी संदर्भ का परिचायक है। प्राणिवाचक तथा वर्तमानकालिक है।

हितकारी—हितकर बात कहना सीखो।

प्रस्तुत उदाहरण आचार-विचार संबंधी सकारात्मक स्थितिपरक है। लक्षणा शब्द-शक्ति तथा सत्त्वगुणी वृत्तिपरक है। गुणवाचक विशेषण तथा सकारात्मक वचन संबंधी नैतिक संदर्भ का परिचायक है। प्राणिवाचक तथा सार्वकालिक है।

मंगलमय—यह घर आपके लिए मंगलमय हो।

—नवीन योजना मंगलमय हो।

प्रथम उदाहरण स्थान संबंधी सकारात्मक स्थिति का है। अभिधा शब्द-शक्ति तथा सत्त्वगुणी वृत्तिपरक है। गुणवाचक विशेषण तथा शुभेच्छा संबंधी सामाजिक संदर्भ है। अप्राणिवाचक तथा वर्तमानकालिक है।

कल्याणकारी—नहर परियोजना कल्याणकारी है।

प्रस्तुत उदाहरण परोपकारिता संबंधी सकारात्मक स्थिति संबंधित है। व्यंजना शब्द-शक्ति तथा सत्त्वगुणी वृत्ति का परिचायक है। गुणवाचक विशेषण तथा सर्वहित संबंधी सामाजिक संदर्भ का द्योतक है। अप्राणिवाचक तथा वर्तमान काल का द्योतक है।

लाभकारी—सौदा लाभकारी है। हाँ कह दो।

प्रस्तुत उदाहरण लाभप्रद व्यवहार संबंधी सकारात्मक स्थिति से संबंधित है। अभिधा शब्द-शक्ति तथा रजोगुणी वृत्तिपरक है। गुणवाचक विशेषण तथा उहापोह से निकल परिणाम स्वीकार करने संबंधी साामजिक संदर्भ का परिचायक है। अप्राणिवाचक तथा वर्तमानकालिक है।

विशेष

जो कल्याणकारी है, वह लाभकारी भी हो जरूरी नहीं। जो मांगलिक है, वह हितकारी हो आवश्यक नहीं। जो शुभ है, वह लाभकारी हो जरूरी नहीं। जैसे—बालक शुभ ग्रह-नक्षत्रों में जनमा है। ग्रह नक्षत्रों का शुभ होना बालक के स्वयं के लिए/परिवार की आर्थिक स्थिति के लिए/परिवार के किसी एक सदस्य के लिए भी हो सकता है। सभी को एक सा फल मिले, आवश्यक नहीं।

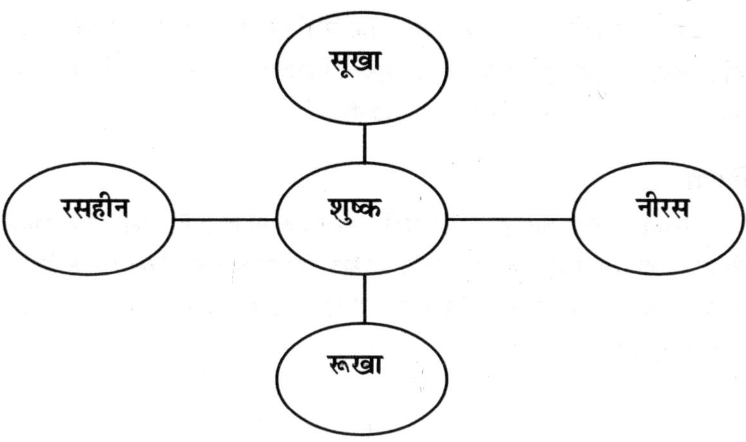

शुष्क—विषय शुष्क है।

प्रस्तुत उदाहरण में विषय में रुचिकर कुछ भी न होने के कारण नकारात्मक स्थिति है। अभिधा शब्द-शक्ति तथा रजोगुणी वृत्तिपरक है। गुणवाचक विशेषण तथा सत्यान्वेषी/कोरा विषय संबंधी शैक्षिक संदर्भ है। अप्राणिवाचक तथा वर्तमानकालिक है।

सूखा—तालाब सूख चुका है।

प्रस्तुत उदाहरण नकारात्मक स्थिति का द्योतक है। अभिधा शब्द शक्ति तथा रजोगुणी वृत्तिपरक है। गुणवाचक विशेषण तथा जलहीन तालाब संबंधी प्राकृतिक संदर्भ का परिचायक है। अप्राणिवाचक तथा भूतकालिक है।

नीरस—नीरस कहानी सुनकर मैं थक गई।

प्रस्तुत उदाहरण अरुचिवर्धक नकारात्मक स्थिति का द्योतक है। व्यंजना शक्ति तथा रजोगुणी वृत्ति का परिचायक है। गुणवाचक विशेषण तथा कहानी के अरुचिकर परिणाम संबंधी सामाजिक संदर्भ का परिचायक है। प्राणिवाचक तथा भूतकाल की ओर संकेतित है।

रूखा—रूखा व्यवहार दुःख पहुँचाता है।

प्रस्तुत उदाहरण आचरण संबंधी नकारात्मक स्थिति का है। व्यंजना शब्द-शक्ति तथा रजोगुणी वृत्ति का द्योतक है। गुणवाचक विशेषण तथा अनचाहत भरा व्यवहार से उपजी पीड़ा संबंधी मनोवैज्ञानिक संदर्भ है। प्राणिवाचक तथा वर्तमानकालिक है।

रसहीन—मालटे रसहीन हैं।

प्रस्तुत उदाहरण वस्तुपरक नकारात्मक स्थिति से संबंधित है। अभिधा शब्द-शक्ति तथा रजोगुणी वृत्तिपरक है। गुणवाचक विशेषण तथा कृषि संबंधी संदर्भ का परिचायक है। प्राणिवाचक तथा वर्तमानकालिक है।

विशेष

रसहीन पदार्थ होता है, मौसम नहीं। नीरस जिंदगी होती है, सूखी नहीं। शुष्क विषय, वातावरण होता है, सूखा नहीं। संप्रेक्षक अपनी भावनाओं को सटीक शब्दों के प्रयोग द्वारा उसी रूप में पहुँचाता है, जो वह चाहता है। शब्दों का सूक्ष्म अंतर यही सिद्ध करता है।

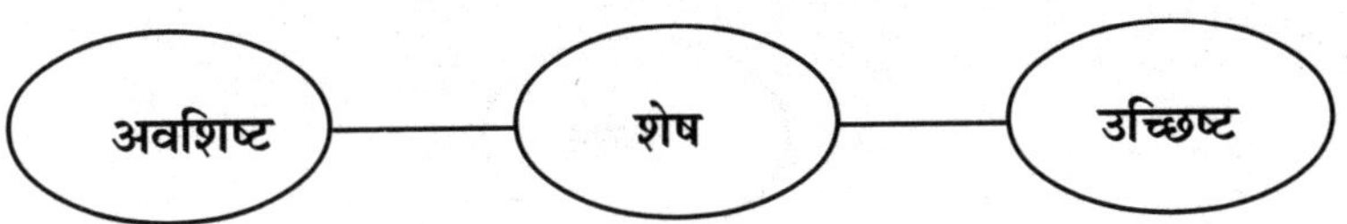

शेष—शेष भोजन दरिद्रों में बाँट दो।

प्रस्तुत उदाहरण वस्तुपरक सकारात्मक स्थिति का है। अभिधा शब्द-शक्ति तथा रजोगुणी वृत्तिपरक है। गुणवाचक विशेषण तथा भोजन के सदुपयोग संबंधी परोपकारिता संदर्भ का परिचायक है। प्राणिवाचक तथा वर्तमानकाल का द्योतक है।

अवशिष्ट—अवशिष्ट अनाज पक्षियों के लिए फैला दो।

प्रस्तुत उदाहरण सेवा-भावी मानसिक स्थिति का सकारात्मक रूप है। अभिधा शब्द-शक्ति तथा सत्त्वगुणी वृत्तिपरक है। गुणवाचक विशेषण तथा पक्षी-प्रेमी नैतिक संदर्भ का द्योतक है। प्राणिवाचक तथा आज्ञापरक वर्तमान काल है।

उच्छिष्ट—उच्छिष्ट भोजन मत करो।

प्रस्तुत उदाहरण परामर्श संबंधी सकारात्मक शारीरिक स्थिति से संबंधित है। अभिधा शब्द-शक्ति तथा तमोगुणी वृत्तिपरक है। गुणवाचक विशेषण तथा आहार-संहिता संबंधी संदर्भ का द्योतक है। प्राणिवाचक एवं सार्वकालिक है।

विशेष

अवशिष्ट शब्द सभी पदार्थों के लिए प्रयुक्त होता है, किंतु प्राणिवाचक के लिए प्रयुक्त नहीं होता। हम अवशिष्ट मनुष्य नहीं, शेष मनुष्य कहते हैं। शेष शब्द सभी पदार्थ तथा प्राणिवाचक के लिए प्रयुक्त होता है। उच्छिष्ट पदार्थ होता है, जिसे खाना/चखना निषेध होता है। यह शब्द भी प्राणियों के लिए प्रयुक्त नहीं किया जाता।

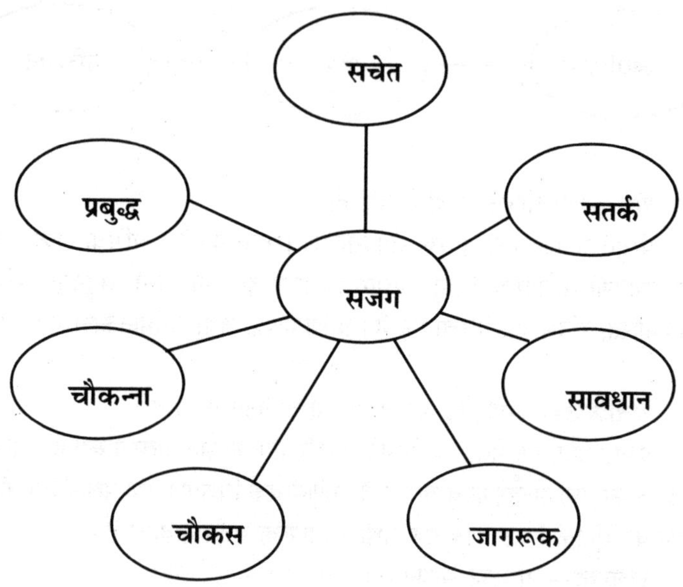

सजग—सजग व्यक्ति जीवन में सदा उन्नति करता है।

प्रस्तुत उदाहरण कर्तव्यपरायण तत्परता जन्य मानसिक स्थिति का सकारात्मक रूप है। व्यंजना शब्द-शक्ति तथा सत्त्वगुणी वृत्तिपरक है। गुणवाचक विशेषण तथा लगभग सभी संदर्भों में इसकी उपादेयता है। प्राणिवाचक तथा सार्वकालिक है।

सचेत—सचेत व्यक्ति कभी धोखा नहीं खा सकता।

प्रस्तुत उदाहरण कर्मजनित मानसिक सकारात्मक स्थिति का है। व्यंजना शब्द-शक्ति तथा रजोगुणी वृत्तिपरक है। गुणवाचक विशेषण तथा लगभग सभी संदर्भों में इसकी उपादेयता है। प्राणिवाचक तथा सार्वकालिक है।

सतर्क—सतर्क चौकीदार ने डाकुओं को भगा दिया।

प्रस्तुत उदाहरण कर्तव्यपरायण मानसिक सकारात्मक स्थिति का है। अभिधा शब्द-शक्ति तथा रजोगुणी वृत्तिपरक है। गुणवाचक विशेषण तथा सामाजिक संदर्भ में विशेष उपयोगिता है। प्राणिवाचक तथा भूतकालिक है।

सावधान—सावधान सैनिक ने शत्रुओं को खदेड़ दिया।

प्रस्तुत उदाहरण कटिबद्ध मानसिक स्थिति का सकारात्मक रूप है। अभिधा शब्द-शक्ति तथा रजोगुणी वृत्तिपरक है। गुणवाचक विशेषण तथा सामाजिक और अन्य सभी संदर्भों में इसकी उपयोगिता है। प्राणिवाचक तथा भूतकालिक है।

जागरूक—जागरूक सैनिक अच्छा प्रहरी होता है।

प्रस्तुत उदाहरण व्यक्तिनिष्ठ है। कर्तव्यनिष्ठा संबंधी शारीरिक/मानसिक सकारात्मक स्थितिपरक है। लक्षणा शब्द-शक्ति तथा रजोगुणी वृत्तिपरक है। गुणवाचक विशेषण तथा देश-सुरक्षा संबंधी राष्ट्रीय संदर्भ का द्योतक है। प्राणिवाचक तथा सार्वकालिक है।

चौकस—चौकस किसानों ने खलिहान ढकवा दिए।

प्रस्तुत उदाहरण दूरदर्शी बुद्धि कौशल/दूरदर्शिता संबंधी सकारात्मक मानसिक स्थिति का है। अभिधा शब्द-शक्ति तथा रजोगुणी वृत्तिपरक है। गुणवाचक विशेषण तथा कृषि व्यापार संदर्भ का द्योतक है। प्राणिवाचक तथा भूतकालिक है।

चौकन्ना—चौकन्ना प्रहरी सीमा पर तैनात था।

प्रस्तुत उदाहरण दृढ कर्तव्यनिष्ठा जनित सकारात्मक मानसिक स्थिति का है। अभिधा शब्द-शक्ति तथा रजोगुणी वृत्तिपरक है। गुणवाचक विशेषण तथा सीमा-सुरक्षा संबंधी राष्ट्रीय संदर्भ का परिचायक है। प्राणिवाचक तथा भूतकालिक है।

प्रबुद्ध—प्रबुद्ध व्यक्ति आसपास की घटनाओं से परिचित रहता है।

प्रस्तुत उदाहरण बुद्धि-कौशल जनित सकारात्मक मानसिक स्थिति का है। अभिधा शब्द-शक्ति तथा रजोगुणी वृत्तिपरक है। गुणवाचक विशेषण तथा सामाजिक व अन्य सभी संदर्भों में इसकी उपयोगिता है। प्राणिवाचक तथा सार्वकालिक है।

विशेष

जो चौकन्ना है, चौकस है, सावधान है, वह प्रबुद्ध भी हो आवश्यक नहीं। जागरूक का प्रयोग जो चारों तरफ की स्थिति-परिस्थिति के उतार-चढ़ाव की जानकारी रखता हो। सतर्क और सावधान का जागरूक होना आवश्यक नहीं।

जैसे हम 'प्रबुद्ध चौकीदार पहरे पर है' नहीं कह सकते। सतर्क और सावधान ही इस स्थान पर अधिक उपयुक्त होगा।

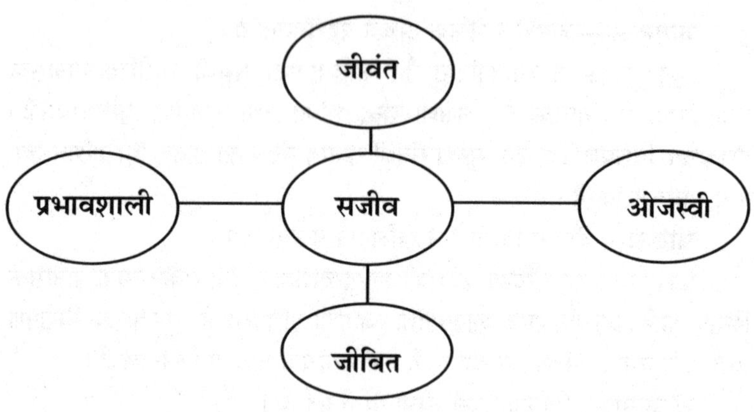

सजीव—मूर्ति सजीव लगती है।

प्रस्तुत उदाहरण वस्तुनिष्ठ है तथा शिल्प-सौंदर्य की सकारात्मक स्थिति है। व्यंजना शब्द-शक्ति तथा सत्त्वगुणी वृत्तिपरक है। गुणवाचक विशेषण तथा सराहनायुक्त कलात्मक संदर्भ है। प्रस्तर प्रतिमा में प्राणों का आभास कला की पराकाष्ठा है। अप्राणिवाचक तथा वर्तमानकाल का द्योतक है।

जीवंत—बालक ने जीवंत अभिनय किया है।

प्रस्तुत उदाहरण अभिनय संबंधी शारीरिक हाव-भावपरक सकारात्मक स्थिति है। लक्षणा शब्द-शक्ति तथा रजोगुणी वृत्ति का द्योतक है। गुणवाचक विशेषण तथा नाटक मंचन में अभिनय संबंधी प्रशंसात्मक सामाजिक संदर्भ का परिचायक है। प्राणिवाचक तथा भूतकाल से संबंधित है।

ओजस्वी—छात्रा ने ओजस्वी गीत गाया।

प्रस्तुत उदाहरण उत्साहजनक वाणी संबंधी सकारात्मक स्थिति का द्योतक है। अभिधा शब्द-शक्ति तथा सत्त्वगुणी वृत्ति का द्योतक है। गुणवाचक विशेषण तथा कला-प्रदर्शन संबंधी गंधर्व-विद्या संदर्भ है। प्राणिवाचक तथा भूतकाल का परिचायक है।

प्रभावशाली—मुखिया का भाषण प्रभावशाली था।

प्रस्तुत उदाहरण मेधावी मस्तिष्क से उपजे विषय तथा प्रभावी वाणी का सकारात्मक रूप है। व्यंजना शब्द-शक्ति तथा रजोगुणी वृत्तिपरक है। गुणवाचक विशेषण तथा त्वरित प्रशंसात्मक प्रतिक्रिया संबंधी सामाजिक संदर्भ का परिचायक

है। प्राणिवाचक एवं भूतकालिक है।

जीवित—आर्य भाषाएँ जीवित हैं।

प्रस्तुत उदाहरण भाषा संबंधी सकारात्मक स्थिति से संबंधित है। व्यंजना शब्द-शक्ति तथा रजोगुणी वृत्तिपरक है। गुणवाचक विशेषण तथा साहित्य के कालांतर अस्तित्व बनाए रहने का साहित्यिक संदर्भ ध्वनित होता है। प्राणिवाचक तथा वर्तमानकालिक है।

विशेष

उपरोक्त उदाहरण में जीवित का व्यंजनार्थ अस्तित्व में बने रहने के रूप में प्रयोग हुआ है। यूँ जीवित का अर्थ प्राणवान के रूप में प्रयुक्त होता है। जैसे—रोगी अभी जीवित है, मरा नहीं। जो सजीव है, वह ओजस्वी नहीं। जो प्रभावशाली है, वह ओजस्वी हो यह आवश्यक नहीं। भाषण ओजस्वी, प्रभावशाली होता है, जीवंत या सजीव नहीं। व्यक्तित्व प्रभावशाली होता है, जीवित या जीवंत नहीं। पदार्थ ओजस्वी नहीं, जीवित नहीं, जीवंत नहीं, सजीव हो सकता है।

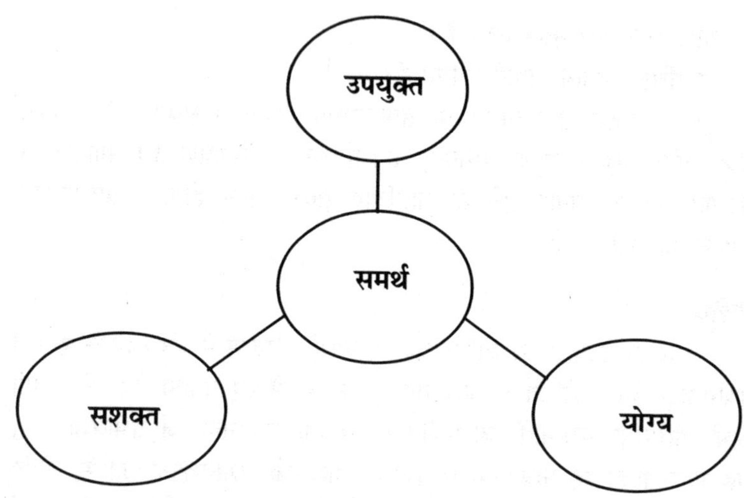

समर्थ—समर्थ व्यक्ति हर कठिनाई का हल जानता है।

प्रस्तुत उदाहरण व्यक्तिनिष्ठ है। सकारात्मक मानसिक स्थिति का द्योतक है। व्यंजना शब्द-शक्ति तथा रजोगुणी वृत्ति का परिचायक है। गुणवाचक विशेषण तथा समस्या-समाधान चातुर्य संबंधी सामाजिक संदर्भ की ओर संकेतित है। प्राणिवाचक तथा सार्वकालिक है।

उपयुक्त—उपयुक्त व्यक्ति चुनना सीखो।

प्रस्तुत उदाहरण व्यक्तिनिष्ठ है तथा स्वस्थ एवं संतुलित मानसिक स्थिति का सकारात्मक रूप है। लक्षणा शब्द-शक्ति तथा रजोगुणी वृत्ति का परिचायक है। गुणवाचक विशेषण तथा योग्य तथा बुद्धिमत्तापूर्ण चुनाव करने संबंधी सामाजिक संदर्भ का द्योतक है। प्राणिवाचक तथा सार्वकालिक है।

योग्य—योग्य व्यक्ति का सम्मान करो।

प्रस्तुत उदाहरण व्यक्तिनिष्ठ तथा व्यवहार संबंधी सकारात्मक स्थिति का द्योतक है। व्यंजना शब्द-शक्ति तथा रजोगुणी वृत्तिपरक है। गुणवाचक विशेषण तथा सभी को सम्मानजनक दृष्टि संबंधी नैतिक संदर्भ को इंगित करता है। प्राणिवाचक तथा सार्वकालिक है।

सशक्त—सशक्त पहलवान भी हार गया।

प्रस्तुत उदाहरण व्यक्तिनिष्ठ है तथा शक्ति का अपव्यय शारीरिक स्थिति का नकारात्मक रूप है। अभिधा शब्द-शक्ति तथा रजोगुणी वृत्तिपरक है। गुणवाचक

विशेषण तथा सामर्थ्य होते हुए निरर्थक असफलता संबंधी क्रीडा जगत् संदर्भ का परिचायक है। प्राणिवाचक तथा भूतकालिक है।

विशेष

समर्थ विशेषण जीवधारी के लिए प्रयुक्त होता है। जैसे—समर्थ नेता अर्थात् देश-काल के अनुसार हर कठिनाई को दूर करने की शक्ति, बुद्धि एवं उपाय जानता हो। उपयुक्त शब्द द्विअर्थी है। व्यक्ति विशेष काम के उपयुक्त है, अर्थात् विशेष काम करने की योग्यता रखता है। दूसरा अर्थ सही तथा उचित जैसे शब्द उपयुक्त व्यक्ति ढूँढ़ रहा हूँ, अर्थात् योग्य, सही, सामर्थ्यवान की खोज में हूँ। योग्य शब्द का प्रयोग कुशलता के रूप में लिया जाता है। ऐसी स्थिति विशेष, जिसमें हर तरह का नहीं, केवल विशेष कौशल युक्त व्यक्ति की आवश्यकता होती हो। सशक्त भी द्विअर्थी है। काम करने की योग्यता होने के साथ ही जिसमें हर परिस्थिति को अपने नियंत्रण में रखने की क्षमता हो। समर्थ व्यक्ति को कल और बल दोनों की बहुत जरूरत होती है। कहा भी जाता है कि सामर्थ्यवान हर तरह से सशक्त होता है। योग्यता है, पर सामर्थ्य नहीं तो योग्यता भी व्यर्थ रहती है।

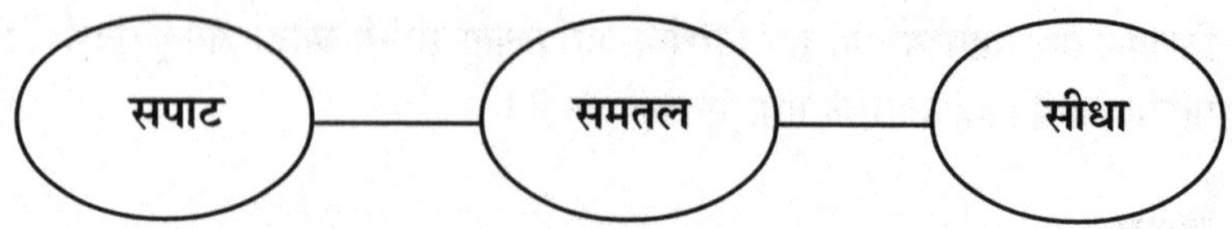

समतल—समतल भूमि पर गाड़ी चलाओ।

उपरोक्त उदाहरण गुण संबंधी सकारात्मक स्थितिपरक है। अभिधा शब्द-शक्ति तथा रजोगुणी वृत्तिपरक है। गुणवाचक विशेषण तथा वाहन चलाने हेतु उपयुक्त भूमि-चयन के लिए परामर्शदायी सामाजिक संदर्भ का परिचायक है। अप्राणिवाचक तथा वर्तमानकालिक है।

सपाट—सपाट सड़क दूर तक जाती है।

—सपाट उत्तर देकर परेशान मत करो।

पहला उदाहरण सकारात्मक स्थिति का है। अभिधा शब्द-शक्ति तथा रजोगुणी वृत्तिपरक है। गुणवाचक विशेषण तथा मार्ग सूचना संबंधी सामाजिक संदर्भ का परिचायक है। अप्राणिवाचक तथा वर्तमानकालिक है।

दूसरा उदाहरण प्रत्युत्तर संबंधी नकारात्मक मानसिक स्थिति का है। व्यंजना शब्द-शक्ति तथा रजोगुणी वृत्तिपरक है। गुणवाचक विशेषण तथा असंतोष उपजाने संबंधी सामाजिक संदर्भ है। प्राणिवाचक तथा सार्वकालिक है।

सीधा—यह सड़क सीधी जंगल की ओर जाती है।

—सीधा आदमी बन जा, वरना दुःख पाएगा।

पहला उदाहरण मार्ग की दिशा सूचक सकारात्मक स्थिति का है। अभिधा शब्द-शक्ति तथा रजोगुणी वृत्तिपरक है। गुणवाचक विशेषण तथा उचित मार्ग निर्देश संबंधी संदर्भ का परिचायक है। अप्राणिवाचक तथा वर्तमानकाल से संबंधित है।

दूसरा उदाहरण चेतावनीपरक सकारात्मक स्थिति का है। व्यंजना शब्द-शक्ति तथा रजोगुणी वृत्ति का द्योतक है। गुणवाचक विशेषण तथा सुधारवादी चेतावनीपरक संदर्भ का परिचायक है। प्राणिवाचक तथा वर्तमानकालिक है।

विशेष

समतल शब्द भूमि अथवा किसी स्थान के लिए प्रयुक्त होता है। जैसे—समतल भूमि, समतल चौकी के पास, पलंग के पास आदि। समतल दो शब्दों के योग से बना है। सम + तल = नीचे का हिस्सा, तली। अर्थात् जो वस्तु नीचे से

एकसार है। ऊँची-नीची नहीं हो। यह विशेषण अप्राणिवाचक है। किसी भी जीवधारी के लिए प्रयुक्त नहीं होता। सपाट शब्द द्विअर्थी है। एक अर्थ बिल्कुल अकेली, सीधी तथा दूसरा अर्थ सपाट चेहरा अर्थात् भाव-शून्य चेहरा होना, सपाट उत्तर तथा बिना किसी लाग-लपेट के दो टूक जवाब आदि। इसे हम समतल चेहरा या समतल उत्तर नहीं कह सकते। सीधा शब्द बिना किसी मोड़ के, का अर्थ देता है। यह भी द्विअर्थी शब्द है। जैसे—सीधा आदमी, अर्थात् छल-कपट रहित, सीधी बात अर्थात् चालबाजी के बिना सीधा जवाब, अर्थात् बिना किसी बहाने के अपना मंतव्य स्पष्ट करना आदि। इसे हम सपाट आदमी या बात नहीं कह सकते।

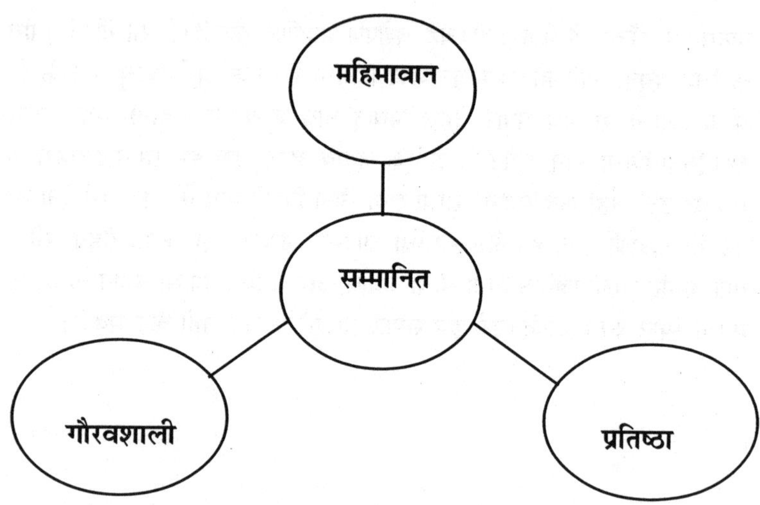

सम्मानित—सम्मानित अशोक कुमारजी ने सभा की अध्यक्षता की।

प्रस्तुत उदाहरण व्यक्तिनिष्ठ है। विशिष्ट पद संबंधी सकारात्मक स्थिति का है। अभिधा शब्द-शक्ति तथा रजोगुणी वृत्तिपरक है। गुणवाचक विशेषण तथा आदरसूचक राजनीतिक संदर्भ का परिचायक है। प्राणिवाचक तथा भूतकालिक है।

महिमावान—ईश्वर महिमावान है।

प्रस्तुत उदाहरण गौरव संबंधी सकारात्मक स्थिति का है। व्यंजना शब्द-शक्ति तथा सत्त्वगुणी वृत्तिपरक है। गुणवाचक विशेषण है तथा असीमित बड़ाई जन्य धार्मिक संदर्भ का परिचायक है। प्राणिवाचक तथा सार्वकालिक है।

प्रतिष्ठित—प्रेमचंद प्रतिष्ठित लेखक थे।

प्रस्तुत उदाहरण सम्मानित व्यक्तिनिष्ठ है। सकारात्मक स्थिति का है। अभिधा शब्द-शक्ति तथा सत्त्वगुणी वृत्तिपरक है। गुणवाचक विशेषण तथा मान-सम्मान, यश-कीर्ति संबंधी सामाजिक संदर्भ का परिचायक है। प्राणिवाचक तथा भूतकालिक है।

गौरवशाली—गौरवशाली कार्य कोई बिरला ही करता है।

प्रस्तुत उदाहरण महानता संबंधी सकारात्मक शारीरिक/मानसिक स्थिति का है। व्यंजना शब्द-शक्ति तथा सत्त्वगुणी वृत्तिपरक है। गुणवाचक विशेषण तथा सामाजिक व अन्य सभी संदर्भों का परिचायक है। प्राणिवाचक तथा सार्वकालिक है।

विशेष

सूक्ष्म अंतर के कारण इस वर्ग के सभी शब्द अलग-अलग संदर्भों में प्रयुक्त होते हैं। प्रतिष्ठित लेखक महिमावान नहीं होता। महिमावान ईश्वर को गौरवशाली तथा प्रतिष्ठित नहीं कहते। सम्मानित शब्द प्रतिष्ठित से इतर होता है।

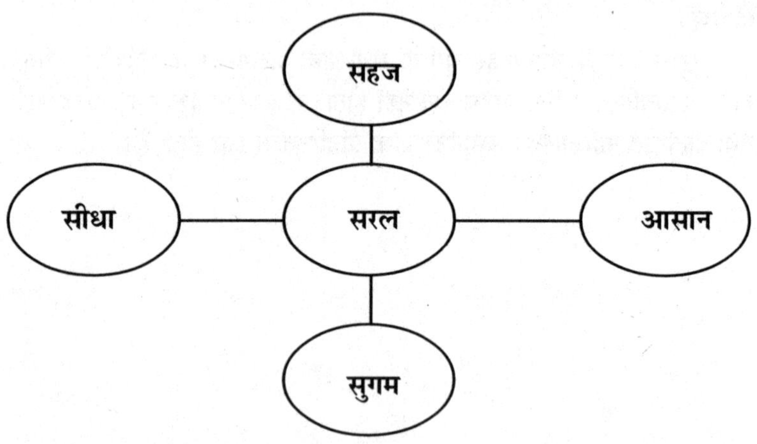

सरल— सरल रेखा खींचो।

प्रस्तुत उदाहरण गणित संबंधी शारीरिक सकारात्मक स्थिति है। अभिधा शब्द-शक्ति तथा रजोगुणी वृत्तिपरक है। गुणवाचक विशेषण तथा गणितीय संबंधी संदर्भ है। अप्राणिवाचक तथा वर्तमानकालिक है।

सहज—सहज रहना सीखो।

प्रस्तुत उदाहरण जीवन-यापन संबंधी सकारात्मक मानसिक स्थिति संबंधित है। व्यंजना शब्द-शक्ति तथा सत्त्वगुणी वृत्ति का द्योतक है। गुणवाचक विशेषण तथा बाह्याडंबर रहित जीवन शैली हेतु परामर्श संबंधी सामाजिक संदर्भ है। प्राणिवाचक तथा सार्वकालिक है।

आसान—आसान प्रश्न हैं।

सान का अर्थ है धार (किसी भी शास्त्र की धार), किंतु 'आ' उपसर्ग लगते ही सरल, अर्थात् जहाँ कुछ भी कठिन नहीं, अर्थ हो गया।

प्रस्तुत उदाहरण परीक्षा संबंधी सकारात्मक स्थितिपरक है। अभिधा शब्द-शक्ति तथा रजोगुणी वृत्तिपरक है। गुणवाचक विशेषण तथा हल करने योग्य प्रश्न संबंधी परीक्षा संदर्भ का द्योतक है। अप्राणिवाचक तथा वर्तमानकालिक है।

सुगम—सुगम रास्ते से चलो।

प्रस्तुत उदाहरण जीवन-यापन हेतु मार्ग चयन संबंधी सकारात्मक स्थिति है। व्यंज़ना शब्द-शक्ति तथा रजोगुणी वृत्तिपरक है। गुणवाचक विशेषण तथा सरल-सहज मार्ग जीवन के लिए आवश्यकता संबंधी नैतिक संदर्भ है, अप्राणिवाचक

तथा सार्वकालिक है।

सीधा—युवक सीधा है। चालाकी नहीं जानता।

प्रस्तुत उदाहरण व्यक्तिनिष्ठ है तथा छल-छिद्र रहित सरल, निष्कपट, स्वभावपरक शारीरिक/मानसिक सकारात्मक स्थिति का है। व्यंजना शब्द-शक्ति तथा रजोगुणी वृत्तिपरक है। गुणवाचक विशेषण तथा स्वभावजनक सोच एवं आचरण संबंधी सामाजिक संदर्भ का परिचायक है। प्राणिवाचक एवं वर्तमानकालिक है।

विशेष

सरल रेखा को हम सहज रेखा नहीं कह सकते। सहज स्वभाव को आसान स्वभाव नहीं कहा जाता। सुगम रास्ता कहलाता है, सुगम स्वभाव नहीं। आसान आदमी नहीं, सीधा आदमी कहलाता है, जिसका व्यंग्यार्थ है, छल-कपट रहित स्वभाव वाला। इससे यह सिद्ध होता है कि एक वर्ग के समानार्थी शब्दों के प्रयोग में अंतर स्पष्ट परिलक्षित होता है।

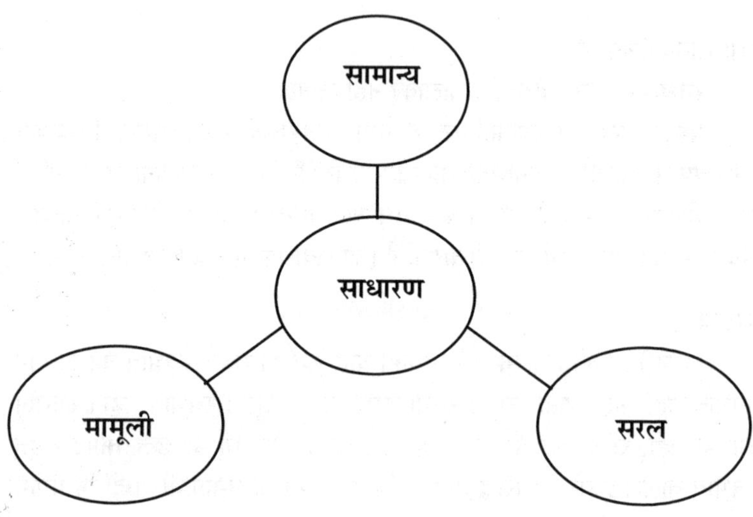

साधारण—साधारण पहनावा भी आकर्षक लगता है।

प्रस्तुत उदाहरण वस्त्र पहनने का ढंग संबंधी सकारात्मक स्थिति का है। अभिधा शब्द-शक्ति तथा रजोगुणी वृत्तिपरक है। गुणवाचक विशेषण तथा परिधान कला संबंधी संदर्भ का परिचायक है। अप्राणिवाचक तथा सार्वकालिक है।

सामान्य—सामान्य कथन का टेढ़ा अर्थ मत निकालो।

प्रस्तुत उदाहरण सकारात्मक वाणी संबंधी चेतावनीपरक स्थिति का है। गुणवाचक विशेषण तथा वैचारिक मतभेद संबंधी सामाजिक संदर्भ का परिचायक है। प्राणिवाचक तथा सार्वकालिक है।

सरल—सरल स्वभाव व्यक्ति का गुण है।

प्रस्तुत उदाहरण छल-कपटहीन सहज-स्वाभाविक गुण संबंधी सकारात्मक स्थिति का है। लक्षणा शब्द-शक्ति तथा सत्त्वगुणी वृत्तिपरक है। गुणवाचक विशेषण तथा स्वाभाविक गुण संबंधी मनुष्योचित संदर्भ का परिचायक है। प्राणिवाचक तथा सार्वकालिक है।

मामूली—मामूली सी बात का बतंगड़ मत बनाओ।

प्रस्तुत उदाहरण सहज स्वाभाविक रूप से कहे गए शब्द संबंधी सकारात्मक-नकारात्मक स्थिति का है। व्यंजना शब्द-शक्ति तथा रजोगुणी वृत्तिपरक है। गुणवाचक विशेषण तथा वाणी-विवाद संबंधी सामाजिक संदर्भ का परिचायक है। प्राणिवाचक तथा सार्वकालिक है।

विशेष

साधारण और सामान्य में सूक्ष्म अंतर है। साधारण वस्त्र तथा सामान्य वस्त्र एक सा अर्थ नहीं देते। सामान्य जन मूल रूप से व्यक्ति का अर्थ देता है, जबकि साधारण पदार्थ होता है। सरल स्वभाव के लिए प्रयुक्त होता है, शब्द साधारण स्वभाव नहीं होता। मामूली शब्द किसी भी विशेषता हीन व्यक्ति-वस्तु दोनों के लिए प्रयुक्त हो सकता है। मामूली स्वभाव नहीं होता, क्योंकि स्वभाव में प्रकृतिदत्त गुण होता है।

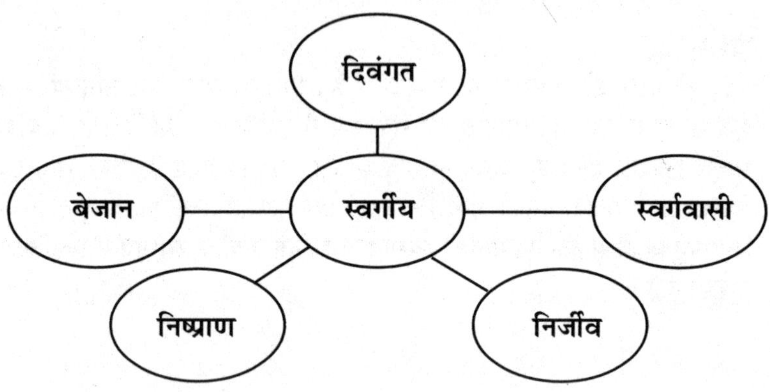

स्वर्गीय—स्वर्गीय दादाजी की याद आती है।

प्रस्तुत उदाहरण स्मृतिजन्य सकारात्मक मानसिक स्थिति का है। अभिधा शब्द-शक्ति तथा रजोगुणी वृत्तिपरक है। गुणवाचक विशेषण तथा वियोग जनित सामाजिक संदर्भ का परिचायक है। प्राणिवाचक तथा वर्तमानकालिक है।

दिवंगत—दिवंगत आत्मा को शांति मिले।

प्रस्तुत उदाहरण शुभेच्छाजनक सकारात्मक मानसिक स्थिति का है। व्यंजना शब्द-शक्ति तथा सत्त्वगुणी वृत्तिपरक है। गुणवाचक विशेषण तथा संसार से मुक्त आत्मिक शांति हेतु धार्मिक संदर्भ का परिचायक है। प्राणिवाचक तथा सार्वकालिक है।

स्वर्गवासी—स्वर्गवासी पितर सदा तृप्त रहें।

उपर्युक्त उदाहरण शुभकामनाजन्य सकारात्मक मानसिक स्थिति का है। अभिधा शब्द-शक्ति तथा सत्त्वगुणी वृत्तिपरक है। गुणवाचक विशेषण तथा संतुष्टिजन्य कामना संबंधी धार्मिक संदर्भ का परिचायक है। प्राणिवाचक तथा सार्वकालिक है।

निर्जीव—निर्जीव देह से मोह कैसा?

प्रस्तुत उदाहरण उदासीन नकारात्मक मानसिक स्थिति का है। व्यंजना शब्द-शक्ति तथा सत्त्वगुणी वृत्तिपरक है। गुणवाचक विशेषण तथा विरक्त वृत्ति संबंधी धार्मिक संदर्भ का परिचायक है। प्राणिवाचक तथा सार्वकालिक है।

निष्प्राण—रणभूमि में निष्प्राण देह बिखरी पड़ी थीं।

प्रस्तुत उदाहरण मृत-अर्द्धमृत देह संबंधी नकारात्मक मानसिक स्थिति का है। व्यंजना शब्द-शक्ति तथा तमोगुणी वृत्ति का परिचायक है। गुणवाचक विशेषण तथा प्राण तत्त्व विहीन धार्मिक संदर्भ संबंधी है। प्राणिवाचक तथा भूतकालिक है।

बेजान—बेजान युवक सड़क पर पड़ा था।

प्रस्तुत उदाहरण चेतना शून्य, उदासीन, भाव शून्य नकारात्मक मानसिक स्थिति का है। अभिधा शब्द-शक्ति तथा तमोगुणी वृत्तिपरक है। गुणवाचक विशेषण तथा असंवेदनशील सामाजिक संदर्भ का परिचायक है। प्राणिवाचक तथा भूतकालिक है।

विशेष

स्वर्गीय और स्वर्गवासी विशेषणों में सूक्ष्म अंतर है। स्वर्ग की ओर गए तथा स्वर्ग में निवास करनेवाले। दिवंगत शब्द भी लगभग इसी के समतुल्य है। तीनों ही शब्द केवल जीवधारी (मनुष्य) के लिए प्रयुक्त होते हैं। धार्मिक और ज्ञानी के लिए नश्वर संसार की यह अनिवार्य प्रक्रिया है। जो जनमा है, वह मरेगा भी। अत: यह प्रक्रिया सकारात्मक भी है, परंतु मोहासक्त होने के कारण अकल्पनीय, असहनीय विछोह होने पर सामान्यजन के लिए नकारात्मक स्थिति भी है। सामाजिक संदर्भ में तमोगुणी वृत्तिपरक है, किंतु धार्मिक संदर्भ तथा महात्माओं के संदर्भ में सत्त्वगुणी वृत्तिपरक होती है।

यहाँ एक प्रश्न विचारणीय है।

क्या आत्मा मृत या गत होती है? गीता में कहा है—

नैनं छिन्दन्ति शस्त्राणि नैनं दहति पावक:।
न चैनं क्लेदन्यतापो न शोषयति मारुत:॥

आत्मा अजर-अमर है। ब्रह्म का अंश है तो वह मृत कैसे हुई? जो सभी विकारों से अप्रभावित रहती है, गुणातीत है तब उसके लिए शांति की प्रार्थना क्यों? सभी विद्वान्, ज्ञानी, संत-महात्मा आदि मृत आत्मा की शांति की बात करते हैं। विचारों में यह विरोधाभास कैसा? किसी देह में रहकर आत्मा देह-जनित सत्कर्म/दुष्कर्म के अनुसार पाप/पुण्य फल भोगती है। इतने पर भी देह को ही कष्ट भोगने होते हैं। आत्मा तो नित्य आनंदमयी है। अत: यहाँ विद्वानों का स्पष्टीकरण स्वागत योग्य है।

यों तो बेजान, निष्प्राण, निर्जीव शब्द समान अर्थ के द्योतक हैं, किंतु सूक्ष्म अंतर अवश्य है। बेजान शब्द केवल मृत के लिए ही प्रयुक्त नहीं होता। आकस्मिक मानसिक आघात से भी कुछ क्षण मनुष्य बेजान सा हो जाता है। अकल्पनीय स्थिति, असह्यनीय शोक से जब मस्तिष्क शून्य होता है, तब मनुष्य 'बेजान हाथ पैर हो गए' कहने लगता है। ये तीनों विशेषण स्थितिपरक हैं, जो स्थायी तथा अस्थायी स्थिति दोनों के लिए प्रयुक्त होते हैं। जीवित रहते हुए भी अप्रत्याशित चिंता/शोक/मानसिक आघात/मानसिक अवसन्न/शारीरिक क्रियात्मकता के साथ असंप्रक्त

वीतरागी भावना के उदय से बेजान अथवा अशक्त सा/निष्प्राण सा/निर्जीव सा हो जाता है। सामाजिक संदर्भ में विशेषण की इस प्रकार की उक्ति विरोधाभासी है, जो (मृत्यु अथवा मृत्यु–सम है) भाषा में गुणात्मक घनत्व का आभास देती है।

प्रश्न उठता है कि हम मृत्यु को स्वर्गीय/स्वर्गवासी क्यों कहते हैं? स्वर्ग और नरक की कल्पना मानवजन्य यथार्थ से परे है। स्वर्ग को इहलोक (भौतिक संसार से) परे देवताओं/मानवेतर के रहने का स्थान माना जाता है, जहाँ दु:ख/अभाव/कष्ट आदि नहीं होता। कुछ लोगों का मानना है कि स्वर्ग और नरक यहीं है। इसी संसार में मनुष्य अपने कर्मों के अनुसार सुख–दु:ख का भागी होता है। अपने प्रिय को हर स्थिति में सुखी देखने की चाह के कारण लोग स्वर्गवासी/स्वर्गीय विशेषण का प्रयोग करते हैं। आज तक किसी ने नहीं कहा है कि 'नरकवासी आत्मा'। स्वर्ग कल्पनातीत होते हुए भी अवर्णनीय सुख से परिपूर्ण माना जाता है। अत: मृत व्यक्ति के लिए स्वर्गवास अथवा स्वर्गीय शब्द प्रयुक्त किया जाता है।

भाषा की दृष्टि से स्वर्गीय शब्द संबोधन के लिए प्रयुक्त होता है। जैसे—अंग्रेजी में MR. अमुक अमुक कहते हैं। ऐसे मृत्यु उपरांत व्यक्ति के लिए Late so and so के स्थान पर स्वर्गीय अमुक अमुक का प्रयोग किया जाता है। स्वर्गवासी शब्द स्थितिपरक (Conditioned) है। स्वर्ग नामक कथित स्थान पर रहनेवाले देवता, जो अशरीरी हैं। इसी प्रकार देह इस संसार में रह जाती है तथा आत्मा ईश्वर का अंश होने के कारण तथा–कथित स्वर्ग में वास करने के लिए पहुँच जाती है, किंतु आत्मा का वास स्थायी नहीं होता। आवागमन के नियमानुसार वह अस्थायी रूप से उठकर फिर पृथ्वी पर आ जाती है, किंतु देवता अमर होने के कारण स्वर्ग में रहनेवाले ही कहलाते हैं।

स्वाभाविक—व्यक्ति का स्वाभाविक गुण है शांति की चाह।

उपरोक्त उदाहरण व्यक्तिनिष्ठ मानसिक सकारात्मक स्थिति संबंधी है। अभिधा शब्द-शक्ति तथा सत्त्वगुणी वृत्तिपरक है। गुणवाचक विशेषण मानव के जन्मजात स्वभाव संबंधी मनोविज्ञान संदर्भ का सूचक है। प्राणिवाचक तथा वर्तमानकालिक है।

प्राकृतिक—प्राकृतिक हिम से ढकी पर्वत-शृंखला सुंदर है।

उपरोक्त उदाहरण प्राकृतिक सौंदर्य संबंधी सकारात्मक स्थितिपरक है। अभिधा शब्द-शक्ति तथा सत्त्वगुणी वृत्तिपरक है। गुणवाचक विशेषण तथा प्राकृतिक सौंदर्य संबंधी प्राकृतिक संदर्भ का परिचायक है। प्राणिवाचक तथा वर्तमानकालिक है।

जन्मजात—वह तो जन्मजात वैरी है।

उपरोक्त उदाहरण व्यक्तिनिष्ठ शत्रुतापूर्ण मानसिक नकारात्मक स्थिति का द्योतक है। व्यंजना शब्द-शक्ति तथा तमोगुणी वृत्तिपरक है। सार्वनामिक परिमाणवाचक विशेषण तथा हिंसक वृत्ति संबंधी सामाजिक संदर्भ का परिचायक है। प्राणिवाचक तथा वर्तमानकालिक है।

विशेष

स्वाभाविक, प्राकृतिक तथा जन्मजात एक की वर्ग के शब्द हैं, परंतु प्रयोग में अर्थांतर स्पष्ट है। स्वाभाविक का प्रयोग स्वभाव से होता है और जन्मजात में जन्म से गुण विशेष पाया जाता है, भले ही यह नकारात्मक हो। प्राकृतिक शब्द प्रकृति से संबंधित होता है। हम यह नहीं कह सकते कि प्राकृतिक रूप से मनुष्य दुष्ट प्रकृति का है। महिला प्राकृतिक रूप से विनम्र है। उपरोक्त दोनों उदाहरणों में क्रमशः जन्मजात तथा स्वाभाविक विशेषण अधिक सटीक अर्थ देगा।

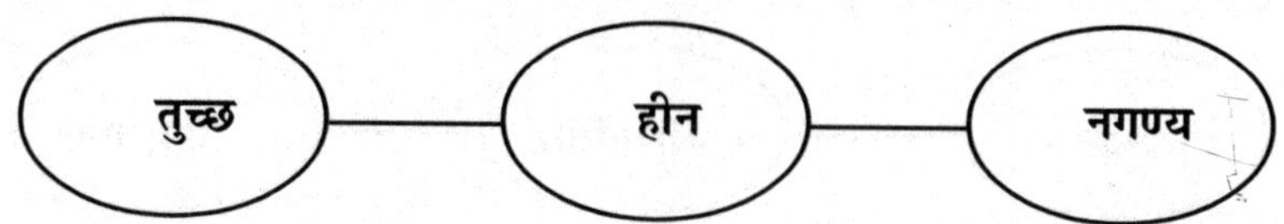

हीन—हीन विचार मत रखो।

प्रस्तुत उदाहरण नैतिकता संबंधी नकारात्मक मन:स्थितिपरक है। व्यंजना शब्द-शक्ति तथा रजोगुणी वृत्ति संबंधी है। गुणवाचक विशेषण तथा उपदेशात्मक नैतिक संदर्भ का परिचायक है। प्राणिवाचक तथा सार्वकालिक है।

तुच्छ—तुच्छ वस्तु के लिए झगड़ो मत।

प्रस्तुत उदाहरण आचरण संबंधी नकारात्मक स्थितिपरक है। अभिधा शब्द-शक्ति तथा रजोगुणी वृत्तिपरक है। गुणवाचक विशेषण तथा नीतिपरक सामाजिक संदर्भ का द्योतक है। अप्राणिवाचक तथा सार्वकालिक है।

नगण्य—भद्रता नगण्य ही रही है।

प्रस्तुत उदाहरण नकारात्मक स्थितिपरक है। व्यंजना शब्द-शक्ति तथा रजोगुणी वृत्तिपरक है। गुणवाचक विशेषण तथा सदाचार संबंधी सामाजिक संदर्भ का द्योतक है। प्राणिवाचक तथा वर्तमानकालिक है।

विशेष

हीन शब्द का प्रयोग कमी के लिए भी होता है। यथा—हीन विचार अर्थात् छोटे विचार तथा कमी के लिए यथा—बलहीन, भाग्यहीन तथा के, बिना के अर्थ में भी होता है यथा—पितृविहीन आदि। तुच्छ शब्द भद्र समाज में विचारों को सम्यक् आदर न देने के रूप में होता है। यथा—तुच्छ विचार, किंतु इसका एक अर्थ सामान्य से इतर के रूप में भी होता है, यथा—तुच्छ वस्तु। यहाँ हम हीन वस्तु अथवा तुच्छ बल का प्रयोग कर मंतव्य स्पष्ट रूप से संप्रेषित नहीं कर पाते। नगण्य शब्द में गणना में अत्यंत कमी दृष्टिगोचर होती है। नगण्य वस्तु अथवा प्राणी हो सकते हैं, किंतु हम नगण्य भाग्य नहीं कह पाते। यह अशुद्ध प्रयोग होगा।

आठ (अष्ठ तत्सम)

अष्ठ तत्सम—आठ बज गए हैं।

प्रस्तुत उदाहरण समय सूचक सकारात्मक स्थिति का है। अभिधा शब्द-शक्ति तथा रजोगुणी वृत्तिपरक है। संख्यावाचक विशेषण तथा समय संबंधी संदर्भ का परिचायक है। प्राणिवाचक तथा वर्तमानकालिक है।

विशेष

निश्चित संख्यावाची शब्द का प्रयोग किसी भी घटना/कारण/कार्य तथा निश्चित समय का सूचक है। यदि समय के संबंध में कुछ/लगभग का प्रयोग होता तो निश्चितता के अभाव का अर्थ देगा।

सूखा (शुष्क तत्सम)

शुष्क तत्सम—धरती सूखी है।

प्रस्तुत उदाहरण प्राकृतिक उपादान संबंधी सकारात्मक/नकारात्मक स्थितिपरक है। व्यंजना शब्द-शक्ति तथा रजोगुणी वृत्तिपरक है। गुणवाचक विशेषण तथा प्राकृतिक परिवर्तन का सूचक है। प्राणिवाचक तथा वर्तमानकालिक है।

विशेष

सूखा शब्द का प्रयोग गीले के अभाव में होता है। किंतु धरती सूखी एक अन्य अर्थ भी देती है। यथा—नमी का अभाव/अकाल की पूर्व सूचना अथवा खेती के अयोग्य। सूखा एक प्रकार का रोग भी होता है। परिणाम जाने बिना नकारात्मक उत्तर देना भी सूखा उत्तर कहलाता है। यह उत्तर मनाकर देना, सपाट उत्तर देना कहलाता है। सूखी ऋतु जैसे—सावन सूखा गया, अर्थात् वर्षा ही नहीं हुई।

उजला (उज्ज्वल तत्सम)

उजला—उजला पाख है।

प्रस्तुत उदाहरण 15 दिन के समूह की सकारात्मक स्थिति से संबंधित है। अभिधा शब्द-शक्ति तथा सत्त्वगुणी वृत्तिपरक है। संख्यावाचक विशेषण तथा काल गणना संबंधी संदर्भ का परिचायक है। अप्राणिवाचक तथा वर्तमानकालिक है।

विशेष

उजला पाख अर्थात् शुक्ल पक्ष। यह विशेषण प्रकाश का अर्थ देता है। उज्ज्वल तत्सम शब्द से उजला बना है। उजली चादर कहेंगे तो सफेद/साफ का अर्थ देता है। उजली रात का अर्थ होगा, चाँद निकला है। उजली धूप का अर्थ होगा, अच्छी गरम धूप है। उजला मन का अर्थ होगा, अच्छे विचार वाला, छल-कपट रहित

मन, आदि। देह-वर्ण के अर्थ में गोरा अर्थ देता है। यथा—लड़की का रंग उजला है, अथवा लड़की उजली है।

तीखा (तीक्ष्ण तत्सम)

तीखा—मिर्च तीखी है।

प्रस्तुत उदाहरण स्वाद संबंधी सकारात्मक/नकारात्मक स्थिति की है। अभिधा शब्द-शक्ति तथा रजोगुणी वृत्तिपरक है। गुणवाचक विशेषण तथा स्वादजन्य भोजन संबंधी संदर्भ का परिचायक है। अप्राणिवाचक तथा सार्वकालिक है।

विशेष

तीखा विशेषण स्वाद के अर्थ में प्रयुक्त होता है चरपरा। किंतु जब तीखा स्वभाव कहेंगे तो अर्थ देगा क्रोध वाला। तीखी बात कहेंगे तो अर्थ होगा चुभन भरी, व्यंग्य भरी। तीखा नमक कहेंगे तो स्वाद नहीं, बल्कि अधिकता का अर्थ है। तीखा प्रवाह कहेंगे तो अर्थ होता है, वेग, बहाव। तीखी रोशनी कहेंगे तो अर्थ होगा, बहुत तेज, जो आँखों को सहन नहीं हो पाए। तेज और तीखा में भी अंतर है। तेज स्वभाव चालाकी, छलकपट का अर्थ देता है, जबकि तीखा स्वभाव क्रोध का अर्थ देता है। तीखी दृष्टि का अर्थ परखने की शक्ति का अर्थ देता है।

लाख (लक्ष तत्सम)

लाख—लाखों लोग खड़े हैं।

प्रस्तुत उदाहरण सकारात्मक/नकारात्मक स्थिति संबंधी है। अभिधा शब्द-शक्ति तथा रजोगुणी वृत्तिपरक है। संख्यावाचक विशेषण तथा असुविधाजनक सामाजिक संदर्भ का परिचायक है। प्राणिवाचक तथा वर्तमानकालिक है।

विशेष

लाख विशेषण निश्चित/अनिश्चित संख्या (समूह) का सूचक है, जो हजार से अधिक है। प्रस्तुत उदाहरण स्थानाभाव के कारण नकारात्मक है। लाख एक प्रकार का पदार्थ है, जिसका प्रयोग सील लगाने तथा राजस्थानी चूड़ियाँ बनाने में किया जाता है।

रूखा (रूक्ष तत्सम)

रूखा—रूखी रोटी पड़ी है।

प्रस्तुत उदाहरण स्वभावजन्य नकारात्मक स्थिति का है। व्यंजना शब्द-शक्ति तथा रजोगुणी वृत्तिपरक है। गुणवाचक विशेषण तथ अभावग्रस्त सामाजिक संदर्भ का परिचायक है। अप्राणिवाचक तथा वर्तमानकालिक है।

विशेष

रूखा विशेषण स्वभाव के अर्थ में उदासीन तथा नकारात्मक व्यवहार का अर्थ देता है। रूखी रोटी, घी का अभाव ही नहीं दरशाती, अपितु साथ में खाने के लिए अन्य सभी वस्तुओं का अभाव होता है। रूखी देह चिकनाई का अभाव अर्थ देती है। व्यवहार में रूखा होना कठोरता दरशाता है। नीरसता दरशाता है तथा प्रेम का अभाव दरशाता है।

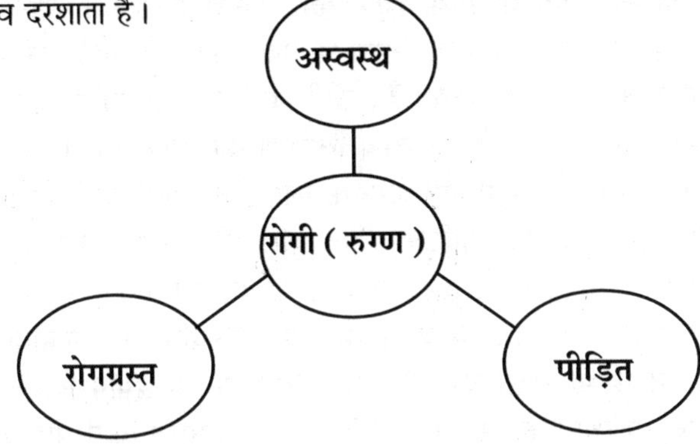

रोगी (रुग्ण तत्सम)

रोगी—रोगी व्यक्ति चुप बैठा था।

प्रस्तुत उदाहरण शारीरिक/मानसिक नकारात्मक स्थिति का है। अभिधा शब्द-शक्ति तथा रजोगुणी वृत्तिपरक है। गुणवाचक विशेषण तथा चिकित्सा विज्ञान संदर्भ का परिचायक है। प्राणिवाचक तथा भूतकालिक है।

अस्वस्थ—तुम अस्वस्थ हो।

प्रस्तुत उदाहरण शारीरिक/मानसिक नकारात्मक स्थिति का है। व्यंजना शब्द-शक्ति तथा रजोगुणी वृत्ति का द्योतक है। सार्वनामिक विशेषण तथा अन्यमनस्क स्थिति संबंधी मनोवैज्ञानिक संदर्भ का द्योतक है। प्राणिवाचक तथा वर्तमानकालिक है।

पीड़ित—पीड़ित वृद्धा से बात करो।

प्रस्तुत उदाहरण व्यक्तिनिष्ठ नकारात्मक स्थिति का है। व्यंजना शब्द-शक्ति तथा रजोगुणी वृत्तिपरक है। गुणवाचक विशेषण तथा नैराश्यजनित सामाजिक संदर्भ का परिचायक है। प्राणिवाचक तथा सार्वकालिक है।

रोगग्रस्त—युवक रोगग्रस्त है।

प्रस्तुत उदाहरण शारीरिक/मानसिक नकारात्मक स्थिति का है। अभिधा शब्द-शक्ति तथा रजोगुणी वृत्ति का परिचायक है। गुणवाचक विशेषण तथा अनिश्चित

पारिवारिक स्थिति संबंधी सामाजिक संदर्भ का द्योतक है। प्राणिवाचक तथा वर्तमानकालिक है।

विशेष

रोगी विशेषण किसी रोग विशेष की दीर्घकालीन उपस्थिति दरशाता है। शरीर में रोग हो या मन में रोग हो अथवा व्यक्ति की नकारात्मक सोच से उत्पन्न अवसाद की स्थिति का परिणाम हो। यूँ तो नैराश्य भी एक प्रकार का रोग है, जो मनुष्य के संपूर्ण व्यक्तित्व पर प्रभाव डालता है। कभी-कभी तो ऐसे व्यक्ति का मानसिक संतुलन भी गड़बड़ा जाता है। अस्वस्थ विशेषण का प्रयोग सतही तौर पर कुछ समय के लिए स्वस्थ महसूस नहीं करने के लिए होता। यहाँ किसी रोग का होना, न होना कोई अर्थ नहीं देता। पीड़ित व्यक्ति किसी भी कारण/कार्य/कथन/आचरण आदि का परिणाम होता है। हम भूकंप से पीड़ित को भूकंप से रोगी अथवा अस्वस्थ नहीं कह सकते। अस्वस्थ होने में असहज स्थिति का भास होता है। रोगी और रोगग्रस्त में भी सूक्ष्म अंतर है। रोगी विशेषण का प्रयोग किसी रोग की दीर्घकालीन उपस्थिति का आभास देता है, जबकि रोगग्रस्त किसी रोग-विशेष से घिरने पर प्रयुक्त होता है। ऐसी स्थिति में तात्कालिक उपचार/प्रयास की आवश्यकता होती है, जिसका अपेक्षित सकारात्मक परिणाम भी मिल सकता है। पीड़ित व्यक्ति रोगी या रोगग्रस्त हो, जरूरी नहीं। पीड़ित विशेषण का प्रयोग अल्पकालीन अथवा दीर्घकालीन दोनों स्थितियों में संभव हो सकता है।

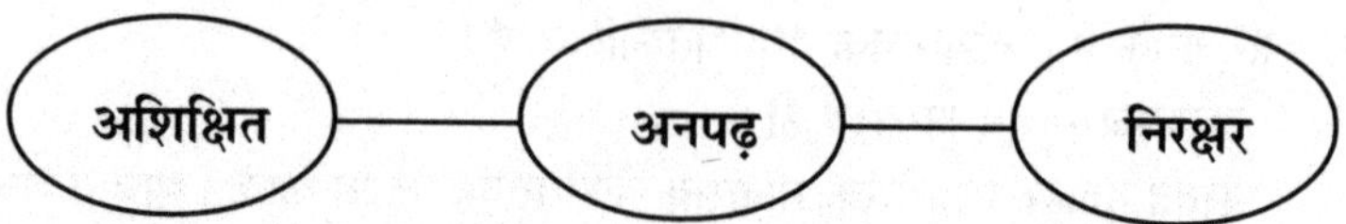

अनपढ़—अनपढ़ व्यक्ति स्वयं को ही हानि पहुँचाता है।

प्रस्तुत उदाहरण व्यक्तिनिष्ठ नैराश्यजनक नकारात्मक मानसिक स्थिति का है। अभिधा शब्द-शक्ति तथा रजोगुणी वृत्तिपरक है। गुणवाचक विशेषण तथा शैक्षिक संदर्भ संबंधित है। प्राणिवाचक तथा सार्वकालिक है।

निरक्षर—निरक्षर व्यक्ति के लिए पुस्तक का उपहार व्यर्थ है।

प्रस्तुत उदाहरण नकारात्मक मानसिक/शारीरिक स्थिति का है। अभिधा शब्द-शक्ति तथा रजोगुणी वृत्ति संबंधी है। गुणवाचक विशेषण तथा शोचनीय सामाजिक संदर्भ का परिचायक है। प्राणिवाचक तथा सार्वकालिक है।

अशिक्षित—अशिक्षित समाज दया का पात्र है।

प्रस्तुत उदाहरण व्यवहार जनित शारीरिक/मानसिक नकारात्मक स्थितिपरक

है। व्यंजना शब्द-शक्ति तथा रजोगुणी वृत्ति संबंधी है। गुणवाचक विशेषण तथा व्यावहारिक अकुशलता संबंधी सामाजिक संदर्भ का परिचायक है। प्राणिवाचक तथा सार्वकालिक है।

विशेष

अनपढ़ और निरक्षर में एक सूक्ष्म अंतर स्पष्ट है। अनपढ़ विशेषण का प्रयोग ज्ञान से कोसों दूर व्यक्ति के लिए किया जाता है। निरक्षर व्यक्ति वह है, जिसके लिए काला अक्षर, भैंस बराबर होता है। अर्थात् जिसके लिए कोई भी अक्षर केवल काला रंग है। अशिक्षित निरक्षर भी हो सकता है, अनपढ़ भी हो सकता है। अशिक्षित विशेषण का प्रयोग विद्या-ज्ञान होते हुए भी व्यवहार-कुशलता के अभाव में प्रयोग किया जाता है। निरक्षर व्यक्ति के लिए अक्षरज्ञान नहीं होने पर भी व्यावहारिक ज्ञान की कमी नहीं रहती। अनपढ़ व्यक्ति के लिए व्यवस्थाजनक शिक्षा का अभाव होता है, परंतु सामाजिक व्यवहार-कुशलता में कमी नहीं होती।

धब्बेदार

धब्बेदार कुरसी पर पॉलिश करो।

धब्बेदार कोई भी वस्तु अच्छी नहीं लगती। प्रस्तुत उदाहरण वस्तु संबंधी नकारात्मक स्थिति का है। अभिधा शब्द-शक्ति तथा रजोगुणी वृत्तिपरक है। गुणवाचक विशेषण तथा कलापूर्ण वस्तु के अभाव का परिचायक संदर्भ है। अप्राणिवाचक तथा वर्तमानकालिक है।

विशेष

धब्बेदार विशेषण सौंदर्य-विहीनता की ओर संकेत करता है। चरित्र के संबंध में कलंक का द्योतक है। कार्यकाल के संबंध में ईमान के अभाव की ओर संकेत करता है तथा अन्य अर्थ में भी लज्जित होने का कारण इंगित करता है।

भुलक्कड़

वृद्धा भुलक्कड़ है।

प्रस्तुत उदाहरण व्यक्तिनिष्ठ नकारात्मक मानसिक स्थिति का है। अभिधा शब्द-शक्ति तथा रजोगुणी वृत्तिपरक है। गुणवाचक विशेषण तथा मानसिक रुग्णता संबंधी संदर्भ का परिचायक है। प्राणिवाचक तथा वर्तमानकालिक है।

विशेष

भूलने की आदत अर्थात् भुलक्कड़ होना एक प्रकार की मानसिक प्रक्रिया है। यह मानसिक रुग्णता तथा आयु-विशेष (वृद्धावस्था) के कारण हो जाती है।

स्थिति-विशेष में अपना दोष छिपाने के लिए भी इस शब्द का प्रयोग किया है। लापरवाह व्यक्ति अकसर इस शब्द का प्रयोग कर अपनी कमी उजागर करने से बच जाते हैं।

थोथा

सीप थोथी है।

प्रस्तुत उदाहरण वस्तुनिष्ठ नकारात्मक स्थिति की है। अभिधा शब्द-शक्ति तथा रजोगुणी वृत्तिपरक है। गुणवाचक विशेषण तथा मूल्यवान मोती का अभावजनित व्यावसायिक संदर्भ का परिचायक है। प्राणिवाचक तथा वर्तमानकालिक है।

विशेष

थोथा शब्द रिक्तता तथा खालीपन का आभास देता है। व्यंग्यार्थ में व्यक्ति-विशेष के संदर्भ में हीन भाव को छिपाने के लिए वाचालता का प्रदर्शन के रूप में आता है। यथा—थोथा चना बाजे घना।

ठेठ

ठेठ बनारसी लगते हो।

प्रस्तुत उदाहरण व्यक्तिनिष्ठ स्थान-विशेष की पहचान संबंधी सकारात्मक स्थिति का है। अभिधा शब्द-शक्ति तथा रजोगुणी वृत्ति संबंधी है। गुणवाचक विशेषण तथा प्रांत-विशेष की पहचान संबंधी संदर्भ का परिचायक है। प्राणिवाचक तथा वर्तमानकालिक है।

विशेष

ठेठ विशेषण स्थान-विशेष की बोली/पहनावा/आचार-विचार/रुचि आदि की पहचान देता है। हर जगह की बोली/शब्दों को बोलने का ढंग/पहनावा/रुचि तथा किसी सीमा तक शक्ल-सूरत से भी पहचान मिलती है। ठेठ शब्द से उस स्थान की माटी की सुगंध आती है। ठेठ शब्द का अर्थ बिल्कुल के अर्थ में लिया जाता है। यथा—ठेठ गँवार है। आदि।

अड़ियल

बालक अड़ियल है।

प्रस्तुत उदाहरण हठी स्वभाव संबंधी नकारात्मक मानसिक स्थिति का है। अभिधा शब्द-शक्ति तथा रजोगुणी वृत्ति का परिचायक है। गुणवाचक विशेषण तथा दुराग्रह संबंधी मनोविज्ञान संदर्भ का सूचक है। प्राणिवाचक तथा वर्तमानकालिक है।

विशेष

अड़ियल शब्द ऐंठू/ठसकदार/जिद्दी/क्रोधी/उच्च पदस्थ अभिमानी/दुराग्रही तथा अल्पबुद्धि के लिए प्रयोग किया जाता है। ऐसा व्यक्ति अपनी झूठी शान के लिए किसी को बड़ी हानि भी पहुँचा सकता है। अल्प बुद्धि के संबंध में ऐसी वृत्ति अड़ियल के स्वयं के लिए भी घातक हो सकती है। यह शब्द मनुष्य के लिए ही नहीं, पशु जगत् के लिए भी प्रयुक्त होता है। जैसे—अड़ियल घोड़ा/अड़ियल हाथी/अड़ियल गाय आदि।

झमाझम

झमाझम पानी बरस रहा है।

प्रस्तुत उदाहरण लगातार तेज वर्षा संबंधी सकारात्मक स्थिति का है। अभिधा शब्द-शक्ति तथा रजोगुणी वृत्तिपरक है। गुणवाचक विशेषण तथा वर्षाकालीन संदर्भ का परिचायक है। प्राणिवाचक तथा वर्तमानकालिक है।

विशेष

झमाझम शब्द निरंतर वेगपूर्वक गिरना (वर्षा के संबंध में) तथा हर्ष सूचक शब्द के रूप में प्रयुक्त होता है। प्रसन्नता में क्रियात्मकता दरशाता है। यथा—झमाझम मजीरे बजने लगे आदि।

घुमक्कड़

व्यक्ति घुमक्कड़ है। रोकना बेकार है।

प्रस्तुत उदाहरण जगह-जगह जाने का चाव संबंधी सकारात्मक मानसिक/शारीरिक स्थिति है। अभिधा शब्द-शक्ति तथा रजोगुणी/सत्त्वगुणी वृत्ति का परिचायक है। गुणवाचक विशेषण तथा यायावरी वृत्ति संबंधी संदर्भ का परिचायक है। प्राणिवाचक तथा वर्तमानकालिक है।

विशेष

घुमक्कड़ शब्द स्वच्छंद-वृत्ति-व्यक्ति के लिए प्रयुक्त होता है। इसके अंकुर वृत्ति- विशेष में होते हैं। ऐसा व्यक्ति ज्ञानार्जन/स्थान विशेष के दर्शन/मौजमस्ती तथा संपर्क वृद्धि के लिए घूमता रहता है। व्यंग्यार्थ में नित्य सैर करने जानेवाले के लिए भी घुमक्कड़ शब्द का प्रयोग किया है। निरुद्देश्य घूमने वाले के लिए/निश्चित समय में कोई काम पूरा न करनेवाले के लिए तथा स्थिति-विशेष की गंभीरता से लापरवाह रहनेवाले के लिए भी घुमक्कड़ शब्द का प्रयोग किया जाता है। कभी-कभी ऐसा व्यक्ति विश्वसनीय नहीं होता।

सड़ियल

पड़ोसी सड़ियल मिजाज का है।

प्रस्तुत उदाहरण स्वभाव संबंधी नकारात्मक मानसिक स्थिति का है। व्यंजना शब्द-शक्ति तथा रजोगुणी वृत्तिपरक है। गुणवाचक विशेषण तथा अस्वस्थ स्वभाव संबंधी संदर्भ का परिचायक है। प्राणिवाचक तथा वर्तमानकालिक है।

विशेष

सड़ियल विशेषण नकारात्मक स्वभाव का द्योतक है। सड़ियल व्यक्ति हर सकारात्मक स्थिति में कोई-न-कोई कारण निकालकर वातावरण को बिगाड़ता रहता है। ईर्ष्याजनित भावना/हीन भावना तथा दूसरों को दु:ख देनेवाली भावना से ग्रसित रहता है। बात-बात पर अपशब्द कहना, झगड़ा करना तथा क्रोध के अतिरेक में मारपीट करने में सड़ियल व्यक्ति को आनंद आता है। किसी को हँसते देखना/आनंदित देखना, ऐसे व्यक्ति की वृत्ति में नहीं होता।

झगड़ालू

झगड़ालू व्यक्ति से बहस मत करो।

प्रस्तुत उदाहरण मेल-मिलाप से दूर वृत्ति विषयक मानसिक नकारात्मक स्थितिपरक है। अभिधा शब्द-शक्ति तमोगुणी वृत्ति का परिचायक है। गुणवाचक विशेषण है तथा अशांत मस्तिष्क संबंधी सामाजिक संदर्भ का सूचक है। प्राणिवाचक तथा सार्वकालिक है।

विशेष

झगड़ालू विशेषण समस्त जीवधारियों के लिए प्रयुक्त होता है। ऐसा व्यक्ति अशांत/चिड़चिड़ा/किसी दूसरे के सुख से दुखी होता तथा अकारण ही झगड़ पड़ता है। सहनशीलता और क्षमा करने की प्रवृत्ति तथा कारण-विशेष को अनदेखा करने का स्वभाव नहीं होता। पशु-पक्षियों का उदाहरण देकर हम अपनी बात का प्रमाण देते हैं। कभी आपने कबूतरों को दाना चुगते देखा है? कोई एक कबूतर दाना चुगते अन्य कबूतरों को उड़ाता है, वहीं न उड़ने पर उन पर चोंच से हमला करता है। अपना शिकार दूसरे को हड़पते देख वन्यजीव आपस में झगड़ पड़ते हैं। सभी कारण झगड़ालू स्वभाव होने का प्रमाण देते हैं।

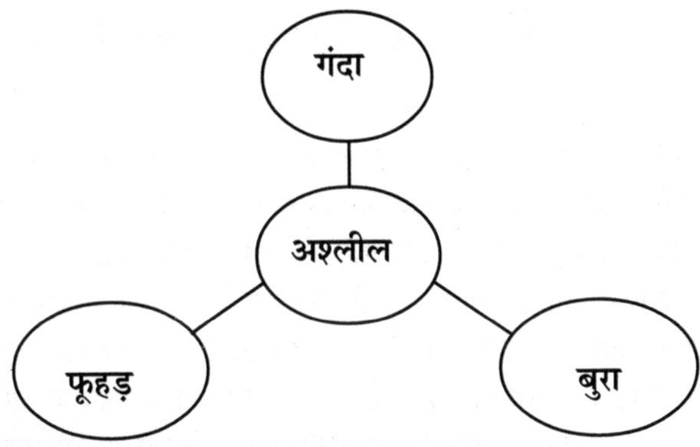

अश्लील—अश्लील हरकतें मत देखो।

प्रस्तुत उदाहरण शारीरिक/मानसिक स्थिति का नकारात्मक रूप है। लक्षणा शब्द-शक्ति तथा तमोगुणी वृत्तिपरक है। गुणवाचक विशेषण तथा नीतिपरक संदर्भ का परिचायक है। प्राणिवाचक तथा सार्वकालिक है।

गंदा—गंदी बात मत करो।

—कमरा गंदा है।

पहला उदाहरण नकारात्मक मानसिक/शारीरिक स्थिति का है। व्यंजना शब्द-शक्ति तथा तमोगुणी वृत्तिपरक है। गुणवाचक विशेषण तथा नीतिपरक संदर्भ का परिचायक है। प्राणिवाचक तथा सार्वकालिक है।

दूसरा उदाहरण नकारात्मक स्थितिपरक है। अभिधा शब्द-शक्ति तथा तमोगुणी वृत्तिपरक है। गुणवाचक विशेषण तथा पर्यावरण संबंधी संदर्भ है। अप्राणिवाचक तथा वर्तमानकालिक है।

बुरा—बुरा मत बोलो, बुरा मत सुनो।

प्रस्तुत उदाहरण नकारात्मक स्थिति से सावधानीजनक व्यवहार संबंधी है। व्यंजना शब्द-शक्ति तथा सत्त्वगुणी वृत्तिपरक है। गुणवाचक विशेषण तथा नैतिकता संबंधी संदर्भ का परिचायक है। प्राणिवाचक तथा सार्वकालिक है।

फूहड़—बालिका फूहड़ है।

—फूहड़ बातें मत करो।

पहला उदाहरण व्यक्तिनिष्ठ नकारात्मक शारीरिक स्थिति का है। लक्षणा शब्द-शक्ति तथा रजोगुण वृत्तिपरक है। गुणवाचक विशेषण तथा सामाजिक व्यवहार संबंधी संदर्भ का परिचायक है। प्राणिवाचक तथा वर्तमानकालिक है।

दूसरा उदाहरण व्यवहार संबंधी मानसिक नकारात्मक स्थिति का है। व्यंजना शब्द-शक्ति तथा रजोगुणी वृत्तिपरक है। गुणवाचक विशेषण तथा नकारात्मक

व्यवहार संबंधी संदर्भ का परिचायक है। प्राणिवाचक तथा सार्वकालिक है।

विशेष

सभी विशेषण समानार्थक के अंतर्गत आते हैं, किंतु अश्लील शब्द का प्रयोग लज्जाहीन तथा समाज के शिष्ट रूप के विरुद्ध आचरण के अंतर्गत आता है। गंदा शब्द का प्रयोग अशिष्ट भाषा तथा स्थिति, जो साफ नहीं है के अर्थ में प्रयुक्त होता है। बुरा विशेषण मानसिक/शारीरिक आचरण, जो शिष्ट/सभ्य समाज में वर्जित है तथा अशिष्ट वाणी के प्रयोग के लिए आता है। फूहड़ शब्द व्यावहारिक कुशलता के अभाव के लिए अथवा अव्यवस्थित वैचारिक प्रक्रिया के लिए प्रयुक्त होता है। यह अश्लील तथा गंदा से पृथक है। अश्लील बात या विचार या आचरण होता है। अश्लील वस्त्र नहीं कहलाते।

रिश्वतखोर

रिश्वतखोर—अफसर रिश्वतखोर है।

प्रस्तुत उदाहरण व्यक्तिनिष्ठ गिरी हुई वृत्ति के मानसिक नकारात्मक स्थिति का है। अभिधा शब्द-शक्ति तथा रजोगुणी/तमोगुणी वृत्ति का सूचक है। गुणवाचक विशेषण तथा नैतिक दौर्बल्यजनक सामाजिक संदर्भ का परिचायक है। प्राणिवाचक तथा सार्वकालिक है।

विशेष

रिश्वतखोर विशेषण अपने पद का दुरुपयोग कर संपत्ति एकत्रित करने के रूप में किया जाता है, यह संपत्ति जरूरतमंद लोगों से उनकी अनिच्छा अथवा दयनीय अवस्था होने पर भी जबरन वसूल की जाती है। इस प्रकार संपत्ति का संचयन करनेवाला अनैतिक, दुस्साहसी, दुष्ट तथा निर्दयी होता है तथा अपने पद की गरिमा को भी नष्ट करता है। सामाजिक दूषित परंपरा को जन्म देता है तथा अन्य को अनैतिक कार्य करने को उत्साहित करता है। यह एक विकट सामाजिक समस्या है।

नुमाइशी

नुमाइशी—मशीन नुमाइशी है।

प्रस्तुत उदाहरण वस्तुनिष्ठ व्यापार जगत् संबंधी सकारात्मक शारीरिक स्थिति का है। अभिधा शब्द-शक्ति तथा रजोगुणी वृत्तिपरक है। गुणवाचक विशेषण तथा प्रतिस्पर्धात्मक व्यापारिक प्रदर्शन संबंधी संदर्भ का परिचायक है। अप्राणिवाचक तथा वर्तमानकालिक है।

विशेष

नुमाइशी विशेषण सुंदर वस्तुओं, कलात्मक तथा प्रसिद्ध वस्तुओं एवं पुरातत्व विभाग की धरोहरों के लिए प्रयुक्त होता है। कभी-कभी व्यंग्य में आचरण/व्यवहार/कथनी आदि के लिए भी नुमाइशी शब्द प्रयुक्त किया जाता है। 'अरे, मदद करना दिखाना तो नुमाइशी है। वैसे कामचोर है।' अपनी मसखरी हरकतों के कारण व्यक्ति भी नुमाइशी बन जाता है। असाधारण बौद्धिक कुशलता से बनी वस्तुएँ अथवा शिल्पकला के लिए भी इस विशेषण का प्रयोग होता है।

लाजवाब

लाजवाब—लाजवाब खाना बना है।

प्रस्तुत उदाहरण खाद्य-पदार्थ संबंधी सकारात्मक वस्तुपरक स्थिति का है। अभिधा शब्द-शक्ति तथ रजोगुणी वृत्ति का परिचायक है। गुणवाचक विशेषण तथा पाक-कला संबंधी सामाजिक संदर्भ का द्योतक है। अप्राणिवाचक तथा वर्तमानकालिक है।

विशेष

लाजवाब विशेषण उत्तम कोटि की वस्तुओं/मनुष्यों/सौंदर्य/शिल्प कला तथा कलात्मक वस्तुओं के लिए प्रयुक्त होता है। मनुष्यों में उनके स्वभाव/आचरण के कारण लाजवाब आदमी/औरत है, कहकर व्यक्त किया जाता है। संक्षेप में इसका प्रयोग इसके जैसा कोई नहीं के अर्थ में किया जाता है। जहाँ भी यह शब्द प्रयुक्त होता मन को सुकून, खुशी देनेवाला बन जाता है।

मीटर

मीटर—दो मीटर कपड़ा चाहिए।

प्रस्तुत उदाहरण आवश्यकताजन्य वस्त्र संबंधी सकारात्मक वस्तुपरक स्थिति का है। अभिधा शब्द-शक्ति तथा रजोगुणी वृत्ति का प्रतीक है। संख्यावाचक विशेषण तथा क्रय-विक्रय संदर्भ का परिचायक है। अप्राणिवाचक तथा वर्तमानकालिक है।

विशेष

मीटर विशेषण माप के लिए प्रयुक्त होता है। आवश्यकता के अनुसार वस्त्र/भूमि/ऊँचाई/लंबाई/चौड़ाई इत्यादि को मापा जा सकता है। यथा—20 मीटर का प्लॉट, 10 मीटर ऊँचाई, 8 मीटर चौड़ी सड़क आदि। इन सबके अतिरिक्त विद्युत् मापक यंत्र को पानी मापक यंत्र को भी मीटर कहा जाता है।

मददगार

मददगार—अल्लाह सबका मददगार है।

प्रस्तुत उदाहरण ईश्वरीय कृपा संबंधी सकारात्मक स्थिति का है। व्यंजना शब्द-शक्ति तथा सत्त्वगुणी वृत्तिपरक है। गुणवाचक विशेषण तथा ईश्वर के प्रति एकनिष्ठ आस्था का परिचायक है। प्राणिवाचक तथा सार्वकालिक है।

विशेष

मददगार विशेषण हर ऐसे प्राणी के लिए प्रयुक्त होता है, जो किसी को कष्ट में देखकर सहायता के लिए उद्यत हो जाता है। सहायता अन्न, वस्त्र, धन, शारीरिक उद्यम आदि सभी से की जाती है। ऐसे प्राणी का समाज में आदर होता है तथा वह सर्वप्रिय बन जाता है। सभी मनुष्यों में यह गुण होना चाहिए। मानवोचित गुणों से ही मनुष्य प्रतिष्ठित होता है।

इनसानियत

इनसानियत युवक में इनसानियत है।

प्रस्तुत उदाहरण नेक नीयत संबंधी सकारात्मक मानसिक स्थिति का है। अभिधा शब्द-शक्ति तथा सत्त्वगुणी वृत्ति का प्रतीक है। गुणवाचक विशेषण तथा मानवोचित गुण संबंधी नैतिक संबंध का परिचायक है। प्राणिवाचक तथा वर्तमानकालिक है।

विशेष

प्रस्तुत उदाहरण मनुष्योचित गुण संबंधी है। नेक नीयत का अर्थ है ऐसी वृत्ति वाला, जिसमें किसी अन्य के प्रति भला करने संबंधी भावनाएँ हैं तथा जो स्वप्न में भी किसी का बुरा नहीं कर सकता।

बेरहम

बेरहम—बादशाह बेरहम था।

प्रस्तुत उदाहरण निर्दयता से संबंधित नकारात्मक मानसिक/शारीरिक स्थिति का है। ऐसा व्यक्ति, जिसके हृदय में दया न हो, किसी को अच्छा नहीं लगता। हठी वृत्ति वाला आदमी अकारण ही क्रोधित हो उठता है, वह मामूली दोष पर भी कठोर दंड देता है। अभिधा शब्द-शक्ति तथा तमोगुणी वृत्ति का प्रतीक है। गुणवाचक विशेषण तथा हिंसक वृत्ति संबंधित संदर्भ का परिचायक है। प्राणिवाचक तथा भूतकालिक है।

विशेष

बेरहम व्यक्ति मामूली दोष अपनी अवज्ञा से क्रुद्ध तथा भयजनित वातावरण बनाए रखने में अपनी महानता समझता है तथा कठोरतम दंड देने में संतुष्टि प्राप्त करता है, बेरहम कहलाता है। बेरहम व्यक्ति के कथन/कारण/आचरण सभी में हिंस्र भावना निहित रहती है। दोषी को मानसिक प्रताड़ना के साथ ही शारीरिक रूप से घोर यातना देने में अपने अहं की तुष्टि समझता है। बेरहम व्यक्ति क्रोध में अपने-पराए का अंतर भी भूल जाता है।

खूबसूरत

खूबसूरत—बेगम खूबसूरत है।

प्रस्तुत उदाहरण सुंदरता संबंधी शारीरिक सकारात्मक स्थिति का है। अभिधा शब्द-शक्ति तथा रजोगुणी वृत्ति का परिचायक है। गुणवाचक विशेषण तथा शारीरिक सौंदर्य संबंधी नारी जगत् संबंधी संदर्भ का परिचायक है। प्राणिवाचक तथा वर्तमानकालिक है।

विशेष

खूबसूरत विशेषण शारीरिक/मानसिक दोनों के लिए प्रयुक्त होता है। शारीरिक सौंदर्य तो धीरे-धीरे कम होता जाता है, किंतु मानसिक सौंदर्य की निरंतर वृद्धि होती रहती है। खूबसूरत केवल मनुष्य के लिए ही प्रयुक्त नहीं होता, अपितु प्राकृतिक दृश्य/कला/नाटक/नृत्य आदि सभी के गुणात्मक घनत्व के लिए प्रयुक्त होता है। प्रसंगानुसार इसकी वृत्ति भी राजसिक वृत्ति के साथ ही सात्त्विक वृत्तिपरक भी कहलाती है।

□

उपसंहार

विज्ञान और टेक्नोलॉजी में नई-नई खोज होने के कारण वर्तमान समय में नए-नए शब्दों का प्रचलन हो गया है। इस पुस्तक में विशेषणों का संदर्भ के अनुसार अर्थांतर करने का प्रयास किया गया है, परंतु यह अंतिम प्रयास नहीं है। अनेक विशेषण नए संदर्भों में नए अर्थ के साथ आपको चौंका सकते हैं। यही भाषा की समृद्धि तथा उसकी अनवरत उन्नति का प्रतीक है। कोई भी पुस्तक भाषा को सीमा में नहीं बाँध सकती।

—उर्मिला भार्गव

□□□